AF186044

Rowohlt Verlag GmbH, Kirchenallee 19, 20099 Hamburg

Kontaktadresse nach EU-Produktsicherheitsverordnung:
produktsicherheit@rowohlt.de

ro
ro
ro

Janne Mommsen, direkt an der Ostsee geboren, hat in seinem früheren Leben als Krankenpfleger, Werftarbeiter und Traumschiffpianist gearbeitet. Inzwischen schreibt er überwiegend Romane, Drehbücher und Theaterstücke. Mommsen hat in Nordfriesland gewohnt und kehrt immer wieder dorthin zurück, um sich der Urkraft der Gezeiten auszusetzen. Passenderweise lebt die Familie seiner Frau seit Jahrhunderten auf der Insel Föhr.

«Autor Mommsen [...] besitzt ein ausgezeichnetes Gespür für glaubwürdige Dramatik und skurrile Charaktere [...]. Herausforderung mit Bravour gemeistert.» (freundin)

«Berührend.» (SUPERillu)

Janne Mommsen

Zwischen den Bäumen das Meer

Roman

Rowohlt Taschenbuch Verlag

2. Auflage Januar 2023
Veröffentlicht im Rowohlt Taschenbuch Verlag,
Reinbek bei Hamburg, März 2017
Copyright © 2016 by Rowohlt Verlag GmbH,
Reinbek bei Hamburg
Redaktion Katharina Schlott
Umschlaggestaltung Hauptmann & Kompanie Werbeagentur,
Zürich Titelillustration Stefano Riboli/Agentur M. Hubauer e.K.
Satz aus der Maiola PostScript, InDesign,
bei Pinkuin Satz und Datentechnik, Berlin
Druck und Bindung BoD - Books on Demand GmbH,
Norderstedt
ISBN 978 3 499 27132 8

Der Wald steht schwarz und schweiget
und aus den Wiesen steiget
der weiße Nebel wunderbar

Matthias Claudius

Vor dem besten Sommer
ihres Lebens

Prolog

Schon im Herbst hatte sie sich nach einem knackig kalten Winter mit Schnee gesehnt, aber meistens kam so etwas, wenn überhaupt, erst im Januar oder Februar. Nun war es Anfang Dezember, und schon seit zwei Wochen hielt ein strenger Frost das Land im Griff. Vor ihr streckte sich die gefrorene Fläche des Ukleisees aus, der im Schatten eines uralten Waldes in einer tiefen Senke lag. Er war eine Hinterlassenschaft der letzten Eiszeit. Sie wusste, dass dies der kälteste Ort im ganzen Landkreis war, weswegen die Eisdecke hier besonders dick sein musste. Ein frostiger Wind raunte durch die Kronen der Buchen und Eichen, die kahlen Äste wiegten ächzend hin und her.

Der Winter war ihre Lieblingsjahreszeit, was kaum jemand verstehen konnte. Trübe Stimmung? Melancholie? Keine Spur! Was auch daran lag, dass sie ein Faible für dicke Jacken hatte wie andere Frauen für Schuhe. Heute zum Beispiel hatte sie ihren hellgrauen italienischen Skianorak mit dunkler Kunstfellkapuze herausgekramt, der seit Jahren in ihrer Kommode gelegen hatte. Jetzt war er fast schon retro. In der

9

Seitentasche hatte sie eine alte Kino-Eintrittskarte gefunden, ein peinlicher Film mit Robert de Niro. Noch peinlicher war damals ihre Begleitung gewesen, den Typen hatte sie schon vollkommen verdrängt.

Unterhalb des alten Jagdschlosses setzte sie sich auf einen gefrorenen Baumstumpf und fischte ihre weißen Schlittschuhe aus der extragroßen Karstadt-Tüte. Das Leder war an einigen Stellen abgewetzt, aber sie passten noch genauso gut wie früher. Voller Vorfreude stieg sie auf den weichen Waldboden mit den gefrorenen Fichtennadeln, der unter ihr leicht federte. So sah die Welt also aus, wenn man fünf Zentimeter größer war, nicht schlecht. Im normalen Leben würde sie mit dieser Höhe wohl vielen Männern Angst machen, denn sie war mit ihren eins neunundsiebzig auch ohne Schlittschuhe nicht gerade klein. Wie eine langbeinige Riesin stakste sie in Richtung See.

Vorsichtig stellte sie einen Fuß aufs Eis und wippte ein bisschen hin und her. Offiziell waren die Gewässer noch nicht freigegeben, aber das Eis wirkte fest wie Beton. Trotzdem blieb sie zunächst ein paar Schritte vom Ufer entfernt. Sicher war sicher. Doch nach wenigen Sekunden war ihr alles egal, sie nahm Schwung und jagte los. Die kahlen Bäume rauschten an ihr vorbei, der Fahrtwind füllte ihre Lungen und lud ihr Blut mit purem Sauerstoff auf.

«Jaaaaa!», rief sie laut.

Am Ende der Strecke ging sie aus vollem Lauf in eine enge Linkskurve, das rechte Bein gestreckt, das linke angewinkelt. So kannte sie es von früher – und es funktionierte immer noch. Anschließend schwenkte sie scharf nach rechts. Dabei verlor sie prompt das Gleichgewicht. Erst im letzten Moment konnte sie sich fangen, der Schreck schoss ihr wie eine Faust in den Magen. Das war gerade noch mal gut gegangen. Danach fuhr sie erst mal eine Weile langsam und brav geradeaus, bis sie wieder zu Atem kam. Ein paar Meter vor sich sah sie einen vermoosten Baumstamm aus dem Eis hervorlugen. Eine gefährliche Stolperfalle, der See war eben kein Eisstadion. Spontan nahm sie volle Fahrt auf und sprang über ihn hinweg – um auf der anderen Seite ziemlich wackelig zu landen. Bestimmt hatte sie eine jämmerliche Figur abgegeben. Also versuchte sie es noch einmal.

Sie zog eine Schleife und nahm diesmal mehr Anlauf, wurde dabei schneller und schneller. Der Absprung vor dem Stamm musste genau zum richtigen Moment kommen, volles Risiko, zum Bremsen war es zu spät. Beine anziehen, Atem anhalten, hoch und – siehste, geht doch! Diesen Sprung hätte man filmen sollen, er war richtig hoch, die Landung perfekt, so was konnte sich sehen lassen.

Unter dem Skianorak wurde ihr jetzt viel zu warm. Sie fuhr zum Baumstumpf am Ufer zurück und warf die Jacke zu ihren Schuhen. Der Norweger-Pullover würde reichen. Von aller Last befreit, fuhr sie den Ukleisee noch einmal in ganzer Länge ab. Unterhalb des Jagdschlösschens war er bauchig und breit, zum anderen Ende hin wurde er eng wie ein Teich. Dort hallten die Geräusche ihrer Schlittschuhe vom bewaldeten Ufer zurück, als befände sie sich in einem geschlossenen Raum.

Plötzlich knackte das Eis laut. Sie starrte panisch zwischen ihre Beine: Waren da Risse? Bitte nicht! Aber das Geräusch war eindeutig gewesen. Da entdeckte sie einen Mann, der vor einer umgestürzten Eiche stand. Der mächtige

Stamm war samt Wurzelwerk und Krone in den See gekippt und dort festgefroren. Der Mann war gerade dabei, mit einer riesigen Axt ein Loch ins Eis zu hacken. Ein Angler vermutlich. Aber bohrten die ihre Löcher nicht normalerweise? Egal, immerhin war das eine Chance herauszubekommen, wie dick die Eisdecke wirklich war. Langsam fuhr sie auf den Typen zu.

Als sie näher kam, sah sie, dass er ungefähr in ihrem Alter war, Mitte dreißig. Sein dunkler Bart stand ihm überhaupt nicht, die braunen Haare waren lang und zottelig, das ausgeleierte T-Shirt und die fleckige Armeehose waren ein Fall für die Mülltonne. Mal abgesehen davon, dass das alles bei diesen Temperaturen überhaupt nicht ausreichte.

Der Mann setzte sich auf den Baumstamm und starrte auf das Loch vor ihm, in dem ein paar Eisstücke dümpelten. Sie bremste in respektvollem Abstand, um mögliche Fische nicht zu vertreiben.

«Moin», grüßte sie.

Es kam keine Antwort, er schaute nicht mal hoch zu ihr, sondern starrte weiter in sein Loch.

«Wie dick ist es?», fragte sie und guckte neugierig auf die Eiskante.

«Reicht», murmelte er.

«Danke.» Nach dem, was sie erkennen konnte, waren es über zehn Zentimeter. Wie war noch der Anglerspruch? «Na denn, Mast- und Schotbruch!», rief sie und fuhr wieder los. Nach ein paar Metern musste sie über sich selbst grinsen: Wie dämlich, das sagte man doch beim Segeln.

In diesem Moment fiel vor ihr eine dünne Schneeflocke herab und drehte sich dabei ganz langsam, wie eine Feder.

Sie fuhr mit weit ausgestreckten Armen einen Kreis um die Flocke herum. Eine weitere kam vom Himmel, dann immer mehr. Sekunden später war es ein Tanz Tausender Schneeflocken. Über dem See wurden sie von Windböen erfasst und teilweise wieder nach oben gewirbelt. Um sie herum schneite es nun senkrecht und waagerecht, und sie war mittendrin! Der Laubwald am Ufer war in kurzer Zeit von einer weißen Pulverschicht bedeckt. Obwohl es auf den Abend zuging und sich der Himmel verdunkelte, wurde die Landschaft heller und freundlicher. Vor Freude hätte sie fast geheult, so schön war das. Sie fühlte sich, als ob sie auf einem großen Ball in einem Schneeschloss tanzte, wie im Märchen. Die Flocken jubelten ihr zu und freuten sich mit ihr, dass sie den Prinzen abbekommen hatte. Der alte Mädchentraum, da war er wieder: Schwanensee, Froschkönig, Dornröschen und ein bisschen auch Pippi Langstrumpf.

Die Schneeflocken wirbelten um ihn herum und bedeckten seine Haare, sein T-Shirt, seine Hose. Er starrte auf das Loch, das er mit der Axt ins Eis gehauen hatte. Faustgroße Eisklumpen schwammen im Wasser hin und her. Die würde er gleich von unten sehen. Langsam wurde ihm so kalt, dass seine Nieren zu schmerzen begannen. Egal, in ein paar Sekunden würde alles ganz leicht werden. Zu Anfang rechnete er mit einem Kälteschock, aber der ging schnell vorbei. Seine Kleidung würde sich voll Wasser saugen und ihn in die Tiefe ziehen. Der Kältetod, so hatte er gelesen, war einer der gnädigsten. Nach kürzester Zeit war man mit allem einverstanden und ließ los.

Er lächelte. Endlich ausschlafen, eine ganze Ewigkeit! Er

ließ seinen Blick über die Hänge und den vereisten See wandern. Vorhin war ein Fuchs mit federleichten Schritten übers Eis gelaufen. Sein Fell hatte in der Winterlandschaft geleuchtet. In der Mitte des Sees war er stehen geblieben und hatte ihm direkt in die Augen geschaut. Der Fuchs war überhaupt nicht scheu, er schien ihn als Freund zu betrachten. Was für ein schönes Tier. Es würde das letzte Lebewesen sein, das er auf dieser Welt sah. Dachte er. Doch er irrte.

Blöderweise war diese Tussi auf ihren weißen Mädchen-Schlittschuhen herangestürmt und hatte das Tier vertrieben. Mit schnellen Schritten war der Fuchs im Wald verschwunden. Und sie hatte es noch nicht einmal bemerkt! Er war stinkesauer auf sie. Falls sie noch mal wiederkam, würde er sie mit der Axt verscheuchen.

Er holte zwei dünne Seile aus seiner Jackentasche und band die Zehn-Kilo-Hanteln, die er mitgebracht hatte, an seine Fußgelenke. Die Eisen würden ihm mehr Abtrieb geben und ein Auftauchen unmöglich machen. Wenn, dann richtig.

Eigentlich war es widersinnig, dass er gerade jetzt ging, denn er liebte die kalte, dunkle Jahreszeit. Alles konzentrierte sich im Winter auf das Wesentliche, Überflüssiges hatte keinen Bestand und wurde konsequent entfernt. Wie er. Die Kälte war ihm ein guter Freund. Passenderweise hieß er mit Nachnamen «Winter», sein Name war also Programm.

Langsam dämmerte es. Er war bereit. Nur noch einen Millimeter war er vom Paradies entfernt. Es musste gar nicht so großartig werden wie in der Bibel versprochen. Das Ende seiner jetzigen Existenz genügte ihm schon. Angst vor der Hölle hatte er keine – die kannte er bereits aus dem Leben. Leicht war es trotzdem nicht.

Er hatte seine Entscheidung gefällt, und sie war richtig. Sein Herz raste, ein unerträgliches Fiepen drang in sein Ohr und wurde immer lauter. Dazu stieg ein absurdes Gefühl in ihm hoch, mit dem er als Allerletztes gerechnet hatte: Er hatte irrsinnigen Durst! Und zwar nicht nach irgendwas, sondern ... nach Mezzomix. Es musste Mezzomix sein. Er kicherte wie irre in sich hinein. Es war eiskalt, es schneite, und er konnte nicht aus dem Leben scheiden ohne Mezzomix? Der Durst wurde immer schlimmer, dazu kam ein helles Wimmern, wie von einer Frauenstimme. Ein Güterzug kreischte in einer Kurve auf, und ein gemischter Chor sang ein Lied in einer Sprache, die er noch nie gehört hatte. Sein Hirn lief Amok, die Geräusche in seinem Kopf wurden lauter und lauter.

«Spring endlich!», schrie er sich an. Er hörte, wie seine Stimme zwischen den Bäumen verhallte. «Los jetzt, worauf wartest du noch?»

Nichts und niemand antwortete darauf.

An der breitesten Stelle lief sie den See zweimal ab. Die Flocken wurden immer dichter. Das hatte den Nachteil, dass sie nicht weit sehen konnte, außerdem bremste der Schnee ihre Kufen. Plötzlich fiel ihr der richtige Spruch für Angler wieder ein: «Petri Heil». Aber sie hatte bei dem Mann gar kein Angelzeug gesehen. Auf dem Steg hatten nur eine Holzfällerjacke und zwei Hanteln aus dem Fitness-Studio gelegen. War das einer von den ganz Harten, die auch im Winter jeden Tag baden gingen? So wie diese sibirischen Omis, über die um Weihnachten rum gerne in der Zeitung berichtet wurde? Aber wozu die Hanteln? War das ein neuer Trendsport? So etwas wie «Hantel-Ice-diving»? Gab es das?

Oder ... wollte er sich womöglich umbringen?

Quatsch, das war irgendein Spinner, und sie war keine Sozialarbeiterin. Andererseits war sie außer ihm der einzige Mensch hier weit und breit. Es war ihre Pflicht, noch mal hinzufahren und nachzusehen. Sie nahm Schwung und fuhr auf die schmale Stelle am Ende des Sees zu. Plötzlich hatte sie das Gefühl, dass jede Sekunde zählte, und sie nahm Fahrt auf. Es war ein totaler Blindflug, sie sah nichts außer Schneeflocken. Dann ging alles schneller, als sie es fassen konnte. Ihre Beine wurden weggerissen, sie flog in hohem Bogen durch die Luft. Ein paar Augenblicke später knallte sie ungebremst auf ihr rechtes Knie, das von einem harten Pickel im Eis regelrecht aufgespießt wurde.

Im allerersten Moment tat überhaupt nichts weh. Erst nach einer Schrecksekunde schrie sie laut auf vor Schmerz. Sie bekam kaum Luft, jede noch so kleine Bewegung wurde zur Tortur. Sie konnte das Knie nicht bewegen, zusätzlich kroch von unten eine unbarmherzige Kälte in ihren Körper. Lange würde sie es so nicht aushalten. Jetzt fehlte ihr Skianorak, doch der lag weit weg am Ufer. Es war der bescheuerte Baumstamm gewesen, der sie zu Fall gebracht hatte. Der, über den sie mehrmals gesprungen war, im Schneetreiben hatte sie ihn vollkommen vergessen. Tragischerweise steckte auch ihr Handy im Anorak. Sonst hatte sie es immer dabei, nur ausgerechnet jetzt nicht.

«Hiiilfee!», schrie sie.

Beim Schreien tat das Knie noch mehr weh. Solche Schmerzen hatte sie noch nie in ihrem Leben gehabt. Ihr Mund war trocken wie an einem heißen Augusttag, ihr wurde schlecht. Alleine käme sie niemals vom Eis herunter, und im Schneetreiben würde sie vom Ufer aus bestimmt keiner sehen, außerdem dämmerte es bereits.

Wie lange es wohl dauerte, bis man erfror? Eine Stunde? So, wie es sich gerade anfühlte, wohl eher zehn Minuten. Alles in ihr zog sich zusammen. Das durfte nicht sein! Blöderweise hatte sie niemandem Bescheid gesagt, wo sie war, es würde sie also keiner vermissen. Der Typ vor seinem blöden Eisloch war jetzt ihre einzige Hoffnung, ausgerechnet! Falls der schon im Wasser schwamm, war das auch ihr Ende – bitte nicht!

«Hiiilfee!»

Dann betete sie, etwas leiser: «Hallo, Herr Gott, schick den Kerl von mir aus in die Hölle. Aber vorher soll er noch bei mir vorbeischauen. Hiiilfee!»

Ihr Magen krampfte sich zusammen, sie fing an zu heulen. Wieso antwortete der Typ nicht? Sie brauchte jetzt keinen Selbstmörder, sondern einen Feuerwehrmann, oder einen gelben Engel vom ADAC, oder überhaupt einen Engel, egal von welcher Organisation. Am besten original aus dem Himmel. Sie schrie, bis ihr schwarz vor Augen wurde. Aber es war zwecklos. Ihre Stimme wurde heiser, ihre Kraft ließ nach. Es schneite immer noch. Die Flocken würden das Letzte sein, was sie von der Welt sah. In einem der am dichtesten besiedelten Länder der Erde war der Tod, den sie hier fand, geradezu lächerlich. Aber hinterher war man immer schlauer. Nur dass es diesmal kein Hinterher geben würde. Dabei hatte sie noch so viel vorgehabt. Und ihre wunderbaren Schwestern würde sie auch nicht mehr wiedersehen. Johanna. Wiebke. Merle.

Irgendwann wurde sie müde und legte den Kopf aufs Eis. Vielleicht war es auch gut, etwas zu dösen, um Kraft zu sammeln. Aber war es nicht gefährlich einzuschlafen? Das war wohl der vielzitierte Anfang vom Ende.

«Ja?», fragte eine Stimme.

Gott?

Neben sich sah sie grüne Sommerturnschuhe, die waren vorher noch nicht da gewesen. Sie blickte hoch. Ein Mann stand neben ihr, im dichten Schneetreiben konnte sie ihn nur als Schatten erkennen. Er hielt seine riesige Axt in der Hand. Es war schlimmer, als sie gedacht hatte: Der wollte nicht sich selbst umbringen, sondern sie! Instinktiv hielt sie sich die Arme vors Gesicht.

«Ich bin gestürzt», wimmerte sie, während sie gegen einen Brechreiz ankämpfte. «Mein Knie. Bitte helfen Sie mir ...»

... und tun Sie mir nichts!

«Wie?»

Er reagierte verzögert auf das, was sie sagte. Stand er vielleicht unter Drogen?

«Hubschrauber, schnell!», flehte sie ihn an. Wenn der Typ nicht sofort in die Gänge kam, erfror sie!

«Nein!», wies er sie barsch zurück.

Das klang bedrohlich. Was wollte er?

Eins

Der Wald von Kellenhusen war zwar nicht riesig, aber groß genug, um Tom von der Welt abzuschirmen. Von Kindheit an wohnte er hier in dem alten Forsthaus, das hinter meterhohen Brombeerbüschen verborgen lag. Jetzt streckte er sich unter seiner dicken Daunendecke aus und wollte die Bettwärme nicht mehr hergeben. Nach dem Abend am Ukleisee war er so erschöpft gewesen, dass er drei Tage hier liegen geblieben war. Durchs Fenster blickte er auf die schneebedeckten Kronen der Fichten, Buchen und Eschen, die sich in der Wintersonne aalten. Gerade machte der Wind eine kaum wahrnehmbare Welle um das Haus. Normalerweise folgte von der nahen Ostsee gleich eine zweite, heftigere Böe – da war sie schon. Es rauschte und klapperte im Gehölz, die Bäume stöhnten kurz auf, etwas Schnee rieselte von den Ästen.

Toms Magen grummelte, er hatte riesigen Hunger. Widerwillig pulte er sich aus dem Bett und schlurfte nach nebenan ins Wohnzimmer. Es war der größte Raum im Haus, ausgeschlagen mit grobem, ungehobeltem Holz. In der Mitte stand ein Kanonenofen, daneben waren Holzscheite bis zur

Decke gestapelt. Mehrere Regale an den Wänden quollen über vor Büchern, davor waren in zwei Reihen kleine Holzstühle aufgestellt, die er vor kurzem für den Kindergarten im Ort fertig gebaut hatte. Jeder einzelne war aus einem eigenen Holzblock gefertigt und besaß eine individuelle Form. Er hatte lange daran gebastelt, dass sie sich trotzdem stapeln ließen. Auf einem der Stühle klebte ein Zettel mit der Aufschrift «Für den evangelischen Kindergarten in Kellenhusen». Wenn er ins Eisloch gegangen wäre, hätten die Kinder ihre Stühle trotzdem bekommen. Das alte Klavier in der anderen Ecke hatte er ihnen ebenfalls zugedacht.

Als er die Küche betrat, hielt er sich schützend die Hand vors Gesicht. Die Mittagssonne wurde durch den Schnee um ein Vielfaches verstärkt und stach in seinen Augen. Missmutig schaute er in den Küchenschrank. Da er vorgehabt hatte, ins Eisloch zu gehen, hatte er nichts mehr eingekauft. Es war erbärmlich, sogar die allerletzten Toastbrotvorräte und Marmeladengläser waren vollständig geplündert. Nur noch zwei Eier waren da. Er setzte sich Kaffee auf und briet sie in seiner gusseisernen Pfanne. Verschlafen schaute er auf den weißen Wald hinaus. Irgendetwas musste seinen Kreislauf in Schwung bringen, wie wäre es mit Schneeschippen? Nur für wen? Er wohnte allein und bekam so gut wie nie Besuch.

Nach dem improvisierten Frühstück wurde er wieder müde, aber er wollte nicht zurück ins Bett. Das würde ihm nicht guttun. Im kleinen Bad ließ er einige Liter Wasser in den Boiler laufen. Dann holte er ein paar dünne Holzspäne aus dem Korb, warf sie in den Ofen und zündete sie mit einem langen Streichholz an. Das Reibegeräusch erschreckte ihn fast, denn ansonsten war es absolut still im Raum. Bald würde er warmes Wasser haben, die heiße Dusche würde ihm helfen, wach zu werden.

Er setzte sich ans Klavier, schlug ein A an und ließ es im Raum verklingen. Dann spielte er einen Moll-Akkord, der nur aus schwarzen Tasten bestand, Es-Ges-B. Dazu summte er leise «Summertime, and the livin' is easy». Es war das Absurdeste, was ihm einfallen konnte: Weder war Sommer, noch war sein Leben easy.

Zehn Minuten später spülte er den Tag am Eisloch von seiner Haut. Er verbrauchte das warme Wasser aus dem Boiler bis zum letzten Tropfen. Jetzt war er zwar wach, aber immer noch hungrig. Es würde ihm nichts anderes übrig bleiben, als ins nahegelegene Kellenhusen zum «Nahkauf» zu fahren. Zurück in die Alltagswelt, die Kassiererin beim Hinausgehen nett grüßen: «Schönen Tag noch, Frau Hansen.» – «Für Sie auch, Herr Winter.» Alles nicht sein Liebstes, aber da kam er nicht drum rum.

Als er sich gerade die Haare abrubbelte, spielte das Handy in der Küche seinen Klingelton, es war der Anfang von «Smoke on the water». Wer konnte das sein? Er kannte doch kaum jemanden. Wahrscheinlich wieder jemand von einem Callcenter, der ihm irgendeinen Schrott andrehen wollte. Der Text war immer derselbe: «Hallo, Herr Winter, schön, dass wir Sie erreichen. Wir haben etwas für Sie, das Ihnen weniger Kosten bereitet, aber mehr Leistung bringt – wie hört sich das für Sie an?» Er wollte erst gar nicht rangehen, tat es dann aber doch. Letztlich hatte er Mitleid mit den Mitarbeitern von Callcentern. Sie machten schließlich einen harten Job, der auch noch schlecht bezahlt war. Missmutig nahm er das

Telefon zur Hand, während das Wasser noch aus seinen Haaren tropfte. «Ja?»

«Annkathrin Gehrke, die Schlittschuhläuferin.»

Er war verdattert: die Tussi vom See? Woher hatte die seine Nummer?

«Ich wollte mich bei Ihnen bedanken, dass Sie mir das Leben gerettet haben.»

«Bitte.»

Eigentlich war es ja umgekehrt gewesen: *Sie* hatte *ihm* das Leben gerettet, auch wenn sie das nicht wissen konnte. Damit waren sie quitt, fand er.

«Ich möchte Sie gerne zum Essen einladen.»

«Muss nicht.» Er hatte keine Lust, mit der Schickifrau einen ganzen Abend zu verbringen. Worüber sollte er mit ihr quatschen? Außerdem musste er jetzt dringend zum Supermarkt.

«Das Blöde ist nur, ich kann noch nicht Auto fahren», plapperte sie weiter. «Mein Knie ist schwer geprellt, es tut beim Kuppeln aasig weh ...»

Verstand die jetzt Deutsch oder nicht? Hatte er nicht eben «Muss nicht» gesagt?

«Haben Sie Zeit?», insistierte sie.

«Na ja.»

«Super. Können Sie mich gleich abholen? Ist auch nicht weit.»

Sie überrollte ihn einfach.

«Heute?», fragte er gestresst, als ob er tausend Termine in seinem Kalender stehen hätte.

«Ich wohne auf Gut Behnskow, kennen Sie das?»

Hatte er sie doch richtig eingeschätzt: Gut Behnskow kannte er noch aus der Zeit, als der Gutsherr Graf von Behnskow noch nicht bankrottgegangen und sein Anwesen daraufhin in ein überkandideltes Wellness-Hotel umgewandelt worden war. Die Frau hatte Kohle, spielte Golf und besaß wahrscheinlich eine fette Segelyacht an der Ostsee. Während er überlegte, ob er nicht einfach auflegen sollte, rutschte ihm ein langgezogenes «Ja» heraus.

«Ich wohne Pappelallee 4», rief sie. «Das können Sie gar nicht verfehlen. Sie leben im Kellenhusener Wald, nicht wahr? Wie weit ist das? In einer halben Stunde, so gegen vier? Das können Sie locker schaffen. Ich freue mich.» Sie legte auf.

Er starrte den Hörer an. Die hatte ihn falsch verstanden. Er hatte doch überhaupt nicht zugesagt. Was sollte er in einem Edel-Restaurant? Er stellte es sich konkret vor: schleimige Kellner, schummriges Kerzenlicht, sie spielte mit der Stoffserviette und säuselte dabei: «Sie sind mein Retter, Tom, ohne Sie säße ich nicht hier.»

«Bitte, gern geschehen.»

«Sie sagen so wenig.»

«Was soll ich sagen?»

«Na ja, Sie hatten bestimmt etwas anderes vor an dem Tag, oder?»

«Stimmt.»

«Weswegen haben Sie eigentlich vor dem Eisloch gesessen?»

«Ist doch egal.»

Sie lachte kurz auf. «Wissen Sie, was ich gedacht habe?»

«Was denn?»

Sie nahm einen Schluck Wein und kicherte erneut. «Dass Sie sich umbringen wollten.»

«Echt?»

Auf solche Dialoge konnte er gut und gerne verzichten.

Zwanzig Minuten später fuhr er mit seinem klapprigen Jeep durch den Wald in Richtung Landesstraße. Warum, wusste er selbst nicht.

Zwei

Was für ein seltsamer Typ. Annkathrin legte das Telefon beiseite und lümmelte sich auf ihre Couch. Ihr bandagiertes rechtes Bein lagerte auf einem großen Kissen. Wahrscheinlich war es ein Fehler gewesen, ihn einzuladen. Es würde wohl einer dieser gruseligen Abende werden. Trotzdem, sie war ihm etwas schuldig. Ohne ihn wäre sie jetzt ... Sie schüttelte sich, als sie an den Unfall zurückdachte.

Von draußen schien das Nachmittagslicht durch die breiten Fenster auf den Holzfußboden. An der Wand über dem Kamin hingen großformatige Fotos von der Insel Föhr, auf der sie aufgewachsen war. Ihre drei Schwestern lebten immer noch dort, auf dem Hof ihrer Eltern. Die Fotos hatte Johanna gemacht, die Älteste. Sie beobachtete, wie die Holzscheite im Kamin vor sich hin glühten. Sie gaben eine bullige Wärme ab, obwohl das Feuer langsam ausging. Es lohnte nicht, etwas nachzulegen, wenn sie gleich wegwollte.

Sobald sie das Knie beugte, tat es immer noch höllisch weh. Jetzt, in der häuslichen Wärme, kam ihr der Unfall fast vor wie ein Film. Sie hatte auf dem Eis gelegen und nach einem

Hubschrauber geschrien, bis der Typ, dieser Tom, ihr ruhig erklärte, dass der im Schneesturm nicht würde landen können. Tom zog sie hoch, und es fühlte sich an, als würde er ihr mit seiner Axt ins Knie hauen. Sie kämpfte mit der Ohnmacht. Verzweifelt schlang sie ihre Arme um seine Schultern, er fasste sie unter den Knien und trug sie übers Eis – wie ein Bräutigam seine Braut. Dabei keuchte er vor Anstrengung. Ein Hauch von seinem Schweißgeruch stieg ihr in die Nase, aber das war nicht unangenehm, im Gegenteil. Er duftete nach Wärme und Leben.

Der Mann hatte sie ins Unterholz geschleppt, wo sein alter Militärjeep parkte, und sie dort vorsichtig auf den Rücksitz gelegt. Es war alles viel zu eng, und der blöde Sitz ließ sich nicht verstellen. Außerdem gab es im Wagen keine Heizung, war das zu glauben? Auf der Fahrt über den unebenen Feldweg wurde jeder Buckel mit einem stechenden Schmerz in ihrem Knie quittiert. Sie hätte sich gerne zusammengerissen, aber es tat so weh, dass sie laut aufschreien musste.

Nach einer unendlich langen Zeit rasten die Häuser der Kleinstadt Eutin an ihr vorbei. Alles begann sich vor ihren Augen zu drehen. Schließlich hielt Tom vor der grell erleuchteten Notaufnahme des Krankenhauses. Wie aus dem Nichts baute sich ein hünenhafter Pfleger in weißer Kleidung vor ihr auf. Den Dialog hatte sie wörtlich behalten, sie würde ihn nie vergessen.

«Wie heißen Sie?», fragte der Mann.

«Annkathrin Gehrke.»

«Welche Krankenkasse?»

«Mein Knie!», schrie sie.

«Wir müssen erst die Krankenkasse wissen.»

«Ich bin am rechten Knie verletzt.»

«Krankenkasse?»

«Techniker.»

«Haben Sie Ihre Versichertenkarte dabei?»

«Ich habe Schmerzen!», brüllte sie. Dann bekam sie einen Schwächeanfall und sackte zur Seite. Eine Frau, ebenfalls in Weiß, kam dazu. Annkathrin konnte sie nur undeutlich erkennen.

«Ich bin Dr. Wild», erklärte die Ärztin.

«Ja.»

«Wenn ich bitte Ihre Versichertenkarte sehen dürfte?»

Ihr Retter vom See war inzwischen verschwunden. «Wie heißt du?», hatte sie ihm noch hinterhergerufen. Aber sie war vom vielen Schreien so heiser, dass nur ein Krächzen herauskam.

«Den kenne ich, das ist Tom Winter», erklärte der Pfleger. «Wohnt im Wald von Kellenhusen.» Er schob sie in die grell beleuchtete Notaufnahme. Zum Glück bekam sie dort eine Schmerzspritze, die innerhalb von Sekunden wirkte und sie sehr schläfrig machte. Ein größeres Glück konnte es in diesem Moment nicht geben.

Es würde wohl dauern, bis sie diesen Film aus dem Kopf bekam. Leider hatten die Ärzte im Krankenhaus noch etwas Auffälliges in ihrem Blut entdeckt und hätten sie am liebsten gleich dabehalten. Doch sie hatte abgelehnt. Erst einmal wollte sie ein paar ruhige Tage zu Hause verbringen. Morgen würde sie dann noch mal hinfahren.

Draußen brach die Dämmerung herein, bald würde die Sonne untergehen. Sie sah Toms Jeep von der Landesstraße auf die schnurgerade Pappelallee abbiegen. Die Allee führte direkt auf das zweistöckige weiße Herrenhaus zu, das von einem großen Park umgeben war. Das war das Gutshotel, in dem sie arbeitete. Hundert Meter davon entfernt wohnte sie, im ehemaligen Gesindehaus. Es besaß drei große Räume sowie einen riesigen Wintergarten nach Südwesten. Für sie als Single war das ein echter Luxus, so großzügig hatte sie noch nie gewohnt.

Es klingelte. Sie schnappte sich ihre Gehhilfen und humpelte zur Tür. Vorsorglich hatte sie sich im Flur eine Daunendecke bereitgelegt. Anders würde sie den bescheuerten Jeep ohne Heizung nicht überleben. Sie öffnete. Tom Winter stand vor ihr und starrte sie an. Sie hätte ihn kaum wiedererkannt: Er hatte sich den Bart abgenommen, was ihm gut stand. *Jetzt noch ein kleines Lächeln ins Gesicht, und du wärst ein echter Hingucker*, dachte sie. *Aber deine alte Holzfällerjacke tut nichts für dich*, zitierte sie im Stillen einen bekannten Modedesigner. Dann ermahnte sie sich: *Du bist nicht seine Stilberaterin, Annkathrin!*

«Hallo», murmelte er.

Sollte sie ihn umarmen? Immerhin war er ihr Lebensretter. Aber zum Knuddeln war er nicht der Typ. Sie bat ihn ins Wohnzimmer und folgte ihm.

«Hier wohnen Sie also», sagte er und schaute sich befremdet um.

«Wir können uns gerne duzen. Ich bin Annkathrin.»

«Tom.»

«Vielen Dank noch mal für alles, Tom.»

«Hmm.»

Er schaute sich weiter um. «Schick, und der Golfplatz ist gleich um die Ecke, sehr praktisch.»

Hörte sie da leichten Spott heraus?

«Ich arbeite auf dem Gut», erklärte sie. Gut Behnskow war eins der schönsten Wellness-Hotels weit und breit, mit Schwimmbad, verschiedenen Saunen und einem Fitnessbereich. Es bot Massagen, Anwendungen von Kopf bis Fuß – und vor allem die tiefe Ruhe, die dieses jahrhundertealte Gemäuer ausstrahlte. «Wenn du mal in die Sauna willst, jederzeit.»

«Das ist wohl nicht ganz meine Preisklasse.»

«Überleg mal, was gibst du für die Reparatur deines Autos aus?», fragte Annkathrin. «Du solltest dir doch genauso viel wert sein wie ein neuer Außenspiegel, oder?» Das war ihr üblicher Werbetext am Telefon, wenn sich Leute über die angeblich zu hohen Preise mokierten. «Für dich ist es natürlich umsonst», fügte sie hinzu.

«Ah ja, und das kannst du mir einfach so anbieten?»

Sie zuckte mit den Achseln. «Ich bin die stellvertretende Geschäftsführerin.»

Und das war sie gerne. Damit sich die Gäste entspannen konnten, musste im Hotel alles reibungslos laufen. Dafür sorgte sie, so gut sie konnte. Ihr Lohn waren glückliche Menschen, die das Haus nach ein paar Tagen Urlaub begeistert verließen. Das war nicht seine Welt, auch okay.

Er nahm ein gerahmtes Foto von der Kommode neben der Couch: sie mit Anfang zwanzig, braun gebrannt, lachend am Strand von Kreta.

«Bist du das?», fragte er erstaunt.

«Ja, das war letzte Woche im Urlaub», scherzte sie. Sie musste das Bild unbedingt entfernen. Sie sah viel zu gut darauf aus, damit konnte sie heute nicht mehr mithalten.

«Sie wohnen nicht weit weg?», fragte sie, um das Thema zu wechseln. Der Pfleger im Krankenhaus hatte gesagt, dass Tom mitten im Wald lebte.

«Hmm.»

«Entschuldigung, wir wollten uns ja duzen.»

«Hmm.»

Sagte der auch mal was anderes als «Hmm»? Seltsamerweise wirkte er dabei nicht unfreundlich, seine grünen Augen musterten sie aufmerksam.

«Lass uns essen gehen», schlug sie vor.

Aber worüber sollten sie reden, wenn er nichts sagte? Es versprach ein Abend zu werden, der alles von ihr forderte.

Draußen knirschte der Schnee unter ihren Schuhen, die Temperatur lag weit unter null. Sie humpelte auf ihren Stützen zu seinem Jeep, er trug ihre Daunendecke. Im Auto breitete sie sie über ihrem Schoß aus, und so tuckerten sie die Pappelallee entlang zur Landesstraße. Die schmalen, hohen Bäume huschten vorbei wie Läufer, die ihnen entgegenkamen.

«Wieso ist im Wagen eigentlich keine Heizung?»

«Die kann im Ernstfall nur kaputtgehen. Hier ist bloß das Allernotwendigste eingebaut.»

«Zählen Bremsen dazu?»

Er verstand nicht, dass das ein Witz sein sollte, sondern schaute sie nur verständnislos an. «Schon.»

Annkathrin räusperte sich. «Ich wollte dich noch was fragen ...» Sie stockte. «Du hattest nicht zufällig vor, dich am See umzubringen, oder?»

«Meine Sache», antwortete er schroff.

Es war auch egal. Er hatte sie gerettet und war selbst auch am Leben.

«Ich habe eine kleine Bitte», sagte sie. «Können wir vor dem Restaurant noch kurz was erledigen? Ich darf ja zurzeit nicht fahren. Es dauert auch nicht lange, versprochen.» Vielleicht ließe sich das ja einrichten. Es war ihr sehr wichtig, und wenn sie schon mal unterwegs waren ...

«Hmm.»

Sie lächelte. «‹Hmm-ja› oder ‹Hmm-weiß-nicht›?»

«Okay.»

Sie lotste ihn über schmale, verschneite Nebenstraßen in ein kleines Dorf in der Nähe von Neustadt. Tom war offenbar kein Mensch für Smalltalk, also hielt sie die Klappe. Nur wenn sie ihm den Weg zeigen musste, sprach sie.

«Und jetzt?», fragte er, als sie das Ortsschild des Dorfes passierten.

«Zur Kirche – da ist sie schon!»

Die Dorfkirche war ein düsterer Rotziegelbau aus dem vorletzten Jahrhundert, der von einem kleinen Friedhof umgeben war. Das Gebäude wurde auch jetzt am hellen Nachmittag von Strahlern angeleuchtet, als sollte es als Kulisse für einen Gruselfilm herhalten. Auf beiden Seiten der Wege waren brennende Fackeln in den Boden gesteckt, das Feuer war ein reizvoller Kontrast zu Schnee und Eis. Neben dem Eingang stand eine moderne Bronzefigur, die so aussah, als wäre sie einem Computerspiel entsprungen. Sie kniete auf einem umzugskartongroßen Quader und passte überhaupt nicht hier hin.

Tom schaute mit entsetztem Gesicht aus dem Fenster. «Neben der Kirche steht ein Leichenwagen mit geöffneter Heckklappe», sagte er.

«Ja.» Sie lächelte verlegen.

Er legte die Stirn in Falten. «Du willst auf eine *Beerdigung*?»

Sie öffnete die Tür und nahm ihre Gehhilfen in die Hand. Der Weg zur Kirche sah spiegelglatt aus, sie hatte panische Angst, noch einmal zu fallen.

«Kannst du mich bitte zum Eingang begleiten?», fragte sie leise. «Alleine schaffe ich das nicht.»

Er stöhnte, stieg aber aus. Das schmiedeeiserne Tor zum Friedhofsgelände quietschte erbärmlich, als er es öffnete. Sie schleppte sich auf ihren Gehhilfen an ihm vorbei und winkelte den linken Arm vom Körper ab, damit er sie unterfassen konnte. Stumm schritten sie zwischen den Fackeln auf die Kirche zu. Sie war ihm unendlich dankbar. «Es dauert bestimmt nicht lange», erklärte sie. «Ich will nur mal kurz reinschauen.»

«Nur mal kurz reinschauen?», sagte er. «Auf eine Beerdigung?»

«Wirklich.»

«Ich zische sofort wieder ab. Du kannst dir nachher ein Taxi rufen.»

«Im Winter? Wo soll das herkommen? Wir befinden uns mitten in der Pampa. Außerdem wollen wir nachher doch etwas essen gehen. Ich habe ein richtig tolles Restaurant für uns ausgesucht.»

«Du hast sie echt nicht mehr alle.»

«Warum kommst du nicht mit rein?» Sie setzte das netteste Lächeln auf, das sie draufhatte. «Eine Viertelstunde, länger nicht.»

Jetzt kam aus der Kirche das Geräusch einer verzerrten E-Gitarre und eines Schlagzeugs. Sie lächelte ihn auffordernd an, als fände dadrinnen eine rauschende Party statt.

Tom starrte sie an. «Vergiss es.»

Widerwillig hielt er ihr die schwere Kirchentür auf. Sie humpelte an ihm vorbei. Irgendwie würde sie von hier schon wieder wegkommen, dachte sie. Aber dann bemerkte sie, dass er ihr folgte.

Drei

Der dunkle Kirchenraum war mit Kerzen unterschiedlicher Größe vollgestellt, zwischen den Bänken standen Teelichter, ebenso auf dem Altar. Es waren wohl an die fünfzig Leute gekommen, aber sie waren nicht in Schwarz gekleidet, sondern sommerlich bunt angezogen. Neben dem Sarg war ein großes Foto des Verstorbenen aufgestellt: ein älterer Mann mit weißem Bart, leuchtend blauen Augen und einem verschmitzten Lächeln. Er schien amüsiert auf die Feier zu schauen, als ob sie ihm sehr gefallen würde. Wer war er wohl? Ein Verwandter von Annkathrin? Ein Nachbar, ein Arbeitskollege oder ihr Chef?

Tom spürte, wie etwas in ihm hochstieg, das er nicht orten konnte. Seine Augen begannen zu zucken, wahrscheinlich war die Luft zu trocken. Ein hauchdünner Tränenfilm vernebelte ihm den Blick, was ihn ärgerte. Trauer konnte es nicht sein, er kannte den Verstorbenen ja nicht einmal. Von der Zahl der Trauergäste zu schließen, musste er ein beliebter Mann gewesen sein. Auf der Beerdigung seines Vaters waren nur zwei Leute erschienen: sein Nachfolger im Forstamt, Stefan Kohlmorgen, und er. Daran wollte Tom jetzt lieber nicht denken. Im Halbdunkel der Kerzen konnte er Annkathrins braune Augen und ihre Sommersprossen erkennen. Ihre hohen Wangenknochen kamen im kargen Licht noch stärker zur Geltung als am Tag. Was für ihn nichts daran änderte, dass sie eine Edelzicke war, die offenbar nur an sich dachte: Wie konnte sie ihn zum Essen einladen und dann einfach zu einer Beerdigung lotsen? Nur weil sie anders dort nicht hingekommen wäre! War das gutes Benehmen? Normalerweise hätte sie ihn doch nicht mal von hinten angeguckt. Frauen wie sie standen auf Männer mit Geld. Er spürte, wie sein Unwillen stärker wurde. Er würde sie kurz hineinbringen und dann wieder abhauen. Sollte sie zusehen, wie sie nach Hause kam.

Er setzte sich neben sie in die letzte Reihe. Das große Gemälde neben der Kanzel zeigte Jesus, der dem ungläubigen Thomas seine Wundmale zeigte, weil der nicht glauben konnte, dass Jesus auferstanden war. Vor dem Altar war ein schlichter Holzsarg aufgebahrt, daneben stand ein Dutzend betagter Herren mit Musikinstrumenten in der Hand: Zwei spielten E-Gitarre, zwei saßen am Schlagzeug, der Rest spielte Saxophon, Trompete und Klarinette. Die Musiker stimmten gerade einen traurigen Jazzmarsch an.

Nach dem Stück trat ein dickbäuchiger Pastor in schwarzem Talar vor die Gemeinde. Er war um die sechzig und trug seine gewellten Haare schulterlang.

«Vielen Dank», sagte er zu den Musikern und wandte sich dann an die Trauernden. «Ich habe Kapitän Harold Kanerva selten hier gesehen», begann er. «Er war einfach kein Kirchgänger. ‹Meine Kirche ist die Ostsee›, sagte er immer, und das war wirklich so. Auf hoher See sind wir alle in Gottes Hand, das weiß jeder Seemann. Wenn Harold Kanerva mit seinem Schiff unterwegs war, hat er immer gebetet.»

Der Pastor nickte einer Frau zu, die in der ersten Reihe saß. Sie trug ein türkisfarbenes Kleid. Ihre Augen hatten das gleiche Blau wie die des Verstorbenen. Tom schätzte sie auf Anfang fünfzig. War das die Witwe? Dann hätte der Kapitän eine deutlich jüngere Frau gehabt. Sie ging nun nach vorne und blieb zwischen Sarg und Schlagzeug stehen. Tom staunte, als durch die Kirchenbänke Schnapsgläser gereicht wurden, die die Frau aus einer Kornflasche vollschenkte.

«Wie ihr wisst, konnte Harold richtig feiern», hob die Frau an. «Oft bis zum Morgen. Er war immer der letzte Gast, auch noch mit über achtzig, das ließ er sich nicht nehmen.» Heiteres Gemurmel in der Trauergemeinde. «Harold hat in seinem Testament verfügt, dass wir alle einen Schnaps auf ihn trinken, und zwar nicht nur nach der Zeremonie, sondern auch schon in der Kirche.» Sie drehte sich zu dem Pfarrer, der bereits auf der Kanzel stand. «Pastor Hinrichs war nicht begeistert davon, aber Harolds letztem Willen wollte er sich doch beugen. Nich wahr, Herr Hinrichs?»

Anstatt einer Antwort blickte der Pastor auf das Schnapsglas in seiner Hand und lächelte verlegen. Als man Tom ein Glas reichen wollte, lehnte er ab. Er überließ das Trinken seiner Banknachbarin Annkathrin.

«Wer nicht will oder darf, soll aber hierdurch nicht verführt werden», fügte die Frau hinzu. «Hat jeder was?»

«Ja!», schallte es von der Trauergemeinde zurück.

«Mögest du bei Gott im Paradies sein, Harold!»

«Amen!», riefen die Leute und kippten den Korn herunter.

Tom sah aus dem Augenwinkel, wie Annkathrin ein paar Tabletten aus ihrer Handtasche fischte und sie mit dem Schnaps herunterspülte. Sie blickte ihn entschuldigend an. «Mit Alkohol wirken sie besser», flüsterte sie.

Dann setzte die Kirchenorgel ein. Es war ein trauriges Stück und gleichzeitig voller Hoffnung, eine ganz eigene Mischung. Tom schaute zur Empore. An der Orgel saß eine schmale Frau in einem roten Kleid und mit rotblonden Locken. Sie bewegte sich beim Spielen wild hin und her. Ihre Musik wurde immer fröhlicher, die Orgelpfeifen zwitscherten schließlich wie Vögel im Wald, was mehr nach Frühling als nach Trauer klang. Dann wurde es still. Die Gemeinde stand geschlossen auf. Bunt gekleidete Männer trugen den Sarg hinaus. Die Bläser folgten mit einem Trauermarsch. Vorhin, beim Schnapstrinken, hatten einige noch verhalten geschmunzelt, jetzt wurde geweint. Der letzte bittere Gang stand an. Draußen dämmerte es bereits.

«Oh, da ist ja mein Chef», murmelte Annkathrin, als sie nach draußen gingen, und deutete auf einen mittelalten Mann in heller Hose und Rollkragenpullover. Ihm standen ebenfalls die Tränen in den Augen. Er ließ sie einfach laufen. Draußen stützte Tom Annkathrin, da sie sich auf dem glatten Weg unsicher fühlte. Sie erreichten das Grab, das von hohen weißen Kerzen umgeben war. Der Sarg von Kapitän Kanerva wurde in die Grube gesenkt, der Pfarrer sprach den Segen. Annkathrin stand jetzt neben Tom und heulte Rotz und Wasser. Da kam ihr Chef auf sie zu und reichte ihr ein Taschentuch. Er sah erschüttert aus. «Sie kannten Harold auch, Frau Gehrke?», fragte er heiser.

«Hmm.»

«Harold war ein guter Freund von mir», sagte er. Dann gab er Annkathrin und Tom die Hand. «Ich muss leider, die Geschäfte sind manchmal gnadenlos. Harold hätte das verstanden.» Er eilte davon.

Kurze Zeit später stand die Frau, die die Schnapszeremonie in der Kirche abgehalten hatte, neben ihnen.

«Ich bin Thekla Kanerva, die Nichte von Harold. Wir kennen uns nicht, aber ich möchte Sie zur Nachfeier in Harolds Haus einladen. Hier sind so viele Gesichter, die ich zum ersten Mal sehe. Harold hatte viele Freunde.»

«Ähm ...», setzte Annkathrin an.

«Sind Sie mit dem Auto da?»

Annkathrin blickte Tom unsicher an. «Ja, aber ...»

«Fahren Sie uns einfach hinterher. Harold hat sich gewünscht, dass wir feiern.»

«Gerne.» Annkathrin lächelte.

«Ich dachte, wir gehen ins Restaurant.» Tom hatte Annkathrin zurück zum Wagen gebracht. Er war wirklich sauer.

«Auf der Nachfeier gibt es bestimmt auch was zu essen», erwiderte sie.

Er half ihr in den Jeep. Bevor er den Motor startete, blickte er sie eindringlich an. «Du kennst weder Harold Kanerva noch sonst irgendwen hier, stimmt's?»

«Wie kommst du darauf?»

«Nur so ein Gefühl.»

Sie sah aus wie ein Mädchen, das man beim Bonbonklauen erwischt hatte.

«Stimmt», sagte sie leise.

Die hatte sie nicht mehr alle, das war absurd! «Bist du öfter auf Beerdigungen, auf denen du niemanden kennst?», fragte er genervt.

«Es ist das erste Mal, ich schwöre es!»

Er glaubte ihr kein Wort. Mit Sicherheit schlich sie regelmäßig auf Trauerfeiern von Fremden und fraß sich dort durch. Aber dass sie sich von ihm dorthin kutschieren ließ, setzte allem die Krone auf. Er hatte auf dem Eis eine Geisteskranke gerettet.

«Warum machst du das?», fragte er.

«Möchte ich nicht sagen.»

«Ich werde dich nicht zur Nachfeier fahren», erklärte er. «Das geht zu weit. Das ist keine Spaßveranstaltung.»

«Ich habe Kanervas Nichte schon zugesagt.»

«Ist mir egal.»

Annkathrin senkte den Blick. «Du hast recht.»

«Vielleicht gehst du kurz rein und entschuldigst dich bei ihr.»

Sie nickte. «In Ordnung. Ich rede kurz mit Kanervas Nichte, und dann gehen wir zusammen essen. – Magst du Fisch?»

«Ja, aber nicht mit dir.»

«Ich kenne ein tolles Restaurant in Malente, direkt am Kellersee, wirklich vom Allerfeinsten.»

Er kannte sich mit Restaurants in der Gegend nicht aus, von der Pommesbude in Neustadt mal abgesehen. Sein Hunger war riesig, mehr als die Spiegeleier heute Morgen hatte er noch nicht zu sich genommen. Trotzdem würde er niemals mit dieser Irren essen gehen. Er würde sie auf ihrem Gut absetzen, und danach würde es für ihn am Neustädter Hafen Pommes rot-weiß geben. Alleine. Und das war auch in Ordnung so.

Vier

Der Konvoi aus zwei Dutzend Wagen setzte sich in Bewegung. Toms olivfarbener Jeep fiel zwischen den Golfs und Mercedes ziemlich aus dem Rahmen. Annkathrin war erleichtert, dass alle langsam und vorsichtig fuhren, denn die Straßen waren spiegelglatt. Nach einer guten halben Stunde hielten sie vor einer großen, hell angestrahlten Reetdachvilla, die direkt am Meer lag: ein Traum von einem Haus, das fast noch Gut Behnskow toppte. Die Ostsee rauschte laut, ein eisiger Wind pfiff ihr beim Aussteigen um die Ohren. Sie gingen im Pulk der anderen Gäste hinein. Am Hauseingang stand Thekla Kanerva, um jeden einzeln zu empfangen. Was für eine freundliche Frau! Ein Kellner trat hinzu, um Tom und ihr den Mantel abnehmen.

«Nein, vielen Dank, wir gehen gleich wieder», erklärte sie.

«Bitte bleiben Sie doch», bat Thekla Kanerva, die jetzt direkt neben ihnen stand. «Harold hätte das gewollt. Vorher müssen Sie mir aber verraten, woher Sie und Harold sich kannten. Ich habe so viel nachzuholen, was seine Freunde anbelangt.»

«Es ist mir ... sehr unangenehm», begann Annkathrin, «besonders am heutigen Tag. Aber ich muss zugeben, dass ich ... Ihren Onkel gar nicht kannte.»

Jetzt war es raus. Tom wurde rot, sie bekam einen trockenen Mund.

«Ach ja? Aber wieso ...?» Frau Kanerva war sichtlich irritiert.

«Ich habe die Traueranzeige in der Zeitung gesehen. Einen so berührenden Text habe ich noch nie gelesen. Ihr Onkel muss ein ganz besonderer Mensch gewesen sein. Ich bin zur Beerdigung gegangen, weil ich gehofft habe, mehr über ihn zu erfahren. Und so war es auch. Es war eine Trauerfeier, die mir sehr viel Mut gemacht hat.»

Thekla Kanerva, die in der Kirche noch so gefasst gewirkt hatte, standen plötzlich Tränen in den Augen.

«Schönen Abend dann noch und auch mein Beileid», murmelte Tom und fasste Annkathrin sanft am Arm.

Thekla Kanerva wischte sich die Tränen aus den Augen und sagte lächelnd: «Das hätte Harold sehr gefallen!»

«Was?»

«Dass er über seinen Tod hinaus noch Menschen kennenlernt. Er wäre begeistert gewesen. Ich bitte Sie, bleiben Sie und feiern Sie mit uns!»

Annkathrin sah Tom unschlüssig an.

«Ich meine es ernst», setzte die Gastgeberin nach und streckte ihr die Hand entgegen. «Ich bin Thekla.»

«Annkathrin.»

«Tom.»

Zögerlich gaben sie dem Kellner ihre Mäntel. Thekla führte sie in ein riesiges Wohnzimmer mit einem alten, knarzenden Parkettboden, in dem an die dreißig Menschen versammelt waren. Die Wände waren voller Bücherregale, in einer Ecke stand ein weißer Stutzflügel, von dem aus man beim Spielen aufs Meer schauen konnte. Die Einrichtung war altmodisch, viel Teak, etwas Messing, aber es gab hier nichts, was keinen Zweck hatte. Hinter der riesigen Fensterscheibe lag die Ostsee. Vom Garten ging ein beleuchteter Steg aufs Meer hinaus.

Tom fühlte sich sichtlich unwohl. Es tat ihr irgendwie leid, immerhin hatte sie ihn hierhergeschleppt. Lange würden sie ohnehin nicht bleiben, das war auch in ihrem Interesse, denn schließlich musste sie morgen früh ins Krankenhaus, da sollte sie nicht ganz unausgeschlafen sein.

«In der Küche gibt es etwas zu essen, ihr habt bestimmt Hunger», sagte Thekla.

Mehrere Kellner eilten umher und schenkten Wein aus, in der Küche war ein üppiges Buffet aufgebaut. Annkathrin legte sich Krabben und eingelegte Artischocken auf den Teller und setzte sich an den Tisch. Auch Tom füllte sich ordentlich auf und ließ sich dann neben ihr nieder. Er schien großen Hunger zu haben. Kaum hatte sie den ersten Bissen im Mund, quatschte ihn sein Tischnachbar mit der grauen Löwenmähne an.

«Ich wusste gar nicht, dass Harold musikalisch war. Wissen Sie, ich habe an seinen Schiffen die Rettungsboote gewartet, da sind wir nie persönlich geworden. Hatten Sie auch geschäftlich mit ihm zu tun?»

«Nein, nur privat», erwiderte Tom.

Jetzt beugte sich die Löwenmähne zu Tom herunter. «Er soll ja gut mit den Frauen gekonnt haben», raunte er.

«Wirklich?», fragte Tom mit ernstem Gesicht.

«Habe ich jedenfalls gehört.»

«So.»

«Oder nicht?»

«Keine Ahnung.»

«Ist ja auch egal. Der arme Kerl ist ja nun tot. Tja, so ein Alter müssen wir erst mal erreichen, was?» Er klopfte Tom lachend auf die Schulter.

Tom entschuldigte sich und wechselte mit seinem Teller ins Wohnzimmer. Sie wäre ihm gerne gefolgt, aber Gehhilfen und Tellertragen ging nicht gut zusammen. Also blieb sie einfach sitzen und genoss das gute Essen und die warme Stimmung in der Küche. Als sie gerade den letzten Bissen getan hatte, hörte sie vom Wohnzimmer aus Musik. Sie erhob sich und ging vorsichtig hinüber. Was sie dort sah, verschlug ihr den Atem: Am Flügel saß – Tom Winter. Der Mann mit der Axt konnte Klavier spielen, und zwar so, dass es sich wunderbar anhörte! Zart und elegant glitten seine Hände über die Tasten, er spielte zusammen mit einem Gitarristen «Hit the road Jack», ganz leicht und fließend. War das schnelle Stück nicht ein bisschen gewagt für eine Trauerfeier? Wohl nicht für diese, denn es schien niemanden zu stören. Irgendwann stand der Gitarrist auf, und Tom improvisierte alleine weiter. Es wirkte, als habe er alles andere um sich herum vergessen.

«Starker Typ, dein Freund», hörte sie eine Stimme neben sich sagen. Sie drehte sich um. Thekla.

Natürlich hätte Annkathrin das richtigstellen können. Tom war weder ihr Freund noch ein besonders starker Typ. Aber war das jetzt wichtig?

«Ja», antwortete sie.

«Wer Klavier spielt, hat Glück bei den Frauen», seufzte Thekla und schaute zu Tom. «Bei mir jedenfalls.»

Annkathrin lächelte. «Bei mir auch.»

«Wo habt ihr euch kennengelernt?»

«Beim Schlittschuhlaufen.»

«Klingt romantisch.»

Eigentlich war es so ziemlich das Gegenteil davon.

«Zu schade, dass Harold das nicht erleben kann.» Thekla wischte sich eine Träne aus dem Augenwinkel. «Er bekommt an seiner Trauerfeier sogar noch ein Konzert von einem Fremden.»

«So kann es kommen, wenn man ein gutes Leben hatte», sagte Annkathrin. Plötzlich wurde ihr schummrig. Die Ärzte im Eutiner Krankenhaus hatten sich gewundert, dass sie, einmal abgesehen von dem Unfall, körperlich noch so fit war. Trotz ihrer Krankheit. Doch das würde sich bald ändern. Schnell schob sie den Gedanken beiseite. Sie wollte nicht darüber nachgrübeln. Nicht heute. Und so war sie froh, dass Thekla mit ihr über Harold Kanerva, Rotwein, Gott und die Welt plauderte. Sie erfuhr, dass Thekla von nun an die Reederei und die Kulturstiftung leiten würde, die ihr Onkel vor einigen Jahren gegründet hatte.

Zwischendurch schaute Annkathrin zu Tom, der immer noch vollkommen versunken in sein Spiel war. Seine Musik klang ein wenig traurig, aber auch schön. Ein kurzer Blick auf die Armbanduhr verriet ihr, dass es bereits elf Uhr war. Wenn Tom sie noch nach Hause bringen und dann zurück in seinen Wald fahren würde, wäre er weit nach Mitternacht im Bett. Und das nur, weil er den ganzen Abend auf einer Trauerfeier zugebracht hatte, auf der er gar nicht sein wollte. Sie beschloss, dass es Zeit war zu gehen. In dem Moment beendete er abrupt sein Spiel. Die Gäste schreckten von der plötzlichen Stille auf, dann klatschten sie freundlich. Tom erhob sich und kam auf Annkathrin zu.

«Das war sehr schön. Du kannst ja richtig toll spielen», sagte sie.

«Ach, das waren nur ein paar Tricks. Die hat jeder Musiker drauf.»

Sie lächelte. «Mich hat es berührt.»

Tom sah zur Seite. «Ich möchte jetzt los.»

«Ist gut, wir gehen.»

Annkathrin hielt nach Thekla Ausschau, um sich zu verabschieden, aber sie schien gerade in ein anderes Gespräch vertieft. Annkathrin winkte ihr von weitem zu, Thekla winkte lächelnd zurück. An der Haustür ließen sie sich ihre Jacken geben.

«Es tut mir leid», sagte der Kellner, «aber mit dem Wagen kommen Sie heute nicht mehr weg. Draußen ist ein Eissturm, die Straßen sind spiegelglatt.»

«Mein Wagen hat Vierradantrieb», erklärte Tom. «Damit komme ich überall durch.»

Annkathrin überlegte kurz. Dann sagte sie: «Das ist mir zu riskant, so eine Höllentour macht mein Knie nicht mit. Gibt es hier in der Nähe ein Hotel?»

«Sie können hier schlafen, hat Frau Kanerva gesagt. Im ersten Stock gibt es Gästezimmer.»

«Und was ist mit den anderen Gästen?», fragte Annkathrin.

«Die meisten wohnen in der Nähe», sagte der Kellner, «oder sie sind mit Leuten befreundet, die hier in der Umgebung wohnen.»

Annkathrin lächelte Tom an. «Das ist ein nettes Angebot, oder?»

Tom holte tief Luft. «Danke, ich fahre auf jeden Fall.»

«Sicher?»

«Ja, vielen Dank. Auf Wiedersehen.»

Er schnappte sich seine Jacke und verschwand in der Dunkelheit.

Fünf

Der Ostseewind wirbelte die schweren Flocken in alle Richtungen. Unter dem Steg schwappten Eisstückchen im Meer hin und her. Tom schaute vom Fenster des kleinen Dachzimmers hinaus. An der Lampe, die den Steg beleuchtete, klebten die Zapfen, auf dem Holz befand sich ein zentimeterdicker frostiger Belag. Es war technischer K.o. gewesen, der Jeep war in der Kälte nicht angesprungen. Reumütig wie ein entlaufener Hund war er ins beheizte Haus zurückgekehrt.

Annkathrin lag bereits in dem Doppelbett, das viel zu eng für sie beide war. Wie überhaupt das kleine Gästezimmer mit der Dachschräge zu klein war. Alles zu intim und zu kuschelig. Sie hatte auf ihrer Seite die kleine Nachttischlampe eingeschaltet, die ein mattes Licht abgab. Der voll verspiegelte Kleiderschrank neben dem Bett war ihm unangenehm, weil er sich selbst darin sah.

So schnell es ging, zog er Hose und Hemd aus und legte sich auf seine Hälfte des Bettes. Ein Hauch ihres Parfüms drang in seine Nase, es konnte noch nicht lange her sein, dass sie es aufgetragen hatte. Irgendwie war es komisch, wie ein

Paar nebeneinanderzuliegen, ohne sich überhaupt zu kennen. Er blieb ganz am Rand, um sie nicht aus Versehen zu berühren, was in dem engen Bett gar nicht so leicht war. Sie schaltete das Licht aus. Einen Moment lang herrschte Stille.

«Warum bist du nun wirklich auf die Beerdigung gegangen?», fragte er irgendwann in die Dunkelheit.

«Um mich durchzufressen», antwortete sie. «Weißt du doch.»

«Unsinn.»

«Warum? Das Essen war doch super, und für umsonst ...»

«Hallo?»

«Willst du es wirklich wissen?»

«Ja.»

«Weil ich Optimistin bin ...» Und nach einer Pause: «Aber ich gebe zu, dass mein Optimismus gerade schwer geprüft wird.»

«Wie das?»

Sie atmete einmal tief ein und wieder aus. «Du denkst vielleicht, ich bin eine Irre, die andauernd so durchgeknallte Dinge macht, wie auf fremde Beerdigungen zu gehen. Aber ich schwöre dir, das war heute eine echte Premiere.» Sie holte noch einmal Luft. «Die Verzweiflung muss eben nur groß genug sein.»

Er schluckte. «Das klingt nicht gut.»

«Bei der Kniesache haben die Ärzte in meinem Blut eine gefährliche Krankheit entdeckt.»

Pause.

«Unheilbar?», fragte er.

«Normalerweise schon. Aber in meinem Stadium besteht wohl noch Hoffnung.»

Sie klang nicht so sicher, wie sie es wohl gerne gewesen wäre. «Und wenn nicht?»

«Werde ich sterben.»

Pause.

«Du warst also auf der Beerdigung, um zu sehen, wie es bei dir ablaufen könnte? Falls es schlecht ausgeht?»

«So ungefähr.»

Das war hart, damit hatte er nicht gerechnet.

«Und hat es dir etwas gebracht?»

«Ja, Kanervas Feier hat mir Mut gemacht. Das wusste ich aber schon vorher, als ich seine Traueranzeige in den ‹Lübecker Nachrichten› gelesen habe.»

Er schaute hinüber zum Dachfenster, das von den Scheinwerfern am Steg angestrahlt wurde, und musste unwillkürlich grinsen. «Ich würde liebend gerne mit dir tauschen.»

«Ich auch mit dir.» Er hörte an ihrer Stimme, dass sie auch lächelte.

«Du hast keine Ahnung, wovon du redest», sagte er.

«Nein, du hast keine Ahnung, wovon *du* redest.»

Sie mussten beide lachen.

«Hoffentlich willst du mir jetzt nicht vorbeten, wie schön das Leben ist», sagte er nach einer Weile.

«Na ja, heute war ein schöner Tag, findest du nicht?»

«Ich behaupte gar nicht, dass das Leben schlecht ist.»

«Sondern?»

«Es ist nur schlecht für mich.»

«Aber heute war es auch für dich nicht so ganz schlecht, oder?» Sie ließ nicht locker.

«Schon. Aber man kann ja nicht jeden Tag auf Beerdigungen gehen, damit man gut drauf kommt.»

Sie kicherte, dann drehte sie sich in seine Richtung. «Wirst du irgendwann wieder ein Loch in den See hacken?»

«Keine Ahnung.»

«Ein Pfleger im Krankenhaus meinte, du lebst als Einsiedler im Wald.»

Er zuckte mit den Achseln. «Na ja, das ist etwas übertrieben. Ich bin halt im Forsthaus aufgewachsen und habe es nie verlassen.»

«Krass.»

«Mein Vater war Förster, wo sollte der sonst wohnen, wenn nicht im Wald?»

«Lebst du mit ihm zusammen dort?»

«Er ist vor einem Jahr und dreiunddreißig Tagen gestorben», sagte er leise.

«Tut mir leid.»

Er war froh, dass sie nicht nachhakte. «Und wie geht es bei dir jetzt weiter?»

«Ich gehe morgen in die Lübecker Uniklinik. Mit Glück bin ich in wenigen Monaten mit der Krankheit durch, sagen die Ärzte. Aber es wird kein Spaziergang werden.» Sie schluckte. «Danach mache ich mir den schönsten Sommer meines Lebens.»

Es klang eher ängstlich als optimistisch. Aber das sagte er ihr nicht, vermutlich wusste sie es selbst.

«Was stand denn überhaupt in dieser Traueranzeige?», fragte er.

«*Voller Trauer, Ärger und Wehmut gebe ich bekannt, dass mein wunderbares Leben geendet hat*», zitierte sie. «*Ich vermisse euch alle, sogar die Unsympathischen, und werde eine Ewigkeit lang an euch denken. Euer Kapitän auf großer Fahrt, Harold Kanerva.*

PS: Ich lade zu einer letzten Feier mit viel Schnaps am 15.3. in der Paulskapelle in Wiebshorst um 17:00 Uhr.»

«Du kannst es auswendig?», fragte er erstaunt.

«Na ja, ich habe den Text ziemlich oft gelesen.»

Beeindruckend, Kanerva musste die Anzeige eine Weile vor seinem Tod geschrieben haben. Es klang so, als wenn er sein Leben in vollen Zügen genossen und mit klarem Blick beendet hatte. So weit musste man erst mal kommen. Unwillkürlich fragte Tom sich, wie der Text für seine eigene Anzeige wohl ausgesehen hätte: «Ich vermisse nichts und niemanden»? Frustrierend, aber wahr. Auf der Beerdigung seines Vaters waren wenigstens noch zwei Menschen erschienen, bei ihm würde nicht einmal mehr der Förster kommen. Aber zum Glück würde er das nicht mitbekommen, es konnte ihm also egal sein.

«Kanerva ist alt geworden», stellte sie fest.

«Bestimmt hat er gesund gelebt», seufzte er.

«Thekla hat mir was anderes erzählt. Er war eher der Typ, der beim Reden immer ein Glas Rotwein in der Hand hielt.»

Sie blieben noch lange wach im Bett liegen. Der Wintersturm heulte ums Haus, Tom hörte die Eisschollen scheppern und genoss die Wärme unter der Decke. Er musste an Amelie und Fabian denken, seine Lieblingsfichten im Kellenhusener Wald, die als Paar dicht beieinanderstanden. Falls es eine Wiedergeburt gäbe, würde er gerne auch ein Baum werden: Einfach da sein, bei Hitze und Schnee, während Vögel auf seinen Ästen sangen und sich Wildschweine an ihm schubberten. Er hörte die ruhigen Atemzüge der fremden Frau neben sich und schlief langsam mit ihr ein.

Der beste Sommer
ihres Lebens

Sechs

Annkathrin schloss die Augen. Eine sanfte Brise hauchte über ihre Lider und strich ihr die Haare nach hinten. Dann drehte der Wind und kreiste behutsam über ihrem Nacken. Sie stand in einer flachen Pfütze und spürte den Meeresboden unter ihren nackten Füßen. Er war weder zu fest noch zu weich. Die Sonne hatte das Wasser auf genau die richtige Temperatur gebracht, nicht zu kalt und nicht zu warm. Sie blieb einfach so stehen und ließ sich vom Wind streicheln. Ihre Lungen füllten sich bei jedem Atemzug mit salziger Meeresluft, die auch noch den letzten Winkel ihres Körpers mit Energie auflud.

Nach einer Weile öffnete sie die Augen. Sie stand im Watt zwischen Amrum und Föhr. Links von ihr lag die Hallig Langeneß, deren Häuser an der Südspitze in der Luft zu schweben schienen. Eine optische Täuschung, wie sie am Meer häufig vorkam. Als Kind hatte sie diesen phantastischen Ausblick jeden Tag gehabt, aber er war ihr alltäglich vorgekommen. Jetzt erkannte sie zum ersten Mal, wie schön es hier war. Gegenüber lagen die hellen Dünen von Amrum mit dem Leuchtturm in Nebel. Die Insel auf der anderen Seite des Watts war ihr in ihrer Kindheit immer geheimnisvoll erschienen. Nachts leuchteten die kleinen Lichter der Häuser herüber. Als Kinder hatten sie sich ausgemalt, wer dort wohnte: Seeräuber, Feen und Elfen, Waldgeister und Trolle. Was da wohl alles passierte?

Wenn sie nach Föhr zurückblickte, sah sie den weißen Mast mit der friesischen Fahne in Blau-Rot-Gelb, die fröhlich mit der Brise spielte. Den Mast hatte ihr Vater auf ihrem Hof gleich hinterm Strand aufgestellt. Ihre ganze Jugendzeit über hatte sie sich darüber mokiert: Wozu brauchte man eine Fahne, was sollte die ausdrücken? Jetzt fand sie, dass sie hierhergehörte, ohne sagen zu können, aus welchem Grund.

Sie schloss die Augen und sah plötzlich Patienten in Bademänteln, die über den Krankenhausflur schlurften und einen Infusionsständer neben sich herschoben. Einer der Patienten war sie. Solche Bilder hatte sie vorher nur aus dem Fernsehen gekannt und dann immer weggeschaltet. Aber wegschalten war nicht mehr möglich, denn es war plötzlich ihr reales Leben gewesen. Viele hundert Male war sie den Flur entlanggeschlichen, bis zum großen Fenster. Von dort sah man einen kleinen Ausschnitt von der Straße, auf der sich die ganz normalen Menschen bewegten.

«Warum ausgerechnet ich?», hatte sie sich gefragt. Bis zu ihrer Diagnose im Dezember war sie immer gesund gewesen, zweimal im Jahr eine Erkältung, das war alles. Und nun hatte sie das erste Mal in einem Krankenhaus gelegen, und dann gleich mit Leukämie. Körperlich hatte sie die starken Nebenwirkungen der Medikamente einigermaßen weggesteckt. Aber seelisch hatten sie die Mittel förmlich ausgehöhlt, es war, als wohnte ein fremder Mensch in ihr. Trotzdem hatte es in der Klinik auch gute Momente gegeben. Die Sprüche von Nachtpfleger Tim saßen immer genau auf dem Punkt und waren erfrischend respektlos, das vermisste sie richtig. Oder die spontane Pyjamaparty, als sich ihre Werte das erste Mal verbessert hatten, mit Kochsalzlösung im Tropf und O-Saft auf ex. Sie hatte unwahrscheinliches Glück gehabt, ihr Zustand verbesserte sich schnell, die Ärzte hatten von einem echten Wunder gesprochen. Trotzdem, die dunklen Phasen waren so düster gewesen wie nichts zuvor in ihrem Leben. Allein dass ihre Schwestern jedes Wochenende den weiten Weg von Föhr zu ihr in die Lübecker Uniklinik auf sich genommen hatten, um sie zu besuchen, hatte sie wieder aufgerichtet. Sogar an Weihnachten und Silvester waren sie bei ihr gewesen. Als Annkathrin vor sechs Wochen endlich aus dem Krankenhaus entlassen worden war, hatte sie die nächste Fähre nach Föhr genommen. Seitdem wohnte sie in ihrem Jugendzimmer und ging tagsüber zur Reha in die Kurklinik hinüber.

Fast unmerklich schwappte eine breite gläserne Pfütze über den Wattboden: Die Flut lief auf, sie musste zurück. Das Wasser kräuselte sich im Wind und glitzerte silbern in der Sonne. In den letzten Wochen war sie bei Ebbe jeden Tag hier gewesen. Seit gestern war sie mit allem durch. Sogar die Haare wuchsen langsam nach, vorerst trug sie aber noch eine Perücke. Was übrigens kaum jemand bemerkte: Die meisten dachten, sie hätte sich nach dem Krankenhaus einen neuen Look gegönnt.

Nach einer guten halben Stunde erreichte sie den Hedehusumer Strand und ging über den Feldweg zurück zum

Hof. Das Wohnhaus ihrer Eltern stammte aus dem Jahr 1897 und war rot geklinkert. Leider hatte ihr Vater das Reetdach irgendwann durch Ziegel ersetzt, was die Feuerversicherung billiger, das Haus aber nicht schöner machte. Ihr Weg führte sie in den Stall, in dem die letzte verbliebene Kuh stand, die täglich von Hand gemolken wurde.

«Na, Kimberly, wie geit di dat?», fragte Annkathrin und zwinkerte ihr zu. Kimberly schaute sie mit ihren riesigen Augen an und kaute stoisch vor sich hin. Annkathrin setzte sich auf einen Schemel und legte ihr Ohr an den dicken, warmen Bauch des Tieres. Dadrinnen blubberte und schmatzte es behaglich. Das fühlte sich so wohlig an, dass sie gar nicht mehr wegwollte. Bis vor kurzem hatten hier noch sechzig Kühe gestanden, aber das war zu viel Arbeit für ihre Schwestern geworden, die alle auch noch anderen Berufen nachgingen. Am Tag des Abschieds hatte Kimberly sie jedoch so traurig angeguckt, dass sie sie behalten hatten, sie gehörte einfach zum Gehrke-Hof. Keine ihrer Schwestern hätte es übers Herz gebracht, sie wegzugeben, es war echte Liebe, und damit basta.

Kimberly drehte sich um und leckte mit ihrer großen Zunge über Annkathrins klobige Gummistiefel. Sie streichelte dem Tier über den Kopf und kraulte es hinterm Ohr, Kimberly muhte einmal laut auf. Kaum zu glauben, dass der Tag der Abreise gekommen war und sie heute Abend das erste Mal seit Wochen wieder in ihrem eigenen Bett schlafen würde. Sie freute sich auf ihren Kamin und den Wintergarten. Ja, es war gut, beides in ihrem Leben zu haben: Föhr und das Häuschen am Ende der Pappelallee in Ostholstein.

Nach dem Melken wusch Annkathrin sich und zog sich im

ehemaligen Schlafzimmer ihrer Eltern um, das nun Merles chaotische Bude war. Alle Wände waren mit zerknitterter Alufolie beklebt, wie konnte sie dieses Geglitzer auf Dauer nur aushalten? Es war Merles dreißigster Geburtstag, und sie hatte zum Brunch eingeladen. Annkathrin blickte in den Spiegel. Jeans und eine blaue Bluse genügten, etwas Edleres hätte ihre Rocker-Schwester, die kaum ein Heavy-Metal-Festival ausließ, seltsam gefunden. Merles Geschenk hatte sie am Wyker Sandwall gekauft, es lag auf der Kommode in einer länglichen, dunkelblauen Schatulle. Ob es ihrer Schwester wohl gefallen würde? Es war riskant, aber sie war überzeugt, dass es das Richtige war.

Annkathrin nahm das Geschenk und ging barfuß auf den Hofplatz. Das grobe Pflaster war immer noch warm von der Vormittagssonne. Sie hatten Glück mit dem Wetter, in den frühen Morgenstunden hatte es noch wie aus Eimern geschüttet, dann hatte der Wind gedreht, und nun war die Luft plötzlich so warm wie im Hochsommer – und das Mitte Juni!

Annkathrin beobachtete ihre Schwestern bei den letzten Vorbereitungen: Johanna lächelte ihr zu, während sie den Tisch noch einmal abwischte, ihren schwarzen Pferdeschwanz trug sie inzwischen wieder so lang wie früher. Wiebke hatte unter den beiden großen Buchen auf dem Hofplatz eine lange Tafel aufgebaut, an der das Geburtstagskind mit seinen Gästen saß. Sie war schwanger und sollte eigentlich etwas kürzertreten, aber auf dem Ohr war sie taub. Die kurzhaarige, blonde Merle trug wie immer ihre alte Jeans und ein ausgewaschenes T-Shirt. Neben ihr saß ihr neuer Freund Mirko, ein durchtrainierter, langhaariger Reetdachdecker mit Dreitagebart, dazu kamen Johannas Kolleginnen und

Kollegen aus der Apotheke, mit denen sie auch befreundet war, und ein paar andere Leute von der Insel.

Ihre drei Schwestern wohnten unter einem Dach, in getrennten Wohnungen, und bewirtschafteten die Felder ihrer lange verstorbenen Eltern gemeinsam, dazu hatten sie noch ein paar Schweine und Hühner für den Eigenbedarf. Sie machten das nebenberuflich, so konnten sie sich gut abwechseln. Die quirlige Merle arbeitete in einer Oldsumer Firma als Malerin und Tapeziererin, die etwas ältere Wiebke war Surflehrerin im Nachbarort Nieblum und züchtete Karpfen in einem Teich, der auf dem Hofgelände lag. Ihr Freund Karl war Steuermann bei der W. D. R.-Fährreederei. Die Älteste von ihnen, die «vernünftige» Johanna, war in der Wyker Apotheke angestellt. Ihr Mann Frerk arbeitete im Außendienst eines Elektrounternehmens auf dem Festland und war nur am Wochenende da. Was ihrer Liebe keinen Abbruch tat, die beiden waren seit der Schulzeit ein Paar und feierten bald Silberhochzeit.

«Herzlichen Glückwunsch, Merle!», rief Annkathrin, umarmte ihre Schwester und reichte ihr das Geschenk. Seit sie mal in London gearbeitet hatte, war sie für alles Modische zuständig. Die Gehrkes verschenkten sonst nur Praktisches wie Pullover, Arbeitskleidung und Autozubehör – eine Familienmacke, über die sie selber lachen mussten.

Merle öffnete die Schatulle und machte große Augen. «Wow! Danke, Tinka.» So nannten sie alle Föhrer.

Annkathrin stellte sich hinter Merle und legte ihr die mattsilberne Kette mit den breiten Gliedern um den Hals.

«Super!», riefen alle. Ihr Freund Mirko schnaubte ein wenig verächtlich, aber seine Augen strahlten. Auch zu ihrem lässigen Outfit sah die Kette wunderschön aus, ohne dass es überkandidelt wirkte.

«Ich dachte, du könntest jetzt auch mal etwas erwachsen aussehen», lachte Annkathrin. Sie machte schnell ein Bild mit ihrem Handy und zeigte es Merle.

Die war begeistert, aber noch etwas unsicher. «Danke, meine Große. Meinst du wirklich, ich kann so was Edles tragen?»

«Aber ja!»

Annkathrin blickte auf die gedeckte Tafel und verdrehte insgeheim die Augen: Wo waren nur die guten alten Feiern aus ihrer Kindheit geblieben? Als sich die Tische unter schweren Porzellanschüsseln bogen, voll mit triefenden Braten, dazu Bier-, Cognac- und Schnapsflaschen? Feiern hieß damals noch feiern – und nicht verzichten! Heute hingegen hatte Merle ihre Drohung wahr gemacht: Auf dem Tisch standen geschnittene Karotten, Kohlrabi und Magerquark-Dip. Dabei war die Speisekammer hinter der Küche mit leckerem Räucherfleisch und Wurst aus eigener Schlachtung gefüllt, alles Bio, verstand sich. Wie konnte das sein? Merle fand sich angeblich zu dick, was vollkommener Schwachsinn war. Gut, für ein Model war sie vielleicht einen Tick zu breit und zu klein, so war sie aber nun mal gebaut. Sie war kräftig, aber doch nicht fett! Und seit wann waren halb verhungerte Mager-Models das Maß aller Dinge? Es war ein Wunder, dass Merle heute überhaupt Alkohol ausschenkte. Dass sich die schwangere Wiebke zurückhalten musste, war klar, aber die anderen?

«Entschuldige, ich müsste mal ...», sagte Merles Freund Mirko, als Annkathrin sich gerade neben ihn setzen wollte.

Mirko ging über den Hofplatz, aber nicht in Richtung Toilette, sondern in den Wirtschaftsbereich, wo sich die Speisekammer und die Waschmaschinen befanden. Egal, er würde das Badezimmer schon finden. Annkathrin rutschte rüber zu den Freundinnen aus der Apotheke. Die waren gerade bei Klatsch und Tratsch, wer mit wem oder warum nicht mehr, plus den Macken ihres Chefs. Annkathrin war erleichtert, denn sie redeten auf Partys sonst gerne ausführlich über Blut- und Urinproben, was für sie so alltäglich war wie für andere Menschen Einkaufstüte und Regenschirm. Von diesen Themen hatte Annkathrin nach dem Krankenhaus aber erst mal gehörig die Schnauze voll. Die Gäste quatschten laut durcheinander, es wurde viel gelacht. Annkathrin trank das erste Glas Sekt seit Monaten. Es stieg ihr sofort zu Kopf. Herrlich, dieses Gefühl! Irgendwann fiel ihr auf, dass zwischendurch immer wieder Gäste aufstanden und im Wirtschaftsbereich neben der Küche verschwanden. Das kam ihr jetzt doch komisch vor.

Als Merle irgendwann aufstand, folgte sie ihr unauffällig. Merle verschwand im Schuppen, Annkathrin wartete ein paar Sekunden und riss dann hinter ihr die wackelige Holztür auf – und machte große Augen: Merle und Mirko standen vor der offenen Speisekammer, Merle knabberte genüsslich an einer geräucherten Hähnchenkeule, Mirko kippte gerade ein Glas Wodka auf ex runter. Sie erstarrten, als sie sie sahen: erwischt!

«Hier seid ihr also», sagte Annkathrin erstaunt.

«Wir dachten nur, dass du ...», stammelte Merle.

Sie hätte es sich auch denken können. Ihre kleine Schwester war überhaupt nicht der Typ für eine Diät.

«Ist das Grünzeug nur meinetwegen?», fragte Annkathrin. Es gab ihr einen Stich.

Merle nickte und nestelte verlegen an ihrer neuen Kette herum. «Mensch, Tinka, ich möchte, dass du wieder ganz gesund wirst.»

Annkathrin schob die beiden sanft zur Seite, schnappte sich die Wodkaflasche und nahm eine Kieler Sprotte aus einer kleinen Holzkiste. Dann ging sie zurück zur Tafel. Merle und Mirko folgten ihr. Unter den erstaunten Blicken der Geburtstagsgäste stieg Annkathrin jetzt mit einem Glas Wodka in der Hand auf den Tisch. Alle wurden still und blickten zu ihr hoch. Sie ließ die Sprotte ganz langsam in ihren Mund gleiten und kippte dann den Schnaps obendrauf. Obwohl es nur eine kleine Pfütze war, fühlte sie sich sofort betrunken. Aber das musste jetzt sein.

«Damit will ich nur sagen: Ich bin gesund und darf alles essen», rief sie. «Und ihr auch. Also, alles raus aus der Speisekammer und auf den Tisch, und zwar sofort! Sonst gibt's Ärger!»

Merle half ihr vom Tisch runter. Die Gäste klatschten verhalten. «War nicht böse gemeint», sagte Merle mit betretener Miene.

Annkathrin umarmte sie. «Ich weiß. Und keine Angst: Ich werde heute nicht über die Stränge schlagen. Schließlich habe ich ja noch die Autofahrt nach Ostholstein vor mir.»

Stunden später fuhr sie mit ihrem Cabrio auf die letzte Fähre Richtung Festland. Ihre Schwestern hatten den Kofferraum mit selbst eingekochter Marmelade, geräuchertem Fisch und Würsten vollgepackt. Sie meinten es gut mit ihr. Die Krankheit war damit abgehakt. Endlich konnte sie da weitermachen, wo sie vor ein paar Monaten aufgehört hatte.

Sieben

Am nächsten Morgen wachte Annkathrin in ihrem Himmelbett auf und genoss das Sonnenlicht, das durchs Fenster fiel. Über den Rapsfeldern stand ein leichter Frühnebel, der sich bald auflösen würde. Ihr Magen zwickte etwas. Er war nach den vielen Medikamenten der letzten Monate immer noch sehr empfindlich. Vielleicht war die Kieler Sprotte doch ein Fehler gewesen.

Es war Montag und ihr erster Arbeitstag nach Krankenhaus und Reha. Aber sie hatte sich auch privat einiges vorgenommen. In der Utersumer Kurklinik hatte sie das erste Mal in ihrem Leben Yoga gemacht und wollte die Übungen jetzt jeden Morgen praktizieren. Ihre Trainerin mit dem schönen Namen Ravinda Shavarim war überzeugt, dass man ohne Yoga kein ausgeglichenes Leben führen könne. Daraufhin hatte Annkathrin ihr eine vollkommen überteuerte CD abgekauft, auf der Ravinda die Übungen selbst erklärte. Die kam nun in den Player.

«Stell dich kerzengerade in den Raum», säuselte Ravinda durch ihr Wohnzimmer. Brav stellte Annkathrin sich vor ihr

Lieblings-Föhrbild über dem Kamin. Es zeigte das Wattenmeer im Abendlicht, die Sonne schimmerte in Millionen kleiner Pfützen.

«Atem kontrollieren, ein – und aus … und jetzt: Uttanasana.»

Den Namen der Übung hatte sie sich bis zum Ende der Kur nicht merken können. Aber sie wusste, worum es ging. Wie sie es gelernt hatte, beugte sie im Stehen die Hüfte abwärts runter.

«Das ist gut für den Rücken, zusätzlich werden die hinteren Oberschenkel gedehnt, insbesondere der Ischias.»

Annkathrin stöhnte.

«Je beweglicher der Ischias ist, desto flexibler ist deine Lebenseinstellung.»

Eigentlich sollte «Uttanasana» das Nervensystem beruhigen, aber heute stresste sie es eher. Mann, war das anstrengend! Bei der nächsten Übung musste sie sich auf den Rücken legen und es mit einer halben Kerze versuchen, indem sie die Beine im rechten Winkel zum Oberkörper nach oben streckte.

«Diese Übung ist hormonell ausgleichend und trägt zur Verjüngung bei», versprach Ravinda. Im Ernst, wer wollte sich so eine Chance entgehen lassen?

Sie warf einen prüfenden Blick in den Schlafzimmerspiegel und stellte fest, dass sie weder innerlich noch äußerlich verjüngt war. In der Kurklinik war das alles irgendwie leichter gegangen. Wahrscheinlich war es heute viel zu früh, und eine Morgensportlerin war sie ohnehin noch nie gewesen. Besser, sie verlegte die Übungen auf den Abend und frühstückte erst einmal in aller Ruhe. Sie deckte im hellen Esszimmer auf, machte sich einen kräftigen italienischen Kaffee, presste ein paar Orangen aus, und natürlich kamen auch die selbstgemachten Marmeladen ihrer Schwestern auf den Tisch, dazu gab es frischen Toast. Eigentlich hatte sie gar keinen Hunger, aber das tat nichts zur Sache. Hier an ihrem Frühstückstisch zu sitzen, war schon ein Sieg mit voller Punktzahl.

Die paar Meter bis zum Hotel ging sie zu Fuß. Die hellen Kiesel knirschten unter ihren englischen Slippern. Das Herrenhaus lag wie ein riesiger Edelstein in der Morgensonne, die Blätter an den hohen Pappeln rauschten in der Brise, dahinter leuchteten quietschgelbe Rapsfelder bis zum Horizont. Ihr anthrazitfarbener Business-Anzug schlackerte etwas, sie hatte in den letzten Monaten stark abgenommen. Aber es lohnte nicht, einen neuen zu kaufen, ihr altes Wohlfühlgewicht würde sie schnell wieder drauf haben. Wieder zu arbeiten würde ihr mindestens genauso guttun wie Bewegungsbäder und Physiotherapie in der Reha. Freie Zeit hatte sie genug gehabt, im Gutshotel konnte sie endlich wieder ein normaler Mensch sein.

Sie verspürte eine leichte Aufregung, eine Mischung aus Vorfreude und Nervosität. Für dieses Gefühl gab es auch einen Grund: Vor ihrem Krankenhausaufenthalt hatte ihr Chef ihr feierlich verkündet, dass sie die Geschäftsführung von Gut Behnskow übernehmen werde. Es würde das erste Hotel unter ihrer Leitung sein. In der Führungsebene saßen viel zu viele Theoretiker, die konnten eine Frau wie sie gut gebrauchen, die das Hotelgewerbe von der Pike auf gelernt hatte. Natürlich war das ein großer Schritt, zumal er jetzt direkt nach der Auszeit kam, aber sie hatte sich all die Wochen darauf gefreut, endlich mehr Verantwortung zu übernehmen. Jetzt war sie auch innerlich so weit.

Die Rezeption war in edlem Kirschbaumholz ausgeschlagen. An ausgesuchten Stellen standen Vasen mit getrocknetem Schilf. Es gab keine Fotos an den Wänden, was so gewollt war: Das Hotel selbst war schöner als jedes Bild. Azubi Nicole strahlte ihr entgegen.

«Moin, Frau Gehrke. Schön, dass Sie wieder da sind.»

«Danke, Nicole. Geht's gut?»

«Bestens, dieses Jahr mache ich meinen Abschluss.»

«Und über die Zeit danach reden wir noch, abgemacht?»

Nicoles Augen blitzten auf. Annkathrin wollte sie auf jeden Fall übernehmen, denn Nicole besaß etwas, was man nicht lernen konnte: eine freundliche Ausstrahlung, ohne dass es aufgesetzt wirkte.

«Ist Herr Brennecke schon da?», fragte Annkathrin.

«Steckt noch im Stau.»

Dr. Brennecke war der Geschäftsführer der Mansfeld-Hotelkette, zu der Nobelhotels in Lübeck, Hamburg, Frankfurt und weiteren europäischen Städten wie Edinburgh und Toulouse gehörten. Sein Büro hatte er eigentlich in Lübeck, wo die Zentrale lag, aber er war regelmäßig auf Gut Behnskow, um nach dem Rechten zu schauen. Gut Behnskow war das erste Wellness-Hotel der Mansfeld AG, diesen Geschäftszweig wollte er in Zukunft ausbauen. Für Annkathrin war es ein gutes Zeichen, dass ihr Chef heute extra zu ihr aufs Gut gefahren kam.

«Und Frau Breitenfeldt?»

«Kommt später, lässt herzlich grüßen.»

Cordula Breitenfeldt war die Geschäftsführerin des Gutshotels, mit der sie sich gut verstand und die schon darauf lauerte, endlich in die Zentrale nach Lübeck zu wechseln, wenn Annkathrin hier alles übernahm.

Annkathrin drehte ihre übliche Morgenrunde im Haus. Das Buffet im Restaurant bot wie immer alles an Schmackhaftem und Gesundem, was man sich vorstellen konnte. An die zehn Gäste saßen beim Frühstück und genossen den Blick auf den Springbrunnen im hinteren Garten. Dort waren bereits die Liegen zum Sonnen aufgestellt, es gab aber auch Schattenplätze unter den alten Eichen.

Annkathrin zog ihre Schuhe aus und betrat den Wellnessbereich. Wände und Decken waren in erdigen Farben gestrichen, an ausgesuchten Stellen sonnig-gelb, alles war hochwertig und geschmackvoll. Hier und da standen Vasen mit Schilfhalmen, die den Gesamteindruck perfekt ergänzten. In einem der beiden Whirlpools saß ein älterer Mann mit Vollglatze und schwarzer Hornbrille und las genüsslich seine Zeitung. Sie lächelte ihm zu und wünschte ihm einen guten Morgen. Die rundliche Physiotherapeutin Karen stürmte auf sie zu und drückte sie an sich. «Annkathrin!» Und der durchtrainierte Saunabetreuer John ließ das Feuerholz, das er gerade trug, vor Freude fallen, als er sie sah.

In jeder Sauna gab es einen Kamin. Anschließend konnten die Gäste direkt in ein Tauchbecken vor der Tür steigen, das in einen ganzjährig blühenden japanischen Garten eingebettet war. Schöner ging es nicht.

Sie begrüßte die Putzfrauen mit Handschlag und machte einen Abstecher in die Küche. Der dünne Zweimeterkoch Jeremies bereitete gerade das Mittagsessen vor.

«Coq au vin für die zukünftige Chefin?», rief er lachend.

«Oder einen vegetarischen Gemüseteller? Wenn es sein muss, koche ich für dich extra was Ungesundes! Nach so 'ner Kur hat man bestimmt Jieper auf Fett und Zucker, oder?» Es rührte sie, von allen so herzlich begrüßt zu werden.

Sie betrat ihr Büro im obersten Stock. Durch den Raum zog sich ein Spruchband mit der Aufschrift: «Willkommen, Annkathrin!» Auf ihrem Schreibtisch stand ein riesiger Blumenstrauß, daneben lagen ein paar faustgroße, grobe Steine, wie man sie am Ostseestrand fand. Annkathrin nahm einen in die Hand, auf dem die Reste eines versteinerten Seeigels zu erkennen waren.

Sie setzte sich auf ihren Schreibtischstuhl und kippelte hin und her. Durchs Fenster konnte sie die ersten Gäste sehen, die es sich im Garten auf den Liegen bequem machten. Ohne dass es einen konkreten Grund gab, kamen ihr plötzlich Zweifel: Überschätzte sie sich vielleicht? Für eine Bauerstochter von einem kleinen Föhrer Hof war so eine Führungsposition reichlich hoch gegriffen. *Außerdem bist du seit einem Jahr Single, Annkathrin*, sagte sie sich. *Du solltest dir lieber einen Kerl suchen, anstatt Karriere zu machen.* Aber das eine schloss das andere ja nicht aus, oder?

«Moin, Frau Gehrke», hörte sie eine sonore Männerstimme hinter sich. «Schön, dass Sie wieder da sind.»

Sie drehte sich um und erhob sich. Dr. Brennecke stand vor ihr. Seine braunen Augen strahlten sie freundlich an.

«Finde ich auch.»

Rein äußerlich war er ein beherrschter, kühler Typ, wie es sich für den Chef eines Unternehmens mit ein paar tausend Mitarbeitern gehörte. Seine machtbewusste Aura wurde durch seinen breiten norddeutschen Akzent angenehm unterlaufen, er war Lübecker durch und durch und konnte auf fünf Generationen in der Hansestadt zurückblicken, worauf er stolz war. In seinem Lübecker Tonfall sprach er übrigens auch ein sehr eigenes Englisch, was auf internationalen Treffen jedes Mal große Heiterkeit auslöste, ihn aber nicht im Geringsten störte. Im Gegenteil, er pflegte es geradezu als sein Markenzeichen. Dr. Brennecke und sie hatten bei der Einstellung schon deswegen einen Draht zueinander gehabt, weil er ebenfalls von Haus aus Hotelier war. Er wusste immer genau, wovon er redete.

«Wir haben uns große Sorgen um Sie gemacht», sagte er. Sie wusste, dass dies keine Floskel war, er hatte sie im Krankenhaus mehrmals angerufen und sich nach ihrem Befinden erkundigt. Dabei hatte er immer versichert, dass ihr Job sicher sei, egal, wie lange die Therapie dauern werde.

«Ja, man bekommt einen ziemlichen Schreck, wenn man so eine Diagnose bekommt», sagte sie. «Aber die Ärzte haben mich wieder hinbekommen.» Sie lächelte ihn an und hoffte, dass es so einigermaßen harmlos klang. Dr. Brennecke sollte nicht denken, dass sie zu schwach für die neue Position war.

«Sehr gut, ich bin erleichtert.» Er überlegte kurz. «Ach, was ich Sie immer noch mal fragen wollte: Woher kannten Sie eigentlich Harold Kanerva?»

Ihre Begegnung auf der Beerdigung hatte sie fast vergessen. Was sollte sie jetzt sagen? Die Wahrheit? Lieber nicht. «Lange Geschichte.»

Hoffentlich traf Brennecke niemals auf Thekla Kanerva; die würde ihm womöglich brühwarm die Wahrheit erzählen.

«Die Abschiedsfeier passte zu Harold», murmelte er und schaute nachdenklich an ihr vorbei aus dem Fenster.

Langsam wurde sie unruhig. «Wie geht es denn nun weiter mit mir?», fragte sie ganz direkt.

Es gab darauf für sie nur eine gültige Antwort: *Sie werden Geschäftsführerin von Gut Behnskow, wie besprochen.*

«Sie können halbtags anfangen, wenn Sie wollen», erklärte Dr. Brennecke hingegen und musterte sie.

«Warum?», rief sie fast empört. «Ich bin fit!» Sie beugte sich vor und sah ihm in die Augen. «Das kann ich sogar beweisen – Armdrücken?»

Im selben Moment merkte sie, dass ihre Zunge mal wieder schneller als ihr Hirn gewesen war. Ihr englischer Boss damals in London hatte solche Sprüche gemocht, aber Dr. Brennecke war Hanseat und könnte das als distanzlos empfinden. Zum Glück grinste er.

«Wollen Sie sich unglücklich machen?»

«Ich musste in der Reha so viel Sport machen wie noch nie in meinem Leben», erklärte sie. «So stark wie jetzt war ich noch nie.»

«Dann lassen wir das besser», sagte er und seufzte. «In den letzten Monaten war mein einziger Sport die Arbeit, ich bin kaum zum Segeln gekommen.» Sie wusste, dass dies für den Vorsitzenden des Lübecker Yachtclubs die Höchststrafe bedeutete.

Brennecke rieb mit der Faust über den glatten Konferenztisch und sah Annkathrin prüfend an. «Vor Ihrer Krankheit wollten Sie die Leitung dieses Hauses übernehmen, richtig?»

Na endlich!

«So ist es.» Wehe, das war nun hinfällig, und er schob sie aufs Abstellgleis.

«Das muss noch ein paar Wochen warten.»

Annkathrin schoss das Blut in den Kopf. «Was bedeutet das?»

«Wir brauchen Sie in der PR-Abteilung.»

«Was bitte?», sagte sie mit trockenem Mund. Es passierte genau das, was sie befürchtet hatte: Er traute ihr nichts mehr zu.

«Sie bekommen eine wichtige Sonderaufgabe mit hohem Prestige, Frau Gehrke. Wir wollen uns als Anbieter von Wellnesshotels bekannt machen. Gut Behnskow ist nur der Anfang. Deswegen sind wir Sponsor einer Veranstaltungsreihe, die Sie organisieren sollen.»

Mit anderen Worten: Sie sollte sich um Bratwürste und Fassbier kümmern?

«Nun schauen Sie nicht so frustriert», sagte er und blinzelte ihr aufmunternd zu. «Das ist eine tolle Aufgabe.»

«Aber Sie haben nicht vergessen, dass ich stellvertretende Hotelchefin bin?», bemerkte sie spitz. Sie brauchte sich nicht zurückhalten. Leute mit ihrer Berufserfahrung wurden in ganz Europa und Übersee gesucht. Sollte sie vielleicht zurück nach England gehen? Oder in die Schweiz?

«Und eine außergewöhnlich fähige!», bestätigte Brennecke und hob beschwichtigend die Hände. «Wir brauchen für diese Veranstaltungen keinen Pausenclown, sondern jemand Kompetentes wie Sie. Sie vertreten unser Unternehmen perfekt.»

Erst einmal waren das nur schöne Worte. Sie hätte gerne vehement gegen seine Pläne protestiert, aber plötzlich wurde ihr schwindelig. Ausgerechnet jetzt, wo sie es am wenigsten gebrauchen konnte! Alles schwankte, der Konferenztisch, die Landschaft draußen, Dr. Brennecke. Als befände sie sich auf einem Schiff bei schwerem Seegang. Wie konnte das sein? Hatte sie ihre Kräfte überschätzt? Trotz Kur, Kimberly und frischer Nordseeluft? Noch merkte Brennecke nichts davon, jedenfalls sagte er nichts. Das hieß wohl, dass sie äußerlich noch fest auf dem Boden stand.

Dr. Brennecke sah sie freundlich an. «Mit diesem Projekt verdienen Sie sich die Sporen fürs Management in der Mansfeld AG, Frau Gehrke. Unterschätzen Sie das nicht, von diesen Veranstaltungen werden die Leute noch in Jahren reden. Und zwar innerhalb und außerhalb des Unternehmens.»

«Meinen Sie?», stöhnte sie. Nach und nach beruhigte sich ihr Kopf wieder, sie atmete tief durch. Alles kam wieder ins Lot. Hatte er Management gesagt? Sie wusste gar nicht, ob sie das wollte. Der direkte Kontakt mit den Gästen hatte ihr bisher immer am besten gefallen.

«Kommen Sie», sagte Brennecke und blickte auf seine Uhr. «Wir beide haben gleich in der Sache einen wichtigen Termin. Ich erkläre Ihnen den Rest unterwegs im Wagen.»

Annkathrin blieb skeptisch. Sie fühlte sich wie eine Marionette, die er nach seinem Willen hin und her bewegte. Am liebsten wäre sie einfach hier sitzen geblieben. Sie nahm einen der Steine, die auf dem Tisch lagen, und strich kurz mit dem Finger über die glatte Oberfläche. Es fehlte nicht viel, und sie hätte ihn gegen die Scheibe geworfen. Ihre Krankheit hatte sie überlebt, aber damit war ihr Glückskonto anscheinend aufgebraucht.

«Nehmen Sie den Stein ruhig mit, der bringt Glück», sagte Dr. Brennecke und lächelte vieldeutig.

Konnte der Gedanken lesen?

Acht

Die Stämme der Fichten leuchteten in der Mittagssonne. Sogar im Schatten war es drückend, weit über dreißig Grad. Der
Sommer war für Tom eine echte Bedrohung. Während im Eutiner Schlosspark Frisbeescheiben von fröhlichen Menschen
hin und her geworfen wurden, lag er in der dunkelsten Ecke
seines Hauses, das mitten im Wald lag. Draußen versicherten
sich die Menschen gegenseitig, wie herrlich das Sommerwet-
ter doch war. Im Wald, an der Promenade und im Park waren
Hunderte Paare und Gruppen unterwegs, in den Gärten der
Einfamilienhäuser sowie in der freien Natur roch es überall
nach Grillfleisch. Am besten, er blieb zu Hause und bewegte
sich möglichst wenig. Aber das ging im Moment leider nicht,
denn eine Art Eisenklammer hatte sich um seinen Nacken
gelegt und drückte immer enger zu. Sein Kopf dröhnte vor
Schmerz. Es gab nur einen Weg, das zu stoppen: rennen, so
schnell es ging! Er zog sich seine Laufschuhe und die kurze
Sporthose an, dazu ein ärmelloses T-Shirt. Dass man hier-
in seine Muskeln besonders deutlich sah, war ihm vollkommen egal. Er trainierte nicht für seine äußere Erscheinung,

und selbst wenn, wer hätte sie sehen oder gar bewundern sollen?

Er kannte den Kellenhusener Wald wie sein Wohnzimmer. Schon als Kind war das Forsthaus für ihn der spannendste Ort des Universums gewesen: die Märchen, die sein Vater ihm erzählte, spielten alle direkt vor der Haustür. Rotkäppchen kam auf dem Weg zu ihrer Großmutter an ihrem Garten vorbei, die sieben Geißlein wohnten neben der berühmten Kellenhusener Eiche, die Ende der zwanziger Jahre auf jedes Fünfmarkstück der deutschen Währung gestanzt wurde. Im Wald hatte er nie Angst, nicht einmal vor dem bösen Wolf. Das lag an den Bäumen, sie waren seine Wächter und beschützten ihn.

Er schnürte seine Schuhe fest zu und begann seinen Lauf quer durchs Unterholz. Unter der extrem dünnen Sohle spürte er jede Unebenheit, es war fast wie barfuß laufen. Sein Instinkt signalisierte ihm zuverlässig, was unter den Kiefernnadeln lag, fester Boden oder ein gefährlicher Hohlraum. Schon nach wenigen Schritten rann ihm der Schweiß über Stirn und Rücken. Zum Glück hatte er vor einiger Zeit seinen Bart abgenommen.

Er rannte auf die leuchtende «Zahnspangen-Birke» zu, die inmitten von Kiefern stand. Ihre Äste waren elegant zur Seite gestreckt wie die Arme einer Balletttänzerin. Der Name ging auf seine ehemalige Klassenkameradin Sandra Reincke aus der 7b zurück, die er hier scheu geküsst hatte. Es war sein erster Kuss gewesen, er war sechzehn Jahre alt, und es schmeckte wegen Sandras Zahnklammer sehr metallisch. Hinter dem Baum hatten sie ihre Initialen eingeritzt, die immer noch schwach zu erkennen waren: S+T. Was nichts bedeutet hatte, denn nach zwei Tagen waren sie schon wieder auseinander gewesen. Aber er dachte bis heute jedes Mal an sie, wenn er hier vorbeikam.

Abseits der Waldwege tauchte er in die Welt der Geschichten ein, die ihn von Kindheit an begleitet hatten. Für ihn war dieser Wald lebendiger als jede Straßenkreuzung einer Großstadt: In der Erde unter ihm bahnten sich Würmer, Käfer, Ameisen, Maulwürfe und Mäuse ihren Weg, in der Luft surrten Hunderte Insekten, Vögel in allen Farben flogen von Baum zu Baum oder starrten bewegungslos von den Ästen auf ihn herab. Helle Pappelsamen schwebten zwischen den Stämmen im Licht, wie Boten aus einer anderen Welt. Er fühlte sich nie alleine im Wald, denn die Bäume redeten mit ihm. Sein Vater, der hier Förster gewesen war, hatte Tom ihre Sprache beigebracht, als er noch ein kleiner Junge war. Es war keine menschliche Sprache mit Wörtern und Sätzen, sie bestand aus hochfeinen Schwingungen, die kaum wahrnehmbar waren, am ehesten vielleicht mit Musik zu vergleichen. Die Baumsprache entwickelte sich aus den Bewegungen der Äste und Stämme, jeder Baum hatte seinen eigenen Ton und Rhythmus, je nach Befindlichkeit, und die änderte sich täglich.

«Moin, Emma, Moin, Hans», grüßte er ein altes Baumpaar. Ihnen ging es heute wieder mal bestens. Hans und Emma waren vor zwei Jahrhunderten an dieser Stelle zusammen gepflanzt geworden. Die beiden kannten sich schon als handgroße Setzlinge, damals lebte Goethe noch. Sie nutzten jeden noch so kleinen Lufthauch, um einander zärtlich mit ihren Ästen zu berühren und sich kleine Duftnoten zuzusenden. Damit hatten sie es gut. Aber Tom kannte auch die tragischen Lieben, die sich anschmachteten, aber nie zueinanderkamen, weil sie zu weit auseinanderstanden. Die schlanken, hohen Kiefern fühlten sich als die Schönsten im Wald und schauten ein bisschen hochmütig auf die pummeligen Eichen mit ihren dicken Stämmen herab. Dabei waren die Eichen in der Regel viel älter, und das war es, was hier zählte. Unter den Bäumen gab es einen Wettbewerb um die Gunst der Rotkehlchen und Eichhörnchen, die immer Leben in die Äste brachten. Zwischen den Stämmen huschten Rehe, Dachse und Wildschweine hindurch und trugen jede Neuigkeit weiter.

Tom erhöhte das Tempo und rannte auf eine Mauer aus grünen Tannen zu. Er kannte die einzige Lücke, durch die er hindurchschießen konnte, ohne dass ihm die Äste entgegenschlugen. Bei den Tannen hing alles von der Wuchsrichtung ab; strich man die Nadeln in die eine Richtung, piksten sie einen, in der anderen waren sie weich und geschmeidig.

Er nahm Anlauf und flog wie ein Tier durch das unsichtbare Tor. Auf der anderen Seite blieb er keuchend stehen und wischte sich ein paar hauchdünne Spinnweben aus dem Gesicht. Hier standen seine Lieblingsfichten Fabian und Amelie, die für ihn die Schönsten des Waldes waren. Sie waren so verborgen, dass kaum jemand sie zu Gesicht bekam, denn sie standen mitten unter Tannen um einen kleinen Teich. Dieser Teich lag so tief im Schatten, als hätte er die Schwärze der vergangenen Nacht gespeichert. Das war der Mondspiegel. An wenigen Tagen im Jahr fiel der Vollmond durch die Bäume genau aufs Wasser und ließ es hell aufleuchten. Tom hatte sie sich im Kalender angestrichen und verbrachte dann die ganze Nacht hier. Der Mondspiegel kam ihm vor wie eine heidnische Quelle aus vergangenen Zeiten, die immer noch ihre magischen Kräfte besaß.

Er riss sich die Klamotten vom Leib, warf sich ins Wasser und blieb so lange dort, bis er fast keine Luft mehr bekam. Sein Herz klopfte laut, dann schoss er schnaufend wieder hoch. Das Wasser ging ihm bis zum Hals, er ließ nur den Kopf herausgucken und streichelte über die samtene Oberfläche. Unter seinen Füßen spürte er weiche Tannennadeln. Wie gerne wäre er damals mit Zahnspangen-Sandra hier baden gegangen, doch dazu war es nicht mehr gekommen.

Plötzlich fiel ihm Annkathrin ein, die Schlittschuhläuferin. Was wohl aus ihr geworden war? Genau genommen war es absurd, dass ausgerechnet eine Beerdigung für ihn der Höhepunkt der letzten Monate gewesen war. Und noch absurder, dass sie als Fremde zusammen in einem Doppelbett übernachtet hatten. Er kannte zwar ihren Beruf, wusste aber sonst nichts über sie, zum Beispiel wo sie herkam, ob sie Geschwister hatte oder wie alt sie war. Seit jener Nacht hatten sie nichts mehr voneinander gehört, und das war gut so. Er hatte sie nicht anrufen wollen, so krank, wie sie damals gewesen war, konnte sie längst gestorben sein. Das wollte er lieber nicht erfahren. Er hatte genug damit zu tun, sich selbst über der Nulllinie zu halten.

Nach der Rückkehr von der Trauerfeier hatte er überall schwarze Schatten gesehen und gespürt, wie die unsichtbare Eisenklammer seinen Nacken packte und immer fester zudrückte. Deswegen war er freiwillig in eine Klinik in Heiligenhafen gegangen. Er wollte endlich herausbekommen, woran er war: Hatte er das Depressions-Gen seines Vaters geerbt oder nicht? Wenn ja, hätte er bald wieder vorm Eisloch gesessen. Aber die Ärzte und Psychologen im Krankenhaus glaubten nicht daran, das war die gute Nachricht. Sie bewunderten ihn dafür, dass er seinen Vater viele Jahre lang gepflegt hatte. Das sei eine große Leistung gewesen, die er erst einmal verarbeiten müsse. Wenn er damit durch sei, habe er gute Chancen, ein ganz normales Leben zu führen. Sie hatten ihn mit Gesprächstherapie, Ausritten am Strand und viel Sport wieder aufgepäppelt. Allerdings rieten sie ihm dringend, den Wald zu verlassen und woanders hinzuziehen.

Für ihn aber blieb es dabei, dass er hier am besten zurechtkam. Er konnte den Ärzten jedoch schlecht von Hans und Emma erzählen und von den Dingen, die die Bäume ihm zuflüsterten, denn dann hätten sie ihn wohl gleich dabehalten. Also hatte er sich gegen ärztlichen Rat selbst in den Kellenhusener Wald entlassen. Das war vor sechs Wochen gewesen. Anfangs spürte er vor allem Erleichterung, in guten Momenten kam so etwas wie Freude auf. Aber jetzt ging es ihm das erste Mal wieder schlechter. Wahrscheinlich brauchte er einfach ein Ritual, um die bösen Gedanken zu vertreiben. Laufen und Baden war schon nicht schlecht, aber ihm kam noch eine andere Idee. Feuer.

Er lief aus dem Wasser hin zu einer kahlen Stelle zwischen den Tannen, die von der Sonne wie von einem Punktscheinwerfer beschienen wurde. Dort wurde er schnell trocken. Dann zog er sich an und rannte querfeldein zum Forsthaus zurück. Als Erstes wollte er zwei alte Holzstühle verbrennen, die noch aus der Zeit seines Vaters stammten und die er nicht brauchte, weil er ohnehin nie Besuch bekam. «Weg mit dem Mist», rief er laut zu sich selbst. Er hackte Beine und Lehnen ab und stapelte sie vor dem Haus auf einen Haufen.

Dazu legte er etwas Reisig und entzündete das Ganze. Es fühlte sich wunderbar an. Als Nächstes zerrte er den alten Sessel aus dem Schuppen, auf dem sein Vater immer gesessen hatte. Die Flammen loderten schnell hoch, mit einem Stock stocherte er ein bisschen in der Glut herum. Er würde jetzt alles verbrennen, was er nicht mehr brauchte. Es war ein Fest.

Er hielt erst inne, als er ein Auto näher kommen hörte. Vom Motorengeräusch her vermutete er einen großen Geländewagen. Und tatsächlich kam kurze Zeit später ein Mercedes-SUV hinter den Brombeerbüschen zum Stehen. Sein alter, ehemaliger Mitschüler Stefan Kohlhagen, genannt «Kohli», stieg aus, groß und schlaksig, mit hoher Stirn und Seitenscheitel. Er hatte sich wieder als Förster verkleidet, mit grüner Jacke und teuren Lederstiefeln. Die Designerbrille passte allerdings überhaupt nicht dazu. Kohli war zwar offiziell der Förster hier, aber Tom konnte ihn nicht ernst nehmen. Er hielt ihn für einen Angeber, der wenig Ahnung vom Wald hatte.

«Das Feuer muss aus», schnaubte Kohli ohne Begrüßung, als er vor ihm stand.

«Hab dich mal nicht so», gab Tom zurück.

Kohli fand das gar nicht witzig. «Sofort!»

Es stand kein Baum in unmittelbarer Nähe, sie hatten absolute Windstille, und Tom hatte vorsorglich Feldsteine um die Feuerstelle gelegt. Außerdem stand nur ein paar Meter entfernt ein großer Bottich mit Regenwasser. Kohli wusste genau, dass Tom keinen Waldbrand auslösen würde.

«Dann rufe ich die freiwillige Feuerwehr», sagte er.

«Mach dich nicht lächerlich», erwiderte Tom.

Jetzt sah Kohli schwer genervt aus. «Im Herbst wird die Hütte sowieso abgerissen», zischte er.

Tom zuckte mit den Achseln. «Das wüsste ich ja wohl.»

Es gab längst ein neues Forsthaus an der Straße, in dem Kohli wohnte. Das alte Haus, das von Tom, gehörte aber immer noch der Forstverwaltung. Insofern war Kohli genau genommen sein Vermieter.

Kohli kam näher. «Forstrat Peters hat immer die Hand schützend über dich gehalten, weil er deinen Vater kannte. Aber nun ist er pensioniert und lebt weit weg auf Malle. Ich will diese Ruine nicht mehr in meinem Wald sehen. Guck dir das doch mal an, das Dach ist hin und die Fensterrahmen schon lange.»

Tom bekam einen trockenen Mund. Konnte Kohli ihn wirklich rauswerfen? Der wusste doch, was das alte Forsthaus für ihn bedeutete. Wo sollte er denn hingehen? Vor Wut zerrte er den nächsten Stuhl aus dem Haus. Doch bevor der ins Feuer wanderte, ging Kohli dazwischen.

«Willst du dich mit mir prügeln?», rief Tom.

«Dich sollte man wieder einweisen.»

Tom war so zornig, dass er keinen Ton mehr herausbekam. Er hätte ihm nie erzählen dürfen, dass er im Krankenhaus gewesen war. Zum Glück kam in diesem Moment Postbote Rolf in seinem gelben VW angefahren. Er parkte direkt zwischen Kohlis Mercedes und seinem Jeep. Der immer gut gelaunte Rolf war ein pummeliger Mann mit Vollbart. Tom und Kohli kannten ihn seit Jahren.

«Moin, ihr beiden», rief er und reichte Tom drei Briefe. «Alles klar so weit?»

«Wie immer, und selber?», antwortete Tom mechanisch.

«Muss ja.»

Schon saß Rolf wieder im Wagen und rauschte vom Grundstück. Tom warf einen kurzen Blick auf die Post. Es war nur Werbung, wie immer – bis auf einen handgeschriebenen Brief. So einen hatte er seit Jahren nicht mehr bekommen. Der Brief war mehrmals zurückgegangen, weil die Adresse nicht stimmte. Um Zeit zu gewinnen, riss Tom den Umschlag mit dem Zeigefinger auf. Während er zu lesen begann, spürte er, wie Kohli ihn ungeduldig musterte. Tom staunte nicht schlecht: Es war die Einladung zu einem Brunch. Tom schaute aufs Datum: Das galt für heute! Wenn er noch einigermaßen pünktlich sein wollte, hätte er noch eine halbe Stunde Zeit. Normalerweise war «Brunch» für ihn ein anderes Wort für «Albtraum». Aber in diesem Moment war es ein guter Grund, um schnell zu verschwinden.

«Ich muss weg», murmelte er.

Er rannte an Kohli vorbei, sprang in seinen alten Jeep und raste los.

«Feuer aus!», schrie Kohli ihm hinterher.

«Mach es doch selber», sagte Tom, sodass Kohli es nicht hören konnte. Im Rückspiegel sah er, dass der Förster einen Feuerlöscher aus seinem Wagen holte und die Glut mit einer großen Pulverwolke löschte.

Neun

Dunkelblauer Ozean, hellblauer Himmel und weiße Segel. Dr. Brennecke fuhr mit Annkathrin in seinem BMW an der sonnenbeschienenen Ostseeküste entlang. Klimaanlagen konnte er nicht ausstehen, stattdessen hatte er sämtliche Fensterscheiben und das Schiebedach geöffnet. Ihre Haare wehten im warmen Meereswind durcheinander, als stünde sie auf dem Achterdeck einer Yacht. Dazu hatte ihr Chef Elton John eingelegt, der seichte Sound passte zum sommerlichen Ambiente. Seinen roten Seidenschlips hingegen hatte er keinen Zentimeter gelockert, der gehörte zu ihm wie Kopf oder Hände.

Annkathrin ließ den Stein aus ihrem Büro in ihrer Hand kreisen. Sie war immer noch wie vor den Kopf gestoßen von Brenneckes Plänen, was durch das sommerliche Idyll keineswegs gemildert wurde. Er fingerte eine Flasche Nivea-Sonnenöl aus dem Handschuhfach und rieb sich das Gesicht ein. Es roch sofort nach Urlaub. Als er ihr die Flasche hinhielt, nahm sie auch einen Klacks, denn ihre Haut war noch ziemlich blass.

«Es gibt eine Stiftung in Lübeck, die will eine Konzertreihe mit finnischer Musik organisieren», rief Dr. Brennecke gegen den Fahrtwind. «Da hängen wir uns als Sponsor ran.»

«Was soll ich mir unter finnischer Musik vorstellen?», fragte sie.

Brennecke zuckte mit den Achseln. «Keine Ahnung, ich weiß gerade mal ungefähr, wo Finnland liegt. Die Vorsitzende der Stiftung ist bei mir im Rotaryclub und wollte von unserer Seite unbedingt *Sie* als Ansprechpartnerin haben, Frau Gehrke.»

«Mich?», fragte sie erstaunt. Das musste eine Verwechslung sein, sie kannte niemanden vom Rotaryclub. Nur wegen irgendeiner Schicki-Tante würde sie nicht einfach so auf die Geschäftsführung von Gut Behnskow verzichten.

«Es ist Thekla Kanerva.»

Annkathrins Herz setzte einen Schlag aus.

«Die Nichte von Harold Kanerva?», fragte sie.

«Ja. Und genau zu ihr fahren wir jetzt.»

Annkathrin schluckte. Ob Thekla ihm bereits erzählt hatte, dass sie nur wegen der Traueranzeige zur Beerdigung gekommen war? Es kam ihr vor, als seien seitdem Jahre vergangen. Plötzlich fiel ihr Tom Winter ein. Was wohl aus ihm geworden war? Sie hatte sich nicht mehr getraut, ihn anzurufen. Vielleicht war er längst in seinem Eisloch verschwunden. Obwohl sie den Mann kaum kannte, hätte sie das nicht ertragen. Sie war froh, dass sie selbst wieder einigermaßen Boden unter den Füßen hatte. Komisch, dass ausgerechnet eine Trauerfeier das schönste Erlebnis der letzten Monate gewesen war – neben Merles Geburtstag auf Föhr natürlich. Und mit der Nichte des verstorbenen Kapitäns sollte sie jetzt zusammenarbeiten? Seltsam, wie sich der Kreis schloss. Aber das machte Brenneckes Vorhaben kein bisschen besser.

Im Licht des Sommertages sah die Villa von Thekla noch imposanter aus, als sie sie in Erinnerung hatte. Ein mächtiger Bau mit einem hohen, steilen Dach, fast wie eine Burg. Direkt dahinter glitzerte das Meer. Die Brise, die jetzt wehte, erinnerte mit nichts an den grimmigen Schneesturm, der hier im Winter gewütet hatte. Annkathrin sah noch den vereisten Steg vor sich, auf den sie vom Schlafzimmerfenster aus geblickt hatten.

Thekla kam barfuß in einem ockerfarbenen Sommerkleid ums Haus gelaufen und umarmte sie so herzlich, als seien sie alte Freundinnen. «Annkathrin, wie schön, dass wir uns wiedersehen!»

«Moin», antwortete Annkathrin überrascht. Nach ihr umarmte Thekla Dr. Brennecke. «Hannes, klasse, dass du Zeit hast.»

Im Garten auf der Seeseite standen zwei Strandkörbe mit blau-weiß gestreiftem Innenfutter. Ein kleiner Mann erhob sich und kam ihnen zur Begrüßung entgegen. Er trug einen dunklen Anzug, ein weißes Hemd und einen gelben Schlips, den er – wie Brennecke – trotz der Temperaturen nicht gelockert hatte. Zusammen mit seinen glänzenden Lederschuhen hätte er besser in eine altmodische Operettenaufführung gepasst als hierhin.

«Darf ich euch den finnischen Honorarkonsul in Lübeck vorstellen, Herr Koskinen. – Frau Gehrke, Herr Dr. Brennecke.»

Sie gaben sich höflich die Hand.

«Wollen wir uns nicht in den Strandkorb setzen?», schlug Thekla vor und fügte hinzu: «Übrigens ist hier kein Schlipszwang.»

Dr. Brennecke und Herr Koskinen lächelten und lockerten ihre Binder etwas, nahmen sie aber nicht ab. Der Konsul begann ohne Übergang ein sterbenslangweiliges Gespräch über den aktuellen Stand der Wirtschaft.

«Bei der gegenwärtigen Zinspolitik in den USA stehen die europäischen Unternehmen zurzeit ohne mittelfristige Performance da», erklärte er.

«Damit meinen Sie aber nicht die Mansfeld AG», erwiderte Brennecke. «Uns geht es bestens.»

«Na ja, Sie sind ja auch breit aufgestellt. Aber was Europa anbelangt, sind staatliche Subventionen nur ein Strohfeuer, davon halte ich gar nichts. Das werden wir alle noch teuer bezahlen.»

Annkathrin hörte nicht mehr hin und schaute lieber auf die funkelnde Ostsee. Hier wollte jeder dem anderen gerne zeigen, wer der Größte war. Männer! Sie malte sich aus, welches Tier der Konsul wohl wäre, falls er wiedergeboren würde: ein Mistkäfer?

Aber wenn sie ehrlich war, galt ihr Frust nicht diesen beiden Männern. Am meisten war sie von sich selbst enttäuscht. Im Krankenhaus war sie überzeugt gewesen, dass sie ihren Job in Zukunft gelassener angehen würde. Sie konnte ja froh sein, dass sie lebte, wie wichtig war da schon eine Position höher oder nicht? Aber so dachte man wohl nur, wenn es einem dreckig ging. Kaum bewegte man sich wieder im täglichen Getriebe, war all das sofort wieder vergessen.

Einmal ganz tief einatmen, Annkathrin, ermahnte sie sich.

Es roch nach Salzwasser und Seetang. Das wirkte. Je ruhiger sie atmete, desto klarer wurde ihr Plan: Sie würde kündigen, am besten noch in den nächsten Tagen. Ihr stand zwar gerade überhaupt nicht der Sinn nach zusätzlicher Hektik und Veränderung. Aber es nützte nichts, sie durfte sich nicht demütigen lassen, und woanders würde man sie mit Kusshand nehmen.

Von der Ostsee kam ein leichter Luftzug, langsam entspannte sie sich. Was würde Brennecke wohl sagen, wenn sie ihm ihre Entscheidung mitteilte? Wäre er verblüfft? Oder rechnete er sogar insgeheim damit? Vielleicht war die Organisation der Konzertreihe nur dazu gedacht, dass sie von sich aus ging? Immerhin würde ihre Kündigung dem Unternehmen eine dicke Abfindung ersparen. Während sie aufs Meer blickte und nachdachte, kam ein Mann um die Hausecke. Sie sah ihn erst nur aus dem Augenwinkel, dann zuckte sie zusammen. Konnte das sein?

Er riss ebenfalls die Augen auf, offensichtlich hatte er auch nicht mit ihr gerechnet. Er trug seine Haare etwas kürzer, was ihm gut stand. Sehr gut sogar. Mit seiner Jeans und dem lässigen rostroten T-Shirt fiel er hier ziemlich aus dem Rahmen. Thekla umarmte ihn und stellte ihn den beiden Herren vor.

«Herr Winter ist Experte für Veranstaltungstechnik und kann uns erläutern, was bei den Konzerten technisch geht und was nicht», sagte sie und lächelte Annkathrin an. «Ihr beide kennt euch ja.»

Tom war immer noch so baff, dass er ihr nur stumm die Hand reichte. Thekla schenkte ein paar Wassergläser voll, dann kam sie zur Sache. «Also, wie Sie wissen, war mein Onkel ja gebürtiger Finne ...» Annkathrin blickte Tom die ganze

Zeit verstohlen an, als sei er ein Untoter. Ein Glück, dass er nicht ins Eisloch gegangen war.

«... Harold hat eine Stiftung gegründet, die die deutsch-finnische Freundschaft fördern soll. Wir planen eine Konzertreihe in Ostholstein mit Samu Waikonen, dem bekannten finnischen Komponisten.»

«Entschuldige, mit wem?», fragte Dr. Brennecke.

«Du solltest in der Zeitung auch mal den Kulturteil lesen und nicht nur die Wirtschaftsseite», neckte ihn Thekla. «Hauptberuflich arbeitet er in den USA als Filmkomponist. Mit Sicherheit hast du schon einige Fernsehserien und Filme mit seiner Musik gesehen.»

«Also eine große Nummer?»

«So ist es», bestätigte Thekla. «Seine Musik ist eine Mischung aus Klassik und Pop. Er ist ein echtes Genie und Liebling der Presse. Als Typ soll er allerdings ziemlich exzentrisch sein.»

«Will sagen?», fragte Brennecke.

«Na ja, er trinkt gerne.»

«Eben ein echter Finne», erklärte Koskinen lächelnd, als sei das damit plausibel begründet.

«Nun zu meinem Anliegen», fuhr Thekla fort. «Die Harold-Kanerva-Stiftung wird versuchen, ihn für drei Konzerte nach Ostholstein zu locken. Es soll ein kleines Waikonen-Festival werden, an drei aufeinanderfolgenden Tagen. Wir haben Glück, weil gerade ein Konzert von ihm in Sydney abgesagt wurde. Diese Lücke haben wir gleich ausgenutzt, das kommt bei ihm selten vor.»

«Wann soll es denn losgehen?», fragte Tom.

«Am 11. August.»

«Wir haben heute den 16. Juni», erwiderte Annkathrin. «Das ist nicht viel Zeit.»

«Ich mache mir da keine Sorgen», sagte Thekla lächelnd. «Unsere Stiftung wird ihn und die Musiker bezahlen, die Mansfeld AG wird die ganze Truppe angemessen in ihren Hotels unterbringen.» Sie wandte sich an Brennecke. «Ist doch richtig, oder?»

«Ja», bestätigte der und wandte sich an Annkathrin. «Das Eröffnungskonzert findet natürlich bei uns auf Gut Behnskow statt. Aber darum müssen Sie sich nicht kümmern, Frau Gehrke. Frau Breitenfeldt wird das übernehmen.»

«Das Problem ist, wir kriegen Waikonen nur nach Ostholstein, wenn wir ihm besondere Spielorte anbieten», sagte Thekla. «Sonst bleibt er in Hollywood.»

«Gut Behnskow ist ein besonderer Ort», protestierte Brennecke.

«Aber die anderen Orte sollten unkonventioneller sein. Wir suchen Scheunen, Bauernhöfe, was immer es gibt. Annkathrin, du und Tom, ihr sollt hier in der Gegend rumfahren und solche Orte finden. Es muss Waikonen kicken. Wegen des Geldes kommt der nicht, das hat er nicht nötig.»

«Ich will aber, dass Sie auf jeden Fall die Musik- und Kongresshalle in Lübeck buchen», sagte Brennecke, «um die Seriosität der Veranstaltung zu unterstreichen. Außerdem ist unser bestes Hotel gleich nebenan.»

«Es sei denn, Tom und Annkathrin finden etwas Interessanteres», widersprach Thekla. Annkathrin blickte Tom irritiert an, der guckte genauso verdattert.

«Also, Gut Behnskow steht fest, und wir sollen jetzt zwei besondere Orte finden, richtig?», fragte Tom.

«Nein, *einen* anderen Ort», erwiderte Brennecke. «Neben der Kongresshalle.

Thekla widersprach erneut. «Wenn wir etwas Besseres finden, verzichten wir auch auf die öde Halle.»

«Ja, was denn nun?», fragte Annkathrin.

«Macht mal einfach, dann sehen wir weiter», sagte Thekla.

«Aber wir sind euer Hauptsponsor!», rief Brennecke Thekla zu.

«Keine Sorge, Hannes, wir werden uns schon irgendwie einig, da bin ich sicher.»

Oje, wenn man den beiden so zuhörte, war jetzt schon klar, dass Tom und sie zwischen allen Stühlen sitzen würden.

«Können Sie sich das vorstellen, Frau Gehrke?», fragte Brennecke nun. «Sie sind natürlich in der Zeit von Ihren sonstigen Aufgaben auf Gut Behnskow freigestellt.»

Genau jetzt wäre der Zeitpunkt gewesen, aufzustehen und zu gehen. Aber mit Toms Erscheinen waren die Karten neu gemischt.

«Kommt drauf an», sagte sie.

«Worauf?»

«Auf seine Musik.»

Thekla fummelte eine kleine Fernbedienung aus der Ritze des Strandkorbs hervor. «Kennt sich jemand damit aus?»

Tom nahm ihr das Gerät ab und drückte einen Knopf. Von der Anlage im Haus trommelten laute Pauken durch die offene Tür nach draußen.

«Harold hat hier oft gesessen und Waikonen gehört», rief Thekla gegen den Lärm. Es folgte eine schöne Streichermusik, die vielleicht etwas kitschig war, aber genauso gut zu diesem sonnigen Tag passte wie ein Elton John.

Brennecke schaute unruhig auf seine Uhr. «Für mich klingt das super.»

Tom stellte die Musik wieder aus. Annkathrin fand das alles immer noch höchst merkwürdig: Ausgerechnet mit jemandem wie Tom Winter sollte sie eine prestigeträchtige Konzertreihe auf die Beine stellen? War ihm das überhaupt zuzutrauen?

Als könne er ihre Gedanken lesen, raunte Dr. Brennecke ihr zu: «Sie müssen nicht mit diesem Vogel auf Tour gehen.» Leider sagte er es einen Tick zu laut, sodass es auch die anderen hörten. Sogleich schämte sie sich für ihren Gedanken.

«Tom Winter ist auf seinem Gebiet ein Genie», erklärte Thekla. «Er ist unser Mann.»

Woher nahm sie das? Sie kannte ihn doch kaum.

«Na dann», sagte Dr. Brennecke und blickte erneut auf die Uhr. «Ich muss los. Aber vorher will ich noch kurz ins Wasser, darauf freue ich mich schon die ganze Zeit.» Sprach es, zog seinen Schlips aus, dann sein blütenweißes Hemd und die Hose. Annkathrin sah ihn erstaunt an. Unter dem teuren Business-Outfit trug er tatsächlich eine rote Kastenbadehose! Brennecke klatschte vor Aufregung in die Hände, nahm Anlauf über den Steg und landete mit einer klassischen Arschbombe im Wasser. Es spritzte in hohem Bogen nach allen Seiten. Dann kraulte er Richtung offene See.

Herr Koskinen, der kleine finnische Honorarkonsul, zog nun ebenfalls mit dem Rücken zu ihnen Schlips, Hemd und Anzug aus. Im Unterschied zu Brennecke trug er jedoch keine Badehose, er sprang einfach nackt rein. Entsprach das etwa diplomatischen Gepflogenheiten?

«Ich muss mich für einen Moment entschuldigen», sagte

Thekla und ging schmunzelnd ins Haus. Was für eine groteske Situation, dachte Annkathrin.

Sie stellte sich zu Tom an die Wasserkante.

«Du lebst, wie schön!»

«Du ja auch.»

Sie nickte. «Es ist nur leider nicht der richtige Job für mich.»

«Für mich auch nicht. Aber ich brauche dringend die Kohle», sagte er. Und nach einer Pause fügte er hinzu: «Übrigens steht unser Fischessen noch aus.»

Er hatte recht. Dazu war es nie gekommen, und sie stand bei ihm im Wort. «Ist notiert. Du würdest den Job also machen?»

Er dachte kurz nach. «Ja, aber unter einer Bedingung.»

Er stellte Bedingungen?

«Keine Beerdigungen, kein Doppelbett?», fragte sie.

«Genau. Und du machst nicht einen auf Sozialarbeiterin.»

Sie kratzte sich am Kinn. «Und wenn ich aus Versehen sage, dass das Leben toll ist?»

«Kündige ich.»

«Einverstanden.»

Dem Konsul und ihrem Vorstandsvorsitzenden ging es prächtig, sie spritzten sich gegenseitig nass und jauchzten dabei vor Vergnügen. Es gab nur einen Grund, warum sie in diesem Moment beschloss, sich auf den Deal einzulassen: Tom hatte ihr das Leben gerettet, und sie war es ihm schuldig. Denn allein bekäme er das nie und nimmer hin. Aber dann waren sie quitt – für immer.

Zehn

Ein paar Tage später rollte Tom mit seinem Jeep über die Pappelallee auf Gut Behnskow zu. Schon die Straße sah aus wie gelackt, das war ihm damals gar nicht aufgefallen. Und all diese Bäume in Reih und Glied ... Er fuhr auf das frühere Herrenhaus zu, das nun ein Wellness-Hotel war. Wozu der Mensch so etwas brauchte, war ihm schleierhaft. Das ganze Getue um Hot-Stone-Massagen und Erlebnisaufgüsse war doch nur erfunden worden, um reichen Leuten das Geld aus der Tasche zu ziehen. Ihm gaben ein Gang durch den Wald oder ein Bad im Mondspiegel jedenfalls mehr.

Als Annkathrin ihm die Tür öffnete, erschrak er kurz. Sie hatte sich für ihren ersten gemeinsamen Termin in einen Business-Hosenanzug geworfen. Seine Cargohose und das alte T-Shirt passten dazu wie Senf zu Marmelade.

«Willst du noch einen Moment reinkommen?», fragte sie.

«Nee, lass uns lieber gleich losfahren.»

«Wir nehmen am besten meinen Wagen», schlug Annkathrin vor. «Dann können wir das Benzin besser über die Firma abrechnen.»

Klar, sein klappriger alter Bundeswehr-Jeep machte nicht so viel her wie ihr nagelneues Mini-Cabrio.

«Von mir aus.»

Tom quetschte sich in den kleinen Wagen und stellte den Sitz so weit nach hinten, wie es ging. Sie drückte auf einen Knopf, und das elektrische Verdeck öffnete sich. Die Sonne schien ihm direkt ins Gesicht.

«Warte.»

Er stieg noch mal aus, holte eine alte Mütze aus seinem Jeep und setzte eine verspiegelte Sonnenbrille auf. Dieser Job besaß so seine Härten. Aber er brauchte eben das Geld, das war der Grund, weshalb er hier war. Bis jetzt hatte ihn der Wald einigermaßen genährt, denn Förster Kohli hatte ihn regelmäßig mit Jobs versorgt: Er fertigte Karten von ausgesuchten Bäumen an und registrierte ihr Wachstum. Außerdem half er bei den Eutiner Musikfestspielen als Techniker aus, sein alter Chef aus der Musikalienhandlung dachte da öfters an ihn. Die Kombination aus Forstarbeiten und Musiktechnik hatte ihm immer gut gefallen. Er hatte noch nie zu den Menschen gehört, die sich beruflich für nur eine Sache entschieden. Aber nun hatte Kohli seinen Waldvermessungsjob nicht verlängert, und die Eutiner Festspiele hatten eine Firma aus Kiel mit eigenen Leuten engagiert. Zudem stand Ende des Sommers sein Auszug aus dem Forsthaus an, das hatte Kohli angekündigt, und der Gedanke daran versetzte ihn jetzt schon in Panik. Egal, wohin es ihn verschlug, er benötigte eine Menge Geld.

Vielleicht sollte er nach Finnland auswandern, dort gab es viel größere Wälder als hier. Einfach im Wald als Trapper leben, das war sein Traum. Möglicherweise, so hoffte er, ergab sich ja über diesen Job etwas. Vielleicht hatte der berühmte finnische Komponist Waikonen Verbindungen zur Holzfällerszene seines Landes – man wusste ja nie.

Annkathrin tuckerte über die Pappelallee. «Musik?», fragte sie und drückte einen Knopf in der Mittelkonsole. Aus den Lautsprechern dröhnten Pauken, dazu kamen surrende Violinen und dumpfe Bässe.

«Was ist das?», fragte Tom entsetzt.

«Samu Waikonen», sagte sie.

«Und für den arbeiten wir?»

«Warte ab, es wird besser.»

Tatsächlich löste sich das Hölleninferno bald auf, und eine schöne Orchestermusik kam durch die Lautsprecher, dazu spielte eine E-Gitarre. Es klang so, als wenn das ein völlig anderer Komponist geschrieben hätte.

«Halt schon mal die Augen auf», erinnerte ihn Annkathrin. «Wir suchen Fabrikhallen, Scheunen und Herrenhäuser.»

«Hmm.»

«Ich habe die halbe Nacht am Laptop gesessen, da habe ich einiges in Ostholstein entdeckt, was passen könnte.»

«Aha.»

«Ich fahre erst einmal Richtung Stockelsdorf.»

«Hmm.»

«Ich habe da einen speziellen Hof im Visier, mit einer riesigen Scheune und echten Kutschen. Den Tipp hat mir die Hausbank der Mansfeld AG gegeben. Der Bauer steht kurz vor der Pleite und braucht dringend Geld.»

Tom drehte sich zur Seite und blickte auf eine Reihe von Bäumen, die sich auf einer Hügelkuppe hinzogen wie eine Gruppe Wanderer. Annkathrins Navi lotste sie von der

Landesstraße auf einen kleinen Feldweg, der von dichten Büschen umgeben war. Der Hof lag nur einen Kilometer von der Ostsee entfernt, man konnte von hier aus das Meer sehen. Ein mürrisch dreinblickender Mittvierziger in Gummistiefeln spritzte gerade mit einem Schlauch einen großen Mähdrescher ab, der vor einer großen Scheune parkte. Als sie neben ihm hielten, blickte er kurz auf.

«Lass mich das machen», raunte sie ihm leise zu.

«Bitte.»

Gleich würde das Geschacher losgehen: *Was stellen Sie sich vor? ... Waaas? Das könnten wir nicht zahlen – Was wollen Sie? ... Niemals! – Gibt es überhaupt genug Parkplätze für die Besucher?* Er würde schön die Klappe halten und nur etwas sagen, wenn er gefragt wurde.

«Moin», grüßte Annkathrin.

«Runter vom Grundstück!», bellte der Landwirt.

«Wie bitte?», sagte Annkathrin.

«Ihr seid doch von der Ostseebank», schnaubte er. «So was rieche ich.»

«Sieht mein Kollege etwa nach Banker aus?» Annkathrin deutete auf Tom. Der Landwirt musste auf den zweiten Blick einsehen, dass ein Banker nicht einmal nach Ausbruch einer Naturkatastrophe so herumlaufen würde.

«Zeugen Jehovas?»

Auch die kleideten sich besser.

«Ich bin Annkathrin Gehrke, und das ist Tom Winter. Sie sind Herr Petershagen, nehme ich an.»

Der Mann nickte.

«Wir suchen außergewöhnliche Orte für eine Konzertreihe. Da ist uns Ihre tolle Scheune aufgefallen.»

Der Landwirt sah sie an, als ob sie ihm gerade angeboten hätte, seinen Hof in die Luft zu sprengen. «Ich hab echt andere Sorgen», gab er zurück.

Sie schaute über das Rapsfeld hinweg auf die Ostsee. «Schön ist es hier.»

«Und was bringt mir das?», grummelte Petershagen.

«Touristen.»

«Ich bin Landwirt und kein Traumschiffkapitän!»

«Unser Konzert wäre trotzdem ein perfektes Zusatzgeschäft für Sie. Um den 11. August herum würde es losgehen. Das Fernsehen würde kommen, die Presse. Die ganze Welt würde über Sie und Ihren Hof reden, erst recht, wenn die Zuhörer auf Ihren Kutschen sitzen dürften.»

Er schüttelte den Kopf. «Nee, echt nich.»

«Lass uns gehen», flüsterte Tom ihr zu.

Annkathrin holte tief Luft. «Mensch, ich weiß doch, was bei der Ostseebank läuft: Die verkaufen Ihre Pachtverträge an einen Hedge-Fonds aus New York. Die wollen sich ganz Ostholstein unter den Nagel reißen und werden die Pacht erhöhen, wie es denen passt. Und leider haben die Kohle ohne Ende. Ein zweites Standbein neben der Landwirtschaft ist also nicht zu verachten ...»

Der Bauer sah sie skeptisch an.

«Sie denken, diese Tussi hat keine Ahnung von Landwirtschaft, stimmt's?», redete sie weiter.

Worauf lief das hinaus? Warum lehnte sie sich so weit aus dem Fenster? Sie deutete auf eine Schubkarre und einen Blumenkübel auf dem Hofplatz. «Ich mache Ihnen einen Vorschlag: Ich parke Ihnen den Mähdrescher genau zwischen dieser Schubkarre und dem Blumenkübel da ein. Wenn das hinhaut, dürfen wir die Kutschen dann wenigstens mal sehen?»

«Ahnen Sie überhaupt, was so ein Gerät kostet?», fragte der Mann.

Ein Mähdrescher war kein Kleinwagen, sie überschätzte sich maßlos. Oder bluffte sie nur, weil sie wusste, dass er ohnehin auf die Vorführung verzichten würde? Wenn nicht, würde es gleich sehr peinlich werden.

«Gebrauchter CLAAS LEXION 460?», erklärte Annkathrin. «Um die sechzig, schätze ich. Bezahlt meine Firma, falls der in Dutt geht.»

Entschlossen kletterte sie auf den Fahrerstand, was in dem Businessanzug ziemlich absurd aussah.

Petershagen verschränkte die Arme vor dem Bauch. «Schlüssel steckt.»

Sie startete den Motor, der stotternde Diesel meldete sich mit einer schwarzen Rauchfahne. Die Parklücke war sehr eng. Tom hielt den Atem an. Mit einem Ruck legte sie den Rückwärtsgang ein und würgte die Karre ab. So etwas in der Art hatte er kommen sehen. Sie startete erneut und knallte den richtigen Gang ein. Sie konnte sich nur über die Spiegel orientieren, am Heck sah sie gar nichts. Vorsichtig schwenkte sie neben der Schubkarre eng rechts ein und setzte zurück. Es passte nicht auf den Millimeter, war aber trotzdem beeindruckend. Sie stellte den Motor aus und kletterte vom Fahrersitz herunter.

«Denn kommt mal», murmelte Petershagen. Er sah nun deutlich freundlicher aus.

Sie folgten ihm in die riesige, halbdunkle Scheune. Von den oberen Fenstern fiel gedämpftes Licht herein, fast wie in einer Kirche. Es war gerade hell genug, um alles zu erkennen. Im Innenraum parkten nebeneinander eine weiße Hochzeitskutsche, eine schwarze Bestattungskutsche mit riesigen Glasfenstern, in die Rosenblüten eingraviert waren, mehrere Bauernkutschen und eine gelbe Postkutsche.

«Hier stehen ja echte Schätze», rief Annkathrin staunend.

«Da steckt auch 'ne Menge Arbeit drin», brummte Petershagen.

«Kann ich mir vorstellen.»

«Nee, das kann sich keiner vorstellen.»

Die Kutschen waren allesamt bestens in Schuss, sahen gut geölt und gepflegt aus. In einer Ecke befand sich eine Werkstatt, in der gerade eines der Gefährte an ein paar schweren Eisenketten von der Decke hing. Auf dem Boden lagen ein paar hölzerne Wagenräder, die darauf warteten, neu beschlagen zu werden. Es gab sogar eine kleine Schmiede. Petershagen schien alles selbst zu machen.

«Wenn das Publikum auf den Kutschen Platz nimmt und wir noch Stühle danebenstellen würden, könnten wir hier an die dreihundert Leute unterbringen. Oder sollten wir lieber die Musiker auf die Kutschen setzen und das Publikum auf Stühle?», überlegte Annkathrin laut und blickte Tom an. «Es wäre ein einzigartiges Event, oder was sagst du?»

Was erwartete sie jetzt von ihm?

Statt einer Antwort klatschte er einmal laut in die Hände und sang den Anfang von «Summertime». Die Akustik war super. Es klang fast wie im Wald, Holz reflektierte den Schall ganz anders als Metall oder Stein.

«Und?», fragte Annkathrin.

«Wie?»

«Na, was meinst du?»

Erst jetzt fiel ihm auf, dass er das mit der Akustik nur gedacht, aber nicht gesagt hatte.

«Passt», erklärte er knapp.

«Ich brauch den Rummel nicht», wiederholte Petershagen und ging zum Ausgang.

«Es wäre einzigartig», sagte Annkathrin noch einmal.

«Nix für ungut», sagte Petershagen. «Schönen Tag dann noch.»

Er wollte sich gerade umdrehen, da schaltete Tom sich ein: «Ihre Vorfahren haben einen guten Ort gewählt. Das Haus steht seit etwa zweihundert Jahren hier, nicht?»

Petershagen sah ihn skeptisch an. «Ja.»

«Die wussten, warum sie gerade hier gebaut haben», erklärte Tom.

«Wieso?»

«Unter dem Haus fließt eine Wasserader.»

«Woher willst du das wissen?»

«Ich spüre so was.»

«Ah ja. Und was bedeutet das?»

«Dass dieser Ort eine besondere Energie hat.»

«Sag das mal der Ostseebank», zischte Petershagen, drehte sich um und stapfte grußlos ins Haus.

Das war wohl gründlich schiefgegangen. Annkathrin starrte ihm fassungslos hinterher. Sie sah stinksauer aus – wieso eigentlich?

«Na super», seufzte sie, als sie wieder am Auto waren.

«Tja», murmelte er. «Man kann nicht immer gewinnen.»

«Und jetzt?»

«Ich kenne den optimalen Ort für ein Konzert.»

«Und wo ist der, bitte sehr?» Sie schien schwer genervt.

«Bei mir im Wald.»

«Bei dir im Wald.»

«Ja.»

«Das erzähl mal Brennecke, der findet schon Scheunen schlimm.»

Sie stieg in das Mini-Cabrio, gab Gas und setzte ihn eine halbe Stunde später neben seinem Jeep ab. Es war wirklich nicht sein Job. Aber warum sie einen Mähdrescher bedienen konnte, hätte ihn schon interessiert.

Elf

Die Pappeln raschelten im Abendlicht. Am darauf folgenden Samstag war es immer noch warm, ein Hochsommerabend, wie er nicht schöner hätte sein können. Alles, was frei hatte, war draußen unterwegs. Aber Annkathrin hockte auf ihrer Couch und starrte in den kalten Kamin. Das gute Wetter passte ihr gar nicht, Platterregen und Kälte wären ihr lieber gewesen.

Natürlich war das albern. Aber ihr ging der Besuch bei Petershagen nicht aus dem Kopf. Was war schon groß passiert? Tom war halt ein Totalausfall gewesen. Wenn sie ehrlich war, hatte sie es nicht anders erwartet. Andererseits sollte sie sich beruhigen. Brennecke wollte sie weiterhin als Geschäftsführerin haben, bei diesem Job ging es nur um eine Sonderaufgabe für den Übergang. Trotzdem war sie am Boden zerstört. Und warum? Weil man es eben auch anders sehen konnte: Brennecke schob sie ab auf ein totes Gleis, auf dem nichts klappen würde, nicht zuletzt weil sie mit einem ziemlich unfähigen Partner unterwegs war. Denn dass sie mit dem schweigsamen Tom Winter keinen Konzertort klarmachen würde, stand für sie nun fest. Sie nahm es ihm noch nicht einmal übel, er war ja im Grunde seines Herzens ein netter Mensch. Aber darum ging es nicht.

Vor ein paar Monaten hättest du noch gelassener auf so was reagiert, mien Deern, sagte sie sich. Aber da hatte sie auch noch nicht geglaubt, dass sie jemals ernsthaft krank werden könnte. So was war doch immer nur anderen passiert. Wo war ihr unermüdlicher Optimismus geblieben? Kam der wieder?

Das Telefon riss sie aus ihren Gedanken. Sie wollte jetzt mit niemandem sprechen. Das Display zeigte die Nummer von Johanna an.

«Moin, Tinka! Und, darf ich jetzt endlich damit angeben, dass meine Schwester Geschäftsführerin eines echten Rittergutes ist?»

Sie zögerte. «In ein paar Wochen – vielleicht.»

«Wieso das?»

«Erst einmal bin ich PR-Tante geworden.»

«Die schieben dich ab?» Johanna brachte es gleich auf den Punkt.

«Nein, wie kommst du darauf? Da geht es um ...»

«Ach, Tinka ...»

Ihrer Schwester konnte sie nichts vormachen, sie kannte sie einfach zu gut. «Ja, es ist unterirdisch gelaufen», gab sie zu.

«Und jetzt?»

«Früher hätte ich fristlos gekündigt, aber dazu fehlt mir die Power.»

«Arme Tinka.»

«Ach was, das ist Jammern auf hohem Niveau. Ich bin ja nicht arbeitslos. – Und bei dir?»

«Alles gut», sagte Johanna etwas zu laut in den Hörer.

«Klingt auch nicht gerade überzeugend.» Umgekehrt konnte ihre Schwester auch *ihr* nichts vormachen.

«Wieso?»

«Erzähl mir nichts – was ist los?»

Johanna fing plötzlich an zu weinen, was sie sonst nie tat. Sie war immer die Starke unter den Gehrke-Schwestern gewesen.

«Was ist passiert, Hanna?»

«Heute kam ein Schreiben von der Bank», schluchzte es aus dem Hörer. «Die drehn uns den Hahn ab, dann ist der Hof weg.»

«Ohne Vorwarnung?»

«Na ja, das haben die schon länger angedroht.»

«Und wieso weiß ich nichts davon?»

«Weil du erst mal gesund werden sollst.»

«Ich *bin* gesund.»

«Dieser Uhlig von der Bank sagt, wenn wir den Hof und die Felder verkaufen, kommen wir mit Glück gerade mal bei plus/minus null raus.»

Sie erzählte in groben Zügen, was los war, und Annkathrin schoss das Blut in den Kopf. Ein gewisser Stefan Uhlig war der neue Kreditberater der Friesland-Bank. Dreißig Jahre alt, ein Welpe. Der meinte, er könnte die Gehrke-Schwestern finanziell über den Tisch ziehen. Vermutlich hatte er finanzkräftige Investoren an der Hand, die sich an ihren Feldern eine goldene Nase verdienen wollten, und er selbst würde dafür natürlich fette Provisionen kassieren. Für den sollte ihr Elternhaus geopfert werden?

«Kommt gar nicht in die Tüte.»

«Sagst *du*.»

«Wir müssen das beschnacken.»

«Ach, wir vermieten ein paar Zimmer an Feriengäste, und dann läuft das wieder», sagte Johanna. Sie klang nicht überzeugt.

Annkathrin musste nicht eine Sekunde überlegen: «Ich bin morgen früh bei euch.» Brennecke würde sie erzählen, dass sie noch einen Termin in der Kurklinik wahrnehmen musste.

«So war das nicht gemeint.»

«Vergiss nicht, das ist auch mein Hof, und den werfen wir den geldsüchtigen Bankern bestimmt nicht in den Rachen.»

«Ich möchte nicht, dass du extra deswegen kommst, Tinka.»

«Bis morgen, Hanna.»

Am nächsten Morgen ging sie um acht Uhr in Dagebüll an Bord der Fähre. Normalerweise war ihre Heimatinsel von hier aus schon zu erkennen, aber heute lag dichter Nebel über dem Wasser, der nichts preisgab. Ungeduldig wartete sie darauf, dass die «Uthlande» ablegte. Die feuchte Luft legte sich wie eine kühle Kompresse auf ihre Stirn. Sie war um vier Uhr morgens von Gut Behnskow losgefahren und hätte eigentlich müde und kaputt sein müssen. Stattdessen war sie hellwach, denn es kam nun vor allem auf sie an.

Sie hatte am Abend zuvor einen groben Plan für den Hof ausgearbeitet, den sie ihren Schwestern vorstellen wollte. Für sie lag auf der Hand, was jetzt zu tun war. Ihre Schwestern mussten natürlich zustimmen, zumal es einiges von ihnen abverlangen würde.

Schon nach den ersten Metern Fahrt rückte das Festland

weit in die Ferne. Und damit auch alle Gedanken an ihre berufliche Situation. Das ging ihr jedes Mal so, wenn die Fähre ablegte. Sie genoss diesen Moment, an dem man alles hinter sich ließ. Unterwegs konnte sie die unscharfen Konturen einiger Sandbänke ausmachen, und nach einer halben Stunde tauchte Wyk im Nebel auf. Nirgendwo gab es klare Kanten, die Übergänge waren weich und fließend. Sogar die Siebziger-Jahre-Bausünden am Sandwall sahen aus wie verwunschene Phantasieschlösser.

Am Hafen warteten schon ihre Schwestern und winkten ihr zu. Merle in kurzen Jeans, Johanna in einem weiten Kleid, Wiebke in Latzhose, die Platz bot für ihren Schwangerenbauch. Kaum war Annkathrin von Bord, fielen sie sich in die Arme, als hätten sie sich Jahrzehnte nicht gesehen. Sie kletterten in Johannas VW-Bus und hielten sich wie immer an die feste Sitzordnung, die nie verändert wurde: Johanna fuhr, Annkathrin saß neben ihr, hinten saßen die jüngeren Schwestern Wiebke und Merle.

«Gut, dass du gleich kommen konntest», sagte Johanna.

«Ist doch klar.»

Sie bretterten über die vertrauten Straßen nach Nieblum und dann weiter in die Godelniederung. Als Johanna hinter Witsum auf den Weg zum Hof einbog, löste sich der Nebel teilweise auf, einige Fitzelchen vom Wattenmeer und von Amrum waren zu erkennen. Annkathrin atmete auf. Es tat gut, hier zu sein.

In der Küche wurde erst einmal ein Friesentee aufgesetzt, dann wechselten sie ins Wohnzimmer, von dem aus es eine grandiose Sicht aufs Wattenmeer gab. Sie zogen sich die

Strümpfe aus, barfuß war es viel gemütlicher. Johanna verteilte Schokolade. Merle setzte sich hinter Annkathrin und massierte ihr den Nacken. Sie musste zugeben, Schokolade und Massage waren eine wunderbare Kombination.

«Ich habe die Zahlen mal überflogen», begann Annkathrin mit vollem Mund und stöhnte unter Merles Händen wohlig auf. «Dieser Uhlig von der Bank hat im Prinzip recht, die sehen nicht gut aus. Es ist höchste Zeit zu handeln. Zumal sämtliche Kredite in Kürze auslaufen und neu verhandelt werden müssen. Das werden die von der Nordfriesland-Bank schamlos ausnutzen.»

«Und was machen wir dagegen?», fragte Merle in die Runde.

«Ich habe mir gestern Nacht ein paar Gedanken gemacht», sagte Annkathrin. «Kommt mit, ich zeige euch was.»

Sie standen auf und folgten ihr, barfuß, wie sie waren, auf die große Wiese, über die es zum Strand ging. Sie hatten Ebbe. Annkathrin führte ihre Schwestern durchs Watt auf ihren Lieblingspunkt zu: das Nichts zwischen den Inseln Föhr, Amrum und Sylt. Sie wurden vom kühlen Wind ordentlich durchgepustet, mit jedem Schritt auf dem weichen Meeresboden wurde man ruhiger.

«Hier am Meer beginnt es», rief Annkathrin.

«Häh? Was beginnt hier?»

«Schaut euch mal um, ist es nicht ein Traum?»

«Ja, und weiter?», fragte Johanna.

«Wann bist du das letzte Mal innerlich auf die Knie gegangen, wenn du hier standest? Weil es so dermaßen schön ist?»

«Was?»

«Du siehst es gar nicht mehr, aber es ist ein Paradies!»

Ihre Schwestern schauten sich um. «Jaja, wie immer.»

Annkathrin hob die Stimme. «Also gut, du bist eine gestresste Frau vom Festland, aus Hamburg oder Düsseldorf. Du bist nach Föhr gefahren und hast gerade in der Januarsonne einen Spaziergang am Meer gemacht, dick eingepackt, weil es richtig kalt ist.»

«Schwer vorzustellen, jetzt, im T-Shirt.»

«Du hast hier am Meer einen richtigen Sauerstoff-Flash bekommen. So klar und fit hast du dich lange nicht gefühlt ...» Annkathrin sah ihren Schwestern nacheinander in die Augen. «Wir gehen jetzt zurück zum Hof, und keine von euch sagt was. Alle gucken bitte nur.»

Merle, Johanna und Wiebke warfen sich verstohlene Blicke zu, als sei sie leicht verrückt geworden. Wahrscheinlich akzeptierten sie ihre Ansage nur, weil sie vermuteten, dass das alles mit ihrer Krankheit zusammenhing. Aber sie folgten ihrer Anweisung und gingen stumm zum Strand zurück und anschließend über die Wiese zum Hof.

«Und jetzt zeige ich euch unseren Hof, wie er in einem Jahr aussehen könnte», sagte Annkathrin. Sie war auf der Fahrt alle Räume im Kopf durchgegangen und hatte sie mit dem Besten an Hotelinventar ausgestattet, was sie in London, Gstaad und auf Gut Behnskow gesehen hatte. «Du hast also gerade einen Strandspaziergang hinter dir und bist richtig durchgepustet worden. Dann kommst du hier rein ...»

Sie führte sie in den großen Stall. Dort stand Kimberly in einer Ecke und schaute sie mit ihren treuen Augen freundlich an. Zugegeben, der fleckige Fußboden schrie nicht gerade danach, hier barfuß herumzulaufen, die Spuren von ehemals sechzig Kühen waren nicht zu übersehen. Aber Annkathrin war im Kopf schon weiter und sah zwei helle Saunen mit unterschiedlichen Temperaturen vor sich, eine sogar mit offenem Kamin.

«Danach geht es hinaus in das Kalttauchbecken im japanischen Garten oder direkt in die Nordsee. Ein paar Züge schwimmen, tauchen und den Schock wegquietschen, dann heiß duschen. Du legst dich im Wintergarten auf eine weiche Liege, von der aus du aufs Meer schaust. Kein Deich versperrt die Sicht. So etwas findest du kein zweites Mal auf Föhr.»

Ihre Schwestern sahen sie beeindruckt an.

«Während du da liegst, kommt der beste Masseur der Insel und knetet dich von Kopf bis Fuß durch. Er ist ein echter Künstler und findet jede noch so versteckte Verspannung.»

«Her damit!», rief Merle begeistert.

«Zum Schluss gibt es ein Hautpeeling, ein paar Feuchtigkeitscremes – und du bist ein komplett neuer Mensch.»

Johanna lächelte. «Danach habe ich bestimmt einen Riesenhunger!»

«Deswegen kochst *du* den Gästen die tollsten Gerichte, mit viel Fisch und knackigem Gemüse.»

«Wie groß stellst du dir so eine Pension denn vor?», fragte Wiebke.

«Klein und fein, dreißig Betten. Sodass wir immer ausgebucht sind. Die Leute sollen dankbar sein, wenn sie bei uns einen Platz ergattern.»

«Moooment, so einfach geht das alles nicht», wandte Johanna ein. «Wir brauchen eine Umnutzungsgenehmigung, einen Gewerbeschein und wer-weiß-was-noch-alles.»

«Noch ist es nur eine Idee», erklärte Annkathrin. «Mirko

muss als Reetdachdecker auch was dazu sagen, und Frerk auch, was die Elektroinstallation angeht. Letztlich ist es eine Bauchsache. Ihr müsst wissen, ob es euch kickt. Ich bin durch die halbe Welt gereist, und ich sage euch: Einen Ort wie unseren Hof findet man nicht ein zweites Mal. Daraus müssen wir was machen!»

«Klingt gut», seufzte Merle. «Aber was wird mit Kimberly, wenn der Stall eine Sauna wird?»

Nicht mal jetzt wollte man sie weggeben. Aber daran hatte Annkathrin schon gedacht.

«Sie könnte in den ehemaligen Schafstall hinter der Wiese.»

«Und unsere Jobs?», fragte Johanna, die immerhin eine sichere Stelle in der Wyker Apotheke hatte.

«Wächst euch der Hof nicht schon manchmal über den Kopf?», fragte Annkathrin zurück. «Ihr habt ja noch zusätzlich eure Fulltime-Jobs, die ja auch nicht ohne sind.»

«Ach, das geht schon», meinte Merle.

«Nein», bekannte Wiebke und rieb sich ihren Bauch. «Wenn ich ehrlich bin, wird mir das langsam zu viel. Und in Zukunft, mit meinem Kind, erst recht.»

«So 'ne Pension machst du nicht nebenbei», wandte Johanna ein.

«Stimmt. Und das bedeutet: Wir können den Hof nur halten, wenn ihr alle voll einsteigt.»

Sie setzten sich auf die Couch in Wiebkes Wohnzimmer. Johanna holte eine zweite Packung Schokolade, Merle verteilte kleine Jägermeister an alle, außer an Wiebke. Zusammen mit der Schokolade war das eine herbe Mischung, aber Annkathrin ließ sich nichts anmerken.

Johanna war noch nicht überzeugt. «Das Hauptproblem

ist doch ein ganz anderes, Tinka. Wir sitzen hier zusammen, weil wir pleite sind. Woher sollen wir das Geld für den Umbau nehmen?»

«Wir verkaufen die Felder», schlug Annkathrin vor.

«Niemals!»

Für ihre Eltern war das immer das größte Tabu gewesen: Ein Bauer verkauft niemals sein Land!

«Ihr schafft die Arbeit doch eh kaum noch», stellte Annkathrin fest. «Also weg damit! Die Leute vom Festland werden uns die Bude einrennen, wenn wir das richtig aufziehen. Auf Gut Behnskow funktioniert das auch, das ist eine Goldgrube.»

«Ja, aber dein Gut ist viel besser zu erreichen», wandte Wiebke ein.

Annkathrin lächelte. «Hier auf der Insel sind die Menschen noch weiter weg vom Alltag. Die Überfahrt mit der Fähre bringt sie in eine andere Welt, jeder Ärger bleibt auf dem Festland zurück.»

«Aber überleg mal, was die Fähre einen an Zeit kostet», stöhnte Merle.

«Habe ich früher auch gedacht. Aber ich schwöre euch, im Urlaub siehst du das vollkommen anders. Da heißt das Zauberwort ‹entschleunigen›.»

So quatschten sie noch Stunden hin und her. Am frühen Abend war Annkathrin völlig erschöpft. Immerhin war sie heute mitten in der Nacht aufgestanden, um die frühe Fähre in Dagebüll zu kriegen. Irgendwann gab sie sich einen Ruck und schlurfte in ihr altes Jugendzimmer. Sie legte sich sofort ins Bett und schlief durch.

Am nächsten Morgen wurde sie von einem lauten Rums

geweckt: Merle, Wiebke und Johanna stürmten in aller Frühe in ihr Zimmer und quietschten: «Wir machen's!»

Sie war sofort hellwach und strahlte genauso wie ihre Schwestern.

Zwölf

Nach dem Tag auf Föhr fühlte sich das Thema Konzertreihe für Annkathrin so weit weg an wie ein anderer Kontinent. Die Insel hatte ihr gutgetan. Dort stand etwas an, was viel wichtiger war. Sie würde es also locker angehen. Als Tom sie an ihrem Haus abholte, war sie bester Dinge. Mal ehrlich, es gab Schlimmeres, als mit einem nicht gerade unansehnlichen Mann im Cabrio übers Land zu fahren und die Umgebung nach schönen Gebäuden abzusuchen. Sie würde einfach alles laufen lassen und sehen, was dabei herauskam. Und in einem Jahr würde sie das erste Mal in der Sauna der eigenen «Wellness-Pension Gehrke» entspannen!

Auch Tom sah unternehmungslustig aus. Er trug eine dunkelrote Basecap auf seinen dichten Haaren. Sie schlug vor, dass sie diesmal in seinem Wagen fuhren, dann könnte sie sich entspannt zurücklehnen. Immerhin konnte man auch bei seinem Jeep das Verdeck abnehmen, was er sogar von sich aus anbot.

«Es ist übrigens noch etwas dazugekommen», erklärte sie, als sie losfuhren. Sie hatte heute Morgen mit Thekla telefoniert. «Der Maestro hat sich auf seine Kindheit in Finnland besonnen, sein Vater war dort Pastor auf dem platten Land. Waikonen hat gerade ein Orgelkonzert fertig geschrieben. Das heißt, dass ein Konzert von den dreien in einer Kirche stattfinden soll. Brennecke plädiert für die Lübecker Marienkirche.»

«Das ist die beim historischen Rathaus, oder?»

«Sozusagen das Wohnzimmer der Hansestadt Lübeck, das in keinem Reiseführer fehlt.»

«Aber mal im Ernst, wenn ein Konzert auf Gut Behnskow stattfinden soll, eines in der Musikhalle und eines in der Kirche – was machen wir dann noch hier?»

«Die Frage ist, ob man Waikonen damit überhaupt hierherlocken kann», pflichtete Annkathrin ihm bei. «Der sucht den speziellen Kick, das sieht auch Thekla so. Die brauchen einen Köder, und den müssen wir finden.»

Sie tuckerten durch die ostholsteinischen Wälder, es lag immer ein leichter Kieferngeruch in der Luft, und die Seen konnte man schon riechen, bevor sie in Sicht kamen. Tom, der Waldmensch, zeigte ihr versteckte Greifvögel in den Bäumen und entdeckte im Dickicht neben der Straße sogar einen Dachs.

«Noch mal zu den Wasseradern», sagte Annkathrin. Eigentlich wollte sie das Thema komplett umgehen, aber es gelang ihr einfach nicht.

«Was ist damit?»

«Spürst du die wirklich?»

Er kicherte leise. «Nein.»

Sie war baff. «Und was sollte das dann?»

«Alle Menschen finden Wasseradern toll, auch die, die

nicht daran glauben, oder etwa nicht? Wer will denn nicht kosmische Energie auf seinem Grundstück haben, die einfach so aus der Erde kommt?»

«Stimmt.»

«Das Schöne daran ist: Du kannst es einfach behaupten und musst es nicht beweisen.»

Sie zog die rechte Augenbraue hoch. «Genau genommen ist das Betrug.»

«Ja.»

«Leider haben wir die Scheune aber trotz deiner Wasseradern nicht bekommen.»

«Abwarten. Bei Typen wie Petershagen muss sich das erst setzen.»

«Wasseradern …» Plötzlich musste sie losprusten.

«Energiiiie!», rief er.

«Lass uns das ab jetzt immer so machen. Ich komme mit den harten Fakten und du mit den Wasseradern.»

«Abgemacht.»

Sie hatten zwei Gehöfte mit riesigen Scheunen und einen Gutshof abgeklappert. Alle drei Locations waren entweder nicht geeignet oder schon ausgebucht. Man sah den Gütern an, dass es Ostholstein schon seit längerer Zeit wirtschaftlich gut ging. Aber die bekannten, perfekt herausgeputzten Plätze waren für sie uninteressant.

Am frühen Nachmittag brannte die Sonne immer noch unbarmherzig vom wolkenlosen Himmel herab. Ohne Vorankündigung bog Tom in einen kleinen Feldweg ein, der sich am Rand eines hügeligen Mischwalds hinzog. Der Weg endete vor einem verrosteten schmiedeeisernen Gatter. Dahinter lag eine große Wiese, auf der Mohn, Dotterblumen und Margeriten blühten.

«Endstation», sagte er und griff nach einer kleinen Holzkiste und einer Decke, die auf dem Rücksitz lag.

Was kam nun?

«Komm», sagte er. Sie kletterten über das Gatter und liefen quer über die Wiese, die am Rand eines kleinen Hügels lag. Von hier aus hatte man einen weiten Blick auf die Landschaft. Unter einer Eiche breitete Tom die rote Decke aus. Darauf stellte er die Holzkiste, öffnete sie und packte frischen Salat, Käse und Brot aus. Er hatte ein Picknick vorbereitet?

«Alles selbst gemacht», erklärte er stolz.

«Auch das Brot?», fragte sie, mehr im Scherz.

«Ja.»

Tom konnte kochen und backen? Hätte das jemand vorher behauptet, hätte sie ihr gesamtes Geld dagegen gewettet. Aber wie schön, dass sie sich geirrt hatte, sie hatte nämlich Hunger. Sie setzten sich und aßen all die Köstlichkeiten, die er zubereitet hatte. Der raffinierte Salat bestand aus einer Kokosnuss, Mangos, Paprikaschoten, Kresse und Frühlingszwiebeln. Die bunten Früchte und Gemüsesorten waren ein Fest fürs Auge. Das Dressing enthielt Ingwer und Limetten, was sie so noch nie gegessen hatte.

«Hmm, ganz eigen», schnurrte sie. «Schmeckt sehr frisch.»

«Das Rezept habe ich aus einem Kochbuch von Jamie Oliver», erklärte Tom. «Ich habe es noch etwas verfeinert.»

Ihr fiel fast eine Olive aus dem Mund. «Du besitzt ein Kochbuch von Jamie Oliver?»

Er grinste. «Auch Einsiedler wollen hin und wieder ordentlich essen.»

Sie lachte.

Runde Schäfchenwolken standen unbeweglich am blauen Himmel. Die Mittagshitze hatte Annkathrin träge gemacht, sie streckte sich auf der Decke lang aus. Der Geruch von Kräutern stieg ihr in die Nase, Fenchel, Kümmel und Lavendel. Sie mussten irgendwo in der Nähe in großer Menge wachsen. Ein paar mehrfarbig gezeichnete Libellen blieben mit ihren durchsichtigen Flügelpaaren in der Luft über ihnen stehen.

«Mond-Azurjungfern», murmelte sie.

Libellen gehörten neben Kühen zu ihren Lieblingstieren. Sie konnten ihre Flügelpaare unabhängig voneinander bewegen, die schwarze Flügeladerung war wie ein Gemälde. Komischerweise hatten viele Menschen Angst vor Libellen, weil sie dachten, sie könnten stechen. Ein Irrglaube, der sich seit dem Mittelalter hielt.

Sie dämmerte leicht weg. Als sie nach einer gefühlten Viertelstunde wieder aufwachte, saß Tom neben ihr und schaute in die Ferne. «Ausgeschlafen?» Er sah sie lächelnd an.

«Danke für das tolle Picknick», sagte sie. Die Küche im Gutshotel, in der sie sonst aß, war zwar auch hervorragend, aber mit Jamie Oliver auf einer blühenden Wiese konnte nichts mithalten.

«Weit sind wir heute nicht gekommen», stellte er fest.

«Macht nichts, es ist doch wunderschön hier.»

«Es ist fast zu viel des Guten. Die schöne Landschaft, es riecht nach Kräutern.»

«Die Kräuter sind dir auch aufgefallen? Ich bin auf über zwanzig verschiedene gekommen.»

In diesen Moment dröhnte eine gewaltige Orgelmusik von

den Hügeln hinter ihnen, als sei dort die Vorhölle ausgebrochen. Sie starrte Tom erstaunt an. «Da muss eine Kirche sein.»

Tom lachte. «Vielleicht können wir damit ja die Marienkirche toppen.»

«Du meinst, hinter diesem Wald versteckt sich eine Art Petersdom?»

«Warum nicht? Stell dir vor, Tausende Pilger würden demnächst nach Ostholstein kommen statt nach Rom.»

«Ein Albtraum.»

«Sie würden erst mal ein Bad in der heiligen Ostsee nehmen, der Papst würde vom Balkon seiner Ferienwohnung in Kellenhusen den traditionellen Ostersegen erteilen.»

«Bist du zufällig katholisch?», fragte sie.

«Höchstens in der ostholsteinischen Variante», sagte er grinsend.

«Will sagen?»

«Wenn, kehrt Jesus in Eutin wieder auf die Erde zurück.»

Sie lachte. «Lass uns mal nachschauen, woher die Musik kommt.»

Die Melodie ging nun in etwas ganz Leichtes und Feines über. Annkathrin hörte selten Orgelmusik, sie hätte sich nie vorstellen können, dass dieses Instrument wie eine Harfe klang. Sie ließen ihr Picknick stehen und gingen neugierig in den dichten Wald hinein. Mühsam kämpften sie sich durch stachelige Waldbeerenbüsche und dichte Tannen. Sie orientierten sich allein an den Tönen, die nur langsam lauter wurden. Der Geruch von Kräutern wurde immer intensiver und ging eine ganz eigene Liaison mit der Orgelmusik ein. Sie erreichten einen kleinen, alten Friedhof. Jetzt war es klar zu hören: Die Töne kamen aus der düsteren Kirche, die am Rande des Waldstücks auf einer Lichtung stand, ein Rotziegelbau, schätzungsweise aus dem vorletzten Jahrhundert. Erst als sie sich der Kirche näherten, stellten sie beinahe gleichzeitig fest, dass sie beide schon mal hier gewesen waren: In genau dieser Kirche hatte die Trauerfeier von Harold Kanerva stattgefunden! Sie waren damals von einer anderen Richtung gekommen, deshalb hatten sie gar nicht damit gerechnet. Die Türen waren weit geöffnet.

Sie gingen um die Kapelle herum. Dahinter entdeckten sie einen riesigen Garten, in dem es wirklich alles an Kräutern gab, was man sich in dieser Klimazone vorstellen konnte: Liebstöckel, Fenchel, Melisse, Koriander. Am Beetrand wuchsen Kerbel, Dill und Rucola, auch ein paar mediterrane Kräuter wie Lavendel, Rosmarin und Salbei waren dabei. Neben den Bäumen befanden sich heimische Wildkräuter, die feuchte Erde und Schatten bevorzugten, Malve und Schafgarbe.

«Da kennt sich jemand bestens aus», bemerkte Tom.

Sie zückte ihr Handy und filmte den Kräutergarten. Vielleicht würde Waikonen das gefallen. Die Orgelmusik endete abrupt, mitten im Takt, und nach kurzer Zeit kam eine Frau in einem weiten Sommerkleid aus der Kirche. Sie war vielleicht Anfang zwanzig, ihre wuseligen blonden Haare umrahmten ihr schmales Gesicht. Annkathrin erinnerte sich an sie, es war die Organistin, die auf der Trauerfeier von Harold Kanerva gespielt hatte. Sie begrüßten sie.

«Waren Sie das eben?», fragte Annkathrin.

«Ja.»

«Beeindruckend.»

«Ach, ich habe mich nur etwas ausgetobt», sagte sie und fuhr sich verlegen durch die Haare. Sie wirkte ein bisschen so, als entstamme sie einem anderen Jahrhundert.

«Haben Sie auch den Kräutergarten angelegt?», fragte Annkathrin.

«Ja, ich bin hier Küsterin», erklärte sie. «Und Organistin.»

«Finden hier denn regelmäßig Gottesdienste statt?»

«Überwiegend Beerdigungen und manchmal eine Hochzeit.»

«Meinen Sie, wir können uns die Kapelle mal ansehen?»

«Natürlich, kommen Sie mit.»

Neben dem Eingang stand die moderne Bronzefigur, die sie bereits auf der Trauerfeier von Harold Kanerva gesehen hatten. Über dem Altar hing das Bild von Jesus und dem ungläubigen Thomas. Annkathrin schaute kurz zu Tom, als sie die Kirche betraten. Er erwiderte ihren Blick und nickte leicht. Sie war gespannt, was jetzt kam.

Tom räusperte sich. «Wir würden hier gerne ein Orgelkonzert veranstalten», sagte er und setzte dabei ein äußerst charmantes Lächeln auf.

Sein Vorstoß überraschte Annkathrin umso mehr, als diese Dorfkapelle kaum mit der imposanten Lübecker Marienkirche mithalten konnte. Was Brennecke dazu sagen würde, konnte sie sich lebhaft vorstellen. Aber sie ließ ihn machen.

Die Organistin wurde etwas rot. «Überschätzen Sie mich nicht, ich kann nicht alles spielen.»

Annkathrin lächelte. «Müssen Sie gar nicht. Ein finnischer Organist würde hier im Rahmen einer Konzertreihe ein eigenes Stück aufführen.»

«So? Wie heißt er denn?»

«Samu Waikonen, er arbeitet in ...»

Die Frau wirkte ganz aufgeregt. «In Hollywood, ich weiß ... Wow, Waikonen!» So wie es sich aus ihrem Mund anhörte, schien Waikonen in der Orgelszene eine Art Superstar zu sein.

«Sie kennen ihn?», fragte Tom.

«Klar, Sie nicht?»

«Doch, äh, wir arbeiten ja für ihn.»

«Kennen Sie ihn persönlich?»

«Noch nicht, aber bald», sagte Annkathrin. «Es wäre bestimmt ein toller Ort für seine Uraufführung, allein diese Kombination aus Kräuterduft und Orgelmusik ist etwas ganz Besonderes.»

Die Organistin trat einen Schritt zurück. «Wissen Sie, das hier ist *meine* Kirche, und ich spiele hier. Ich bekomme nicht viel dafür, deshalb verkaufe ich zusätzlich meine Kräuter auf den umliegenden Märkten.»

«Wir zahlen gut», sagte Annkathrin schnell.

«Dafür, dass ich nicht spiele?»

Tom wurde verlegen. «Na ja.»

«Ich will aber kein Konzert, bei dem alles drum herum mit Autos zugeparkt wird. Es ist gut hier, wie es ist.»

Damit war das geklärt. Es wurde Zeit für einen Rückzieher, fand Annkathrin, doch diesmal ließ Tom nicht locker. «Es ist der perfekte Ort», murmelte er.

«Genau, und das soll er auch bleiben», entgegnete die Organistin.

«Wir würden auch nur musikverständige Menschen einladen.»

«Kann ich mir vorstellen. Wer ist denn Ihr Sponsor?»

«Gut Behnskow, das ist ein Wellness-Hotel», sagte Annkathrin. «Wie wäre es mit einem kostenlosen Wochenende dort?» In dem Moment, in dem sie das Angebot aussprach, wusste sie, dass es sinnlos war. Wellness-Hotels waren bestimmt nicht ihre Welt. Abgesehen davon war das Ganze sowieso aussichtslos, Brennecke würde einer Dorfkirche nie und nimmer zustimmen. Aber es gab ja noch Thekla, die eigentliche Veranstalterin der Konzertreihe. Und immerhin lag ihr Onkel hier begraben, der die Stiftung gegründet hatte.

«Danke, mir geht es auch ohne das alles sehr gut», antwortete die Frau spitz.

«Keine Chance?», fragte Tom ein letztes Mal. Er war wirklich zäh.

«Nein.» Sie sah Tom in die Augen.

Trotz der klaren Absage hatte ihr Blick etwas Neugieriges, Forderndes. Tom hielt ihm stand. Irgendetwas passierte zwischen den beiden. Irgendetwas, wovon Annkathrin ausgeschlossen war, das spürte sie. Und es ärgerte sie ein bisschen.

Dreizehn

Tom wälzte sich unruhig im Bett hin und her. In den letzten
zehn Tagen hatte er mit Annkathrin alle prächtigen Gutshöfe der Gegend abgeklappert: Sierhagen, Hasselburg, Görtz,
Löhrstorf, Brodau und Tesdorf. Sie hatten sich schlossähn-
liche Gebäude, Torhäuser mit Wassergräben und Herrenhäuser mit riesigen Terrassen angesehen. Die Anwesen waren
bestens gepflegt, sie verfügten über Konzertsäle, es gab prak-
tische Zufahrten für Busse, alles war hervorragend geeignet.
Dennoch erschienen ihnen diese Gebäude eine Spur zu perfekt.

Tom hatte über Waikonen im Internet gelesen, dass er mal
mit einem Symphonieorchester ein Konzert im Schneesturm
gegeben hatte, mitten in Lappland. Mozartzitate im Wind-
geheul, immer wieder verstimmten die Instrumente. Der
Sturm war auf seine Weise ebenso schön und musikalisch
wie die Komposition gewesen. Sie und die Naturtöne passten
wunderbar zusammen. Es war klar, dass man sich bei so einem Exzentriker etwas Einzigartiges einfallen lassen musste.
Die Scheune von Bauer Petershagen mit den Kutschen war

immer noch Annkathrins Favorit, aber Petershagen wollte partout nicht, da war nichts zu machen. Die Dorfkirche mit dem Kräutergarten fand Thekla toll, aber sie musste erst überlegen, wie sie sie am geschicktesten bei Brennecke gegen die Marienkirche durchsetzen könnte. Außerdem hatten sie ja noch gar keine Zusage von der Organistin. Und die Zeit drängte: In etwas mehr als vier Wochen sollte es losgehen.

Tom erschien all das im Vergleich zu etwas anderem ziemlich unwichtig. Nach dem Ausflug zur Kirche hatten Annkathrin und er sich zum Abschied kurz umarmt. Seitdem ging ihm ihr Geruch nicht mehr aus der Nase. Sie hatte nach Curry mit einem Hauch von Mandeln geduftet. Was hatte sie wohl in dem Moment empfunden? Worauf stand sie bei Männern? Aber eigentlich war es egal, ihre und seine Welt würden sowieso nicht zusammenpassen. Das war keine neue Erkenntnis für ihn, denn in sein Universum hatte schon immer nur ein einziger Mensch gepasst – er selbst.

Gestern war sie nach Föhr abgereist, um dort eine Familienangelegenheit zu klären. Er musste also morgen ohne sie zu Brennecke fahren und ihm berichten, was sie bisher erreicht hatten. Und das war genau genommen gar nichts. Brennecke hatte die Konzerte mittlerweile zur Chefsache erklärt und wollte persönlich über alles informiert werden. Um halb acht Uhr morgens sollte Tom bei ihm antanzen, da kannte er keine Gnade. Zum Glück würde Thekla dabei sein und die Stiftung vertreten, sodass er nicht ganz alleine war. Sie hatte ihm am Telefon gesteckt, dass Brennecke wegen der Konzerte inzwischen hochnervös war, für die Mansfeld AG hing da einiges an Prestige dran.

All das ging Tom durch den Kopf, als er sich im Bett hin

und her wälzte. Irgendwie war er zu aufgewühlt, um zu schlafen. Also schnappte er sich seinen Daunenschlafsack und beschloss, im Dunkeln an seinen Lieblingsplatz zu wandern. Den unsichtbaren Weg durchs Unterholz kannte er so gut, dass er ihn auch mit verbundenen Augen gefunden hätte. Angst hatte er im Wald keine, die hatte er nur dort, wo keine Bäume waren. Als er bei seinem Platz am Rand der Lichtung ankam, legte er sich im Schlafsack auf das weiche Moos und schlief nach kurzer Zeit ein. Im Traum wirbelte alles durcheinander, die Fahrten übers Land, die lockige Organistin in ihrem Kräutergarten, die Gutshöfe und Seen, Petershagens Kutschen, Annkathrins Curry-Mandel-Geruch.

Am frühen Morgen wachte er vom Gesang der Vögel auf. Die Luft war noch kühl, und er brauchte einen Moment, um sich zu orientieren. Etwas Hartes drückte gegen seine Schulter, er griff danach und entfernte einen Kiefernzapfen. Ansonsten war das Moos ein perfektes Bett gewesen. Über der Wiese schwebte eine Nebelbank. Gegenüber, zwischen den Buchen, konnte er die Ostsee sehen, die heute so ruhig dalag wie ein Teich. Das Meerwasser spiegelte sich an den rauen Borken der Baumstämme. Über ihm sprang ein Eichhörnchen von Ast zu Ast, ein Specht klopfte an einem Buchenstamm, und ein Rotkehlchen sang dazu. Die ersten Sonnenstrahlen des Tages drangen durch den Nebel. Er hatte auf dieser Lichtung schon seltsame Wesen gesehen. Die nackten Wurzeln einiger Eschen sahen aus wie Trollarme, und das Geäst der einzigen Eiche nahm im Lauf der Jahre immer mehr die Züge eines Raubvogels an. Wenn der Baum irgendwann abheben würde, um auf die Jagd zu fliegen, würde ihn das nicht wundern.

Plötzlich huschten wie aus dem Nichts ein paar Rehe zum Teich, um dort zu trinken. Mit ihren großen Augen schauten sie scheu in die ersten Sonnenstrahlen. Immer wieder legten sie die Ohren an, um zu lauschen, ob sich im Wald etwas tat. Zum Glück lag er in seinem Schlafsack nicht in ihrer Windrichtung. Er blieb vollkommen regungslos, sodass sie ihn nicht wittern konnten. Er beneidete die Tiere: Sie dachten nicht, sondern lebten einfach. Vor allem wussten sie nicht, dass sie eines Tages sterben würden. Vermutlich waren sie damit glücklicher als die Menschen. Um ihn herum schwirrten Mücken, eine Fliege kroch ihm in den Nacken. Er schob sie mit einer Handbewegung vorsichtig weg und ließ sie fliegen. Die Rehe registrierten das leise Geräusch sofort und liefen zurück in den Wald.

Jetzt brach die Sonne mit aller Kraft durch und schien mitten durch die Bäume. So sollte jeder Tag beginnen. Ihn überkam ein Gefühl von Trauer. Und dieses Paradies musste er im Herbst verlassen? Wohin sollte er dann gehen? Nach Eutin? Oder nach Lübeck? Stadthäuser statt Bäume? Vielleicht sollte er sich am Rande der Lichtung einen kleinen Unterstand für seinen Schlafsack bauen, das würde ihm fürs Erste genügen. Doch damit würde er die Zivilisation komplett verlassen und ein echter Waldmensch werden. Das wäre ein äußerst radikaler Schritt. Er war zwar zu vielem fähig, aber dazu dann doch nicht, das wusste er.

Als die Rehe ganz im Unterholz verschwunden waren, kletterte er aus dem Schlafsack und zog sich die Hose an. Die Vögel trällerten fröhlich durcheinander, die Frühsonne schuf große Lichträume zwischen den Baumstämmen, die an Kathedralen erinnerten. Er klemmte sich den Schlafsack unter den Arm und schlenderte langsam zum Forsthaus zurück. Diese Wege kannten nur einige Wildtiere und er. Den Mondspiegel hinter den Tannen ließ er links liegen. Amelie und Fabian, deren Stämme weit über die Tannen ragten, sandte er einen bewundernden Blick und grüßte sie freundlich. An der Zahnspangen-Birke bog er ab und eilte nach Hause.

Hier begann die Zivilisation, oder jedenfalls eine Vorform davon. Bis das Wasser zum Duschen im Badeofen warm wäre, hätte er seinen Termin bei Brennecke verpasst. Also blieb nur eine schnelle, kalte Dusche und als Frühstück eine Banane. Dann sprang er in seine letzte saubere Jeans und zog ein altes Jackett an.

Der Jeep sprang stotternd an. Auf dem Weg aus dem Wald heraus klingelte sein Telefon. Es war Annkathrin.

«Moin, Tom. Gute Nachrichten: Petershagen hat es sich anders überlegt, wir können die Scheune haben!»

«Ist nicht wahr!», rief er. Er freute sich, ihre Stimme zu hören. «Wie kann das sein?»

«Er hat gerade angerufen.»

«Was hat es gebracht? Dein Mähdrescher oder meine Wasseradern?»

Sie lachte. «Wohl beides. Viel Glück bei Brennecke!»

«Werde ich haben.»

Schon hatte sie aufgelegt.

Petershagens Zusage machte es bei Brennecke leichter, jetzt hatten sie schon mal einen Ort fest. Aber würde er die Scheune für seine geliebte Lübecker Musikhalle opfern? Und was passierte wohl, wenn er ihm mit der Dorfkirche kam? Probieren musste er es auf jeden Fall.

Die Zentrale der Mansfeld AG residierte in einem alten Patrizierhaus in der Lübecker Innenstadt. An der Wand hinter der edlen Rezeption rieselte ein kleiner Wasserfall über eine Kupferplatte, auf der der Firmenname eingraviert war, was Tom reichlich überkandidelt erschien. Eine stark geschminkte Frau in seinem Alter setzte ein künstliches Lächeln auf.

«Guten Morgen, was kann ich für Sie tun?»

«Mein Name ist Winter. Ich bin mit Herrn Brennecke verabredet.»

Ihr Lächeln gefror. Sie sah aus, als wollte sie gleich den Sicherheitsdienst rufen. Wahrscheinlich glaubte sie nicht, dass der Vorstandsvorsitzende der Mansfeld-Hotelkette jemanden wie ihn persönlich sprechen wollte. Dabei trug er heute extra sein Jackett. Auf die Frau musste er trotzdem wie ein Außerirdischer wirken. Sie griff zum Telefon.

«Hallo, Beetz hier ... Hier ist ein Herr Winter, der behauptet, einen Termin mit Herrn Dr. Brennecke zu haben ... Ja? So? ... Ich schicke ihn hoch. » Sie legte auf und setzte erneut ihr falsches Lächeln auf. «Dritter Stock, der Fahrstuhl ist gleich hier rechts.»

Oben erwartete ihn eine andere Frau im Kostüm und führte ihn in eine Art Konferenzraum. «Nehmen Sie gerne schon mal Platz, Herr Dr. Brennecke kommt gleich.»

In diesem Raum war alles glatt und steril. Man konnte nicht einmal ein Fenster öffnen, stattdessen lief die Klimaanlage auf Hochtouren. Worin da der Fortschritt liegen sollte, blieb Tom schleierhaft. Er blickte nach draußen. Auf der Trave waren ein paar Ruderboote und Kanus unterwegs, ein flacher, weißer Ausflugsdampfer schob sich langsam am Firmengelände vorbei. Sein Blick wanderte weiter zum Tisch in der Mitte des Raumes. Dort bemerkte er ein paar Steine. Er nahm einen davon in die Hand. Warum lagen die hier? Hatte Brennecke sie an der Ostsee gesammelt, oder vielleicht seine Kinder? Tom dachte daran, dass die Welt vierhundert Millionen Jahre gebraucht hatte, um den Wald hervorzubringen. Irgendwann würde alles wieder überwuchert sein, auch die Zentrale der Mansfeld AG. Die Tür öffnete sich, er konnte gerade noch den Stein zurück auf den Tisch legen, da betraten Brennecke und Thekla den Raum.

«Moin, Herr Winter, wo haben Sie Frau Gehrke gelassen?», fragte Brennecke.

Sofort sah Tom ihn wieder in roter Kastenbadehose vor sich. «Guten Tag, Herr Brennecke. Sie muss eine Familienangelegenheit klären.» Immerhin hatte sich der Boss seinen Namen gemerkt, er hingegen hatte aus Versehen seinen Doktortitel weggelassen.

Thekla umarmte ihn. «Hallo, Tom, ist es nicht grausam früh?» Sie trug ein ärmelloses, hellblaues Sommerkleid, das ihre braunen Arme zur Geltung brachte.

«Setzen Sie sich bitte», sagte Brennecke. «So, Herr Winter, was hat sich denn inzwischen getan?»

«Ich habe dir die möglichen Veranstaltungsorte ja schon gemailt», erklärte Thekla und reichte Brennecke eine Liste, die sie von Annkathrin bekommen hatte.

«Wir haben bereits den 7. Juli, und nichts ist fest», schimpfte er erst mal drauflos.

«Nun schau doch erst mal.»

Brennecke hielt den Zettel hoch und begann laut vorzulesen: «Auf Platz eins steht die Scheune mit den Kutschen von diesem Petershagen. Fotos? – Ah ja, hier. Hmh.» Zum Glück ahnte er nicht, wie knapp vor diesem Termin die endgültige Zusage gekommen war.

«Und was ist mit der Musik- und Kongresshalle in Lübeck?»

«Wir haben doch jetzt die Scheune», sagte Thekla. «Die wird Waikonen viel besser gefallen.»

Brennecke beugte sich zu ihr vor. «Mensch, Thekla, die Musikhalle liegt mitten in der Stadt, unser Spitzenhotel ist gleich nebenan, da haben wir alles vor Ort konzentriert. Das ist viel sinnvoller als eine Scheune am Ende der Welt, so nett die Idee auch sein mag. Stell dir mal vor, wie kompliziert das allein mit Transfer und Catering wird.»

«Aber die Scheune mit den ganzen Kutschen hat echten Charme», sagte sie. «Und wir dürfen nicht vergessen, dass Waikonen sehr exzentrisch ist. Eine gewöhnliche Musikhalle wird er wenig reizvoll finden.»

«Charme ist für mich ein anderes Wort für hohe Kosten», grummelte Brennecke. «Bitte reserviert die Musikhalle, nur für alle Fälle.»

Er konnte es einfach nicht lassen.

«Reservieren können wir sie ja», sagte Thekla und zwinkerte unauffällig Tom zu.

Draußen auf der sonnigen Trave fuhr ein weiterer Ausflugsdampfer vorbei. «Was ist mit dem Orgelkonzert?», erkundigte sich Brennecke. «Marienkirche? Oder Jakobi?» Die Lübecker Hauptkirchen.

«Wir haben noch etwas anderes gefunden», hob Tom an. «Eine Kapelle, die mitten in einem Kräutergarten liegt.»

Brennecke riss die Augen auf. «Kräutergarten? Sollen wir da zusammen Tee kochen, oder was? Außerdem ist die mit Sicherheit viel zu klein.»

«Nein, die Zuhörer könnten draußen stehen und die Musik gleichzeitig mit dem Duft der Kräuter wahrnehmen. Das wäre ein echtes synästhetisches Erlebnis.»

«Also jetzt mal ganz von vorne», unterbrach ihn Brennecke. «Da kommen anspruchsvolle Gäste zu uns, die kennen den Vatikan, den Dom von Sevilla oder von Köln. Und ihr wollt eine der schönsten Lübecker Kirchen durch eine Dorfkapelle ersetzen? Weil da Petersilie wächst?»

Tom wusste, wie er Brennecke noch weiter an die Decke bringen konnte: «Dort wachsen sogar Bäume, mit denen man reden kann, man muss nur ihre Sprache kennen.» Aber das sprach er natürlich nicht aus.

«Du kennst die Kirche übrigens», sagte Thekla. «Wir haben Harold dort begraben. Ich habe vorher gar nicht daran gedacht, aber für die Stiftung wäre es ein besonderes Zeichen, wenn das Orgelkonzert bei Harold stattfindet.»

«Entschuldige bitte, bei allem Respekt, aber ein Friedhof ist nun wirklich das komplett falsche Signal für unsere Wellness-Gäste! Wir wollen nicht ans Sterben erinnern, sondern Lust aufs Leben wecken.»

«Mensch, Hannes, ein Konzert ist doch auf jeden Fall bei dir auf Gut Behnskow! Das wird eine super Werbeveranstaltung für die Mansfeld-Kette. Aber wenn du sowohl gegen die Scheune als auch gegen die Kirche bist, was bleibt denn da noch Besonderes für uns von der Kanerva-Stiftung?»

«Nun lass mal die Kirche im Dorf, Thekla.»

«Genau das will ich doch!», rief sie fröhlich.

Brennecke musste grinsen. Dann wurde er wieder ernst. «Von mir aus: die Scheune gegen die Musikhalle. Aber dafür findet das Kirchenkonzert in der Marienkirche statt.»

«Das wäre zwei zu eins für dich.»

«Ja, und?»

Thekla lächelte ihn charmant an. «Waikonen will in zehn Tagen vorbeikommen und sich die Orte persönlich anschauen. Ich habe ihm am Telefon schon von der Scheune und der Dorfkirche erzählt. Soll er entscheiden, wo das Orgelkonzert stattfindet.»

Brennecke seufzte. «Von mir aus.»

Thekla wandte sich an Tom. «Ihr haltet die Dorfkirche auf jeden Fall bereit.»

Tom wurde leicht schummerig. «Ähm, da gibt es noch einen kleinen Haken. Für die Kirche habe ich noch keine feste Zusage.»

Brennecke sah ihn verständnislos an. «Wieso das denn nicht?»

«Die Organistin weigert sich bislang.»

Das war zu viel. «Seit wann kann eine Organistin so etwas verhindern? Na, mir soll es recht sein, dann wird es eben doch die Marienkirche.»

Thekla sandte Tom einen fragenden Blick.

«Das regele ich», versprach er.

«Bis wann?», fragte Brennecke.

«Am besten, ich fahre noch diese Woche hin.»

Brennecke nickte. «Nächste Woche gehen die Programme in Druck, bis dahin muss alles in trockenen Tüchern sein.»

Vierzehn

Eine Stunde später stand Tom vor dem Grab von Harold Kanerva. Auf einem schlichten Findling unter einer alten Buche
waren sein Name und seine Lebensdaten eingraviert. *Schade,
dass ich dich nicht kennengelernt habe*, dachte Tom. Alle hingen
sie irgendwie mit Harold Kanerva zusammen: Annkathrin
und er, Thekla, Brennecke und sogar die Organistin, die er
nun davon überzeugen musste, dass in ihrer Kirche ein Konzert des großen finnischen Komponisten stattfinden sollte.
Ohne die Beerdigung wäre er mit Annkathrin vielleicht einmal essen gegangen, und danach hätten sie sich nie wieder
gesehen. Er schaute auf die anderen Gräber. Einige stammten aus dem neunzehnten Jahrhundert, sahen aber sehr gepflegt aus. Die weit entfernten Nachfahren kümmerten sich
anscheinend liebevoll um sie, was ihn anrührte.

Er blickte hinüber zum Waldstück. Direkt dahinter lag die
Wiese, auf der er mit Annkathrin gepicknickt hatte. Dieser
prächtige Ort ging ihm seitdem nicht mehr aus dem Kopf. Dabei war er nicht sicher gewesen, ob sie seinen Jamie-Oliver-Salat mögen würde, selbstverständlich war das nicht. Aber das

war auch gar nicht das Entscheidende. In den ganzen letzten Jahren hatte er mit niemandem einen so unbeschwerten Nachmittag wie mit Annkathrin erlebt, alles lief geschmeidig und leicht, wie von selbst.

Eigentlich war er ja hier, um noch einmal mit der Organistin zu reden, aber es widerstrebte ihm zutiefst, sie zu bedrängen. Sie wollte einfach in Ruhe gelassen werden, wollte die Kirche als Ort der Stille, so wie er den Wald. Wer konnte das besser verstehen als er? Genau genommen passte dieser Job überhaupt nicht zu ihm. Er war kein gewiefter Geschäftsmann, der andere Leute um den Finger wickelte, ohne dass sie es merkten. Annkathrin war das vielleicht auch nicht – obwohl er sie anfangs so eingeschätzt hatte –, aber sie war deutlich geschickter in diesen Dingen als er. Trotzdem, bei allen Zweifeln: Die Kirche mit dem Kräutergarten war der schönste Ort, den er sich für ein Orgelkonzert vorstellen konnte. Allein deswegen würde er ein zweites Mal bei der Organistin vorsprechen. Er gab sich einen Ruck. «Los jetzt, Tom!» Immerhin hatten sie Petershagens Scheune auch erst nach einer Niederlage bekommen.

Er schlich zum Garten hinter der Kirche, dabei stieg ihm der schwere Duft der Wildkräuter in die Nase. Plötzlich hörte er hinter sich spritzendes Wasser. Er drehte sich um. Ein paar Meter entfernt stand die Organistin in einer viel zu großen blauen Latzhose. Er war so tief in Gedanken gewesen, dass er sie gar nicht gesehen hatte. An den Füßen trug sie grüne Gummicrocs, sie hielt einen Gartenschlauch in der Hand, mit dem sie ein Beet bewässerte. Ihre Haare leuchteten hell in der Sonne.

«Moin», grüßte Tom.

«Moin. Was gibt es denn noch?» Sie sah nicht gerade erfreut aus.

Er wusste nicht, was er darauf sagen sollte, also sagte er aus Verlegenheit einfach irgendwas: «Ich würde gerne mal eine echte Kirchenorgel spielen, geht das?»

«Nein.»

«Nur mal ausprobieren.»

Sie stemmte die Arme in die Hüften, wobei sie den Schlauch nicht aus der Hand legte. «Ich hab keine Zeit für so was.»

«Scheiß Hektik, was?» Er verzog keine Miene.

Jetzt ließ sie etwas Druck ab und deutete ein Lächeln an. «Hast du überhaupt jemals in deinem Leben ein Instrument mit Tasten angefasst?»

Fast unmerklich war sie zum Du übergegangen.

«Ich habe ein Keyboard und ein Klavier.»

«Keyboard? Oje.» Sie sah ihn an, als stände der Satan leibhaftig vor ihr.

Er lachte. «Zu modern? Zu elektrisch?»

«Beides.»

Sie drehte den Schlauch auf und besprenkelte ein weiteres Beet.

«Ich bin übrigens Tom.»

«Also heißt du eigentlich Thomas?»

«Nein, ich bin ein echter Tom.»

«Frieda.»

«Und uneigentlich?»

Sie lachte laut auf, was ihr gut stand. «Mein richtiger Name ist Friederike. Aber alle nennen mich Frieda. Das klingt richtig weltfremd, passt also besser zu mir.»

Frieda ließ sich Zeit beim Wässern, und Tom störte sie nicht dabei. Er setzte sich auf ein Rasenstück und schaute in den Himmel, der sich gerade zuzog. Sie kümmerte sich um sämtliche Kräuter und ließ kein Beet aus, hier und da zupfte sie etwas Unkraut. Irgendwann legte sie den Gartenschlauch auf den Boden und machte einen Schritt auf ihn zu.

«Orgel?», fragte sie freundlich.

«Gerne.»

Sie gingen in den schattigen Kirchenraum. Über dem Altar sprang ihm wieder das Bild des ungläubigen Thomas ins Auge. Frieda winkte ihn zu der schmalen Holztreppe, die auf die Empore führte. Ehrfürchtig blickte er auf die komplexe Mechanik des Instruments. Es gab drei übereinanderliegende, leicht versetzte Manuale mit Tasten, die deutlich kürzer waren als beim Klavier. Unter der Bank lagen die Fußpedale. Über den Manualen ragten riesige Metallpfeifen in mehreren Reihen senkrecht bis zur Decke. Frieda setzte sich auf die Holzbank und drückte den elektrischen Schalter für die Luft. Dann zog sie ein paar Knöpfe, die über den Manualen angebracht waren.

«Das sind die Sounds», erklärte sie.

«Du meinst, wir stehen hier vor dem ältesten Synthesizer der Welt?»

«Genauso ist es. Wir Organisten nennen die Sounds allerdings ‹Registerzüge›.»

Tom starrte fasziniert auf die Namen, die in Sütterlinschrift auf die Knöpfe gedruckt waren: Meeresflöte, Prinzipal, Rohrschalmei, Trombone und viele mehr. Jeder Name stand für einen anderen Klang, und man konnte sie beliebig miteinander kombinieren. Er setzte sich neben sie auf die

Orgelbank. Frieda stellte ein paar gekritzelte Notenblätter aufs Pult, hielt die Finger einen Moment über der Tastatur in die Luft, dann legte sie los. Es musste ein Stück von ihr sein, auf jedem Notenblatt stand rechts oben «Frieda Maschler». Die Melodie erinnerte an die Klänge, die er während des Picknicks mit Annkathrin gehört hatte. Er bemerkte nach wenigen Sekunden, wie perfekt Frieda das Instrument beherrschte, so viel verstand er von Musik. Wie sie in den Tasten fuhrwerkte und auf den Fußpedalen herumwirbelte, sah wild aus und hörte sich auch so an. Sie war unglaublich virtuos. Plötzlich brach sie ihr Spiel ab.

«Hast du das selber komponiert?», fragte er nach einer Weile.

«Ja.»

«Schön.»

Sie stellte das Windwerk wieder aus. «Erzähl mir nicht, du stehst auf Kirchenorgel.»

«Vielleicht darf ich es trotzdem gut finden?»

«Ich erlaube es dir, ausnahmsweise.» Sie deutete ein Lächeln an.

Tom rutschte näher zu ihr und spielte im Bassbereich den Anfang von «Smoke on the water» von Deep Purple. Sie kannte das Stück, was ihn überraschte, und stieg sofort mit ein. Sie zog alle Register, es klang gigantisch. Mit Fußpedalen und allen Pfeifen reichte ihre Lautstärke locker an ein Rockkonzert heran. Irgendwann legte Frieda sich mit den Unterarmen auf die Manuale.

Mehr an Lautstärke ging nicht, es war ein Höllenlärm. Dann zog sie die Arme blitzschnell weg und legte den Zeigefinger auf den Mund. Die plötzliche Stille war genauso überwältigend wie der Krach. Erst nach einer Weile hörte er wieder die Vögel, die vor der Kirche auf dem Friedhof zwitscherten.

Schweigend gingen sie zurück zum Kräutergarten, wo Frieda sich wieder ans Unkrautzupfen machte. Tom deutete auf eine Esche, die am Waldrand stand.

«Wusstest du, dass früher Eschenlaub im Sommer geschnitten und getrocknet wurde?», fragte er.

«Die Nonne Hildegard von Bingen hat darüber schon im zwölften Jahrhundert geschrieben. Daraus machte man einen harntreibenden Tee», ergänzte sie.

«Und ich dachte, ich könnte ein bisschen klugscheißen und dich beeindrucken.»

Sie lachte. «Tut mir leid.»

Tom schaute sich um. «Wo wohnst du hier eigentlich?» Außer der Kirche gab es weit und breit kein Gebäude.

«Da drüben am Waldrand in einem Wohnwagen.»

«Auch im Winter?»

«Ja.» Sie war also eine Einsiedlerin wie er, wobei ihm sein Forsthaus verglichen mit ihrem Wohnwagen wie eine Villa erschien. «Es ist noch schlimmer, als du denkst», fügte sie hinzu. «Ich habe nicht einmal ein Auto, und es fährt hier auch kein Bus.»

«Du machst alles mit dem Rad?»

«Ja.»

Dagegen kam er sich mit seinem Jeep wie ein Weichei vor.

Sie sah ihn prüfend an. «Lass mich raten: Du wohnst irgendwo in der Großstadt. Du findest es auf dem Land prinzipiell ganz schön, fährst aber nur raus, wenn es dir in der Stadt wieder mal zu stressig wird.»

Jetzt musste er grinsen. «Knapp daneben. Ich wohne mitten im Kellenhusener Wald in einem alten Forsthaus. Seit frühster Kindheit, und alleine.»

Sie sah ihn mit großen Augen an. «Das letztes Mal war also gar nicht deine Freundin?», fragte sie.

Ein Hauch von Flirt lag in der Luft, aber wirklich nur ein Hauch. «Nein, sie hat mir das Leben gerettet», sagte er. «Jetzt ist sie eine Art Chefin.»

«So.» Sie fragte nicht weiter nach, was ihn erleichterte. Annkathrin war seine Privatsache.

«Wegen des Konzertes ...», begann er.

«... habe ich meine Meinung nicht geändert. Ich vermisse hier nichts.»

Plötzlich schoss ihm ein verwegener Gedanke durch den Kopf. «Und wenn *du* das Konzert spielst?»

«Ich?» Sie legte die Harke beiseite und blickte ihn an.

«Es ist eine Uraufführung von Waikonen, das wäre doch eine tolle Chance für dich. Da kommen Leute aus der ganzen Welt.»

Jetzt wurde Frieda unsicher. «Hmm.»

«Ich stelle mir vor, dass die Zuhörer hinter der Kirche und auf dem Friedhof picknicken, die Kräuter riechen und dich dabei durch die geöffneten Kirchentüren hören.»

«Woher weißt du, dass ich gut genug bin für ein Stück von Waikonen? Dass ich das technisch hinkriege?»

«Das weiß ich einfach.»

Vielleicht konnte er sie ja überzeugen, indem er es einfach steif und fest behauptete.

Doch Frieda blieb unsicher. «Und was wird Herr Waikonen dazu sagen?»

Er zuckte mit den Achseln. «Es wird ihm gefallen.»

«Er kennt mich doch gar nicht. Mann, der lebt in Hollywood und ist ein Weltstar.»

«Also, *ich* hatte vorher noch nie was von ihm gehört», bekannte Tom.

«Du kennst die Orgelszene ja auch nicht mal vom Hörensagen.» Sie lachte.

Er zog amüsiert die rechte Augenbraue hoch. «Wo hängt ihr Orgelfreaks denn immer so ab?»

«In abgefahrenen Kirchen wie dieser.»

Tom nickte. «Ich werde dich Waikonen auf jeden Fall empfehlen.»

«Angeber.» Dann leiser: «Triffst du ihn wirklich persönlich?»

«Ja, in ein paar Tagen.»

«Ich bin beeindruckt.»

«Würdest du das Konzert spielen?»

«Na ja.»

«Wie jetzt?»

«Also ja.»

Tom war klar, dass er sich gerade sehr weit aus dem Fenster gelehnt hatte. Bisher hatte er überhaupt keinen Kontakt zu diesem finnischen Komponisten gehabt. Er konnte nicht wissen, was der zu seinem Vorschlag sagen würde. Vielleicht würde er sich in seiner Eitelkeit gekränkt fühlen. Sehr wahrscheinlich sogar. Und wie gut Frieda wirklich war, konnte Tom zwar ahnen, aber nicht sicher beurteilen. Wenn er sie überschätzt hatte, würde die Kirche als Konzertort sofort wegfallen. Aber für einen Rückzieher war es zu spät.

Fünfzehn

Der starke Ostwind fegte über den Dorfplatz von Utersum und wirbelte alles auf, was nicht befestigt war. Annkathrin fragte sich, wie Tom es hier wohl finden würde. Auf der Insel gab es so gut wie keinen Wald, die Weite würde ihn womöglich ziemlich erschrecken. Sie hätte ihm trotzdem gerne ihre Heimatinsel gezeigt. Stattdessen hatte sie ihn bei dem Gespräch mit Brennecke alleine gelassen, und der konnte manchmal ziemlich unangenehm sein. Gut, dass wenigstens Thekla dabei war. Schnell schob sie ihr schlechtes Gewissen beiseite.

Jetzt stand sie vor dem Gasthaus Knudsen und blickte gegenüber auf die Bäckerei Roloff. Hier hatte sie als Kind unzählige Male mit den anderen Utersumer Kindern gespielt, Vater-Mutter-Kind, Fahrradjagd und Gummitwist, stundenlang. Manchmal hatten sie vor der Bäckerei gesessen, um eine kleine Pause zu machen, und darüber spekuliert, was wohl in zwanzig, dreißig Jahren sein würde. Sie selbst wollte immer Konditorin werden, weil die Kuchen von Roloff so toll schmeckten. Sonntagmorgens hatte sie hier immer Brötchen geholt, was in doppelter Hinsicht Luxus war: Wegen der Touristen öffnete Roloff auch sonntags seinen Laden, obwohl das damals noch gar nicht üblich war, und ihre Mutter ließ ausnahmsweise das Mischbrot im Schrank. Das war nun über zwanzig Jahre her. Konditorin war Annkathrin nicht geworden, stattdessen hatte sie die Insel nach der Schule verlassen, um die große weite Welt zu sehen.

Aber sie war zurückgekehrt. Was ihr anfangs wie ein spontaner und ziemlich verrückter Einfall vorgekommen war, hatte sich nun zu einem handfesten Plan entwickelt: Sie würde den Hof ihrer Eltern zu einem Wellness-Hotel umbauen, wenn möglich sogar noch besser und schöner als Gut Behnskow. Ihr Vater als friesischer Landwirt hätte mit «Wellness» bestimmt nichts anzufangen gewusst, aber das zählte jetzt nicht, denn es war die einzige Möglichkeit, den Hof zu retten. Daher war es bestimmt in seinem Sinne. Fest stand, dass alles an ihr hing und dass es eine ziemliche Zitterpartie werden würde. Ihre Schwestern waren bereit, ihre Jobs für das Projekt aufzugeben, das war keine Kleinigkeit. Blöderweise lief auch der Kredit für den Hof in einer Woche aus, da hatten ihre Schwestern nicht aufgepasst. Es musste also dringend etwas passieren. Nun kam sie ins Spiel: Sie hatte auf Föhr genau einen Tag Zeit, um eine Baugenehmigung und den Kredit zu beantragen, dann musste sie wieder zurück nach Ostholstein. Auf dem Festland, in der normalen Welt, wäre so etwas natürlich unmöglich, allein ein Bauantrag brauchte Monate, wenn nicht Jahre. Aber auf Föhr lief alles ein bisschen anders. Es galt Top oder Flop, und das entschied sich schnell.

Ihre erste Station würde die Grundlage für alles Weitere sein. Wenn sie in der Inselbäckerei scheiterte, wäre der Traum aus. Laden und Backstube befanden sich in einem unscheinbaren, rot geklinkerten Gebäude direkt hier am Utersumer Dorfplatz. Das gelbe Firmenschild leuchtete ihr entgegen, durch die große Scheibe konnte sie schon Verkäuferin Christine hinterm Kuchentresen sehen. Die rundliche Mittvierzigerin war mit dem Hausmeister der Grundschule in Süderende verheiratet. Sie kannte alle hier im Ort. Bäckermeister Roloff war inzwischen der Bürgermeister von Utersum. Ohne seine Zustimmung lief im Gemeinderat gar nichts, mit seinem Jawort hingegen alles. Annkathrin gab sich einen Ruck und öffnete die Ladentür, die eine helle Glocke auslöste.

«Moin, Tinka», grüßte sie Christine.

«Moin, Tine.» Im verglasten Tresen lagen leckerste Versuchungen in Form von Kuchen und Torten. Aber dafür hatte sie leider keine Zeit. «Wo geiht?»

«God und selber?»

«Auch.»

«Wie geht's zu Hause?», fragte Christine.

«Stress. Wir wollen ja umbauen.»

«Hab schon gehört. Merle schnackte was von Hotel?»

Ihre Schwestern hatten in der letzten Zeit mit allen Utersumer Frauen gesprochen, die ihnen auf der Straße begegneten. Und zwar dreisprachig, wahlweise auf Friesisch, Plattdeutsch oder Hochdeutsch: «Hü gungt et? Wo geiht? Wie geht's?» Über die Gartenzäune hinweg verbreitete sich die Nachricht von der Pension schneller als der Wind, jede Föhrerin wusste nach kurzer Zeit Bescheid. Da konnte Dr. Brennecke mit dem Marketing für die Mansfeld AG nur neidisch werden. Um Gut Behnskow bekannter zu machen, musste er eine aufwendige Konzertreihe sponsern ...

«Drei Saunen, Whirlpools, Massageraum, alles vom Feinsten. Klein und fein.»

«Was für die Reichen, was?»

Sie schüttelte den Kopf. «Für Utersumer Inseldeerns wird dat umsonst.»

Christine machte große Augen. «Im Ernst?»

«Jo.»

Ihre Schwestern hatte Annkathrin schon erzählt, dass die Utersumerinnen von der Idee begeistert waren, insbesondere die Vorsitzende des Landfrauenvereins, die zufällig mit Bürgermeister Roloff verheiratet war. Auf diesem Wege war die Sache dem Bäcker mit Sicherheit schon zu Ohren gekommen. Wenn Roloff schlau war, würde er auf die Frauen hören, denn sie waren immerhin seine Wählerinnen.

«Ist der Chef da?»

«Sitzt auf der Terrasse und macht Feierabend, kennst dich ja aus.»

Jetzt kam es drauf an: Wenn alles glattging, war der Bauantrag genehmigt, bevor er offiziell gestellt wurde. Aber Roloff war weniger berechenbar als ein Dr. Brennecke, obwohl beide ganz unterschiedliche Gewichtsklassen darstellten – im wörtlichen wie übertragenen Sinne. Annkathrin ging durch die wohlduftende, ofenwarme Backstube auf die kleine Terrasse hinterm Haus, auf der Roloff in einem gepolsterten Liegestuhl lag: groß, dick und rund, wie man sich einen Bäckermeister um die sechzig vorstellte. Dass ein Mann mit seiner Figur seit Jahren Salsa tanzte, ahnte kaum jemand, der das nicht gesehen hatte: Er gehörte zu den besten Tänzern der Insel.

«Moin, Roloff.»

Aus irgendeinem Grund nannten ihn alle so, niemand benutzte seinen Vornamen.

«Moin, Tinka», murmelte er, als hätte er sie schon erwartet. Seine Augen sahen müde aus, immerhin war er schon seit vier Uhr wach.

«Ich müsst mal mit dir schnacken.»

«Hmm.»

Er deutete stumm auf den Stuhl neben sich. Natürlich wusste er, worum es ging, sie brauchte gar nichts sagen. Einen Moment hörten sie gemeinsam dem heftigen Ostwind zu, der das Haus umkreiste. Bevor Annkathrin etwas sagen konnte, kam Roloff selbst zur Sache. «Also, ihr wollt 'nen riesigen Fitness-Tempel in die Godelniederung setzen.»

Begeistert klang anders. Anscheinend waren die Gerüchte richtig hochgekocht. Vor nichts hatte man auf Föhr mehr Angst als vor übergroßen Gebäuden, die nicht auf die Insel passten.

«Sagt wer?»

«Die Landfrauen reden von nix anderem», brummte er leicht genervt.

Sie sah ihn ernst an. «Das Hauptgebäude reicht von Utersum bis ganz nach Nieblum, also ohne den Parkplatz mit den zweitausend Stellplätzen.» Was auf Föhr ungefähr das Maximum an Bausünde darstellte.

Er zog eine Augenbraue hoch. «Ach so, und ich dachte schon, das wird was Großes.»

«Mensch, Roloff, im Ernst: Wir wollen unsere Zimmer nur innen 'n büschen renovieren.»

Er blieb misstrauisch. «Und außen ...?»

«... soll einiges passieren. Hinterher wirst du den Hof nicht wiedererkennen.» Roloffs Gesicht verfinsterte sich. Als Bürgermeister von Utersum war es seine Aufgabe, den ursprünglichen Charakter des Föhrer Inseldorfes zu erhalten. Und sie, Annkathrin, kam zwar von hier, hatte deswegen aber noch lange nicht das Recht, Föhr zu verschandeln! Sie verzog keine Miene. «Wir wollen unser Eternit-Dach abreißen und den Hof mit Reet eindecken, nach alter friesischer Bauweise. Falls du als Bürgermeister nichts dagegen hast.»

Jetzt sah er schon freundlicher aus. «Dat is aber nich alles, oder?»

«Doch.»

«Und was is mit dieser Wählniss?»

Es war ihm offenbar vollkommen egal, wie man das Modewort «Wellness» in Hamburg oder Berlin aussprach.

«Das Reetdach wird teuer. Das müssen unsere Gäste finanzieren. Und die wollen natürlich auch mal heiß duschen und vielleicht in 'ner Sauna schwitzen.»

Roloff überlegte einen Moment und kratzte sich am Kinn. «Ich weiß zwar ungefähr, was Wählniss ist – aber wat is dat eigentlich genau? Ich meine, wat gehört da alles im Einzelnen dazu?»

Bei der Mansfeld AG hätte sie jetzt Vokabeln wie «Work-Life Balance» bemühen müssen und von «Qualitätssicherung bis hin zum dekoffeinierten Soja-Latte auf jedem Zimmer» reden müssen. Das war bei Roloff im Prinzip genauso, sie musste es nur anders formulieren.

«Dat is' erstens Sauna, zweitens Massage und drittens nix tun. Danach bist wieder auf dem Damm.»

«Du meinst, wie wenn ich abends mit 'nem Bier vorm Haus rumsteh und aufs Watt gucke?»

«Genau so. Nur mit anderen Mitteln.» Sie grinste. «Unsere Hauptsaison ist November bis März. Bei Schietwetter heizen wir denen so lange in der Sauna ein, bis die nicht mehr können und sich in die Nordsee stürzen.»

Roloff schüttelte den Kopf. «Wer soll denn im November nach Föhr kommen und so was Beklopptes machen?»

Annkathrin drückte ihm einen Prospekt von Gut Behnskow in die Hand. «Wenn die das auf'm Festland hinkriegen, können wir das erst recht. Auf Föhr gibt's viel zu wenig davon.»

Er war noch nicht ganz überzeugt. «Das zieht aber jede Menge Verkehr nach sich.»

«Stimmt, bei dreißig Betten sind das an die zehn Autos.»

Roloff hielt inne, als würde er im Kopf die Autos noch mal einzeln nachzählen. Dann räusperte er sich. «Das wär wohl zu verkraften.»

«Mein ich auch.»

Sie hörten wieder eine Weile dem Ostwind zu. «Ich müsste die genauen Pläne natürlich erst sehen», sagte Roloff.

«Is' in Arbeit.» Sie hatten zwar noch keinen Architekten, aber der würde sich schnell finden lassen.

«Das müsste in die Gemeindeverwaltung noch zur Abstimmung, und wir müssten eine Umnutzung von euerm Hof beim Kreis beantragen.» Er sagte das in einem Tonfall, der signalisierte: alles kein Problem. «Und die Felder macht ihr weiter nebenbei?», fragte er dann.

«Nee, die kommen weg.»

Plötzlich richtete er sich kerzengerade auf. «Aber die gehen nicht an die Nordfriesland-Bank, oder?»

«Wieso?»

«Die hauen da eine fette Provision rauf und verkaufen sie mit sattem Aufschlag an unsere Bauern.»

«Sag was Besseres.»

«Ihr verkauft direkt an die Bauern, und die Bank sieht davon nichts.»

«Wäre mir sehr recht.»

Er kratzte sich wieder am Kinn. «Dann sieht das von meiner Seite aus prinzipiell positiv aus, würde ich sagen.»

Annkathrin musste stark an sich halten, um nicht einen Freudentanz auf der Terrasse hinzulegen. Das war nicht weniger als ein Ja! Die Genehmigung des Umbaus! Der Papierkram mit dem Kreis und der Gemeinde war jetzt nur noch Formsache.

Als sie wieder vor der Bäckerei stand, rief sie ein Taxi, das sie nach Nieblum bringen würde. Der wichtigste Schritt war getan, jetzt fehlte nur noch das Geld, ungefähr sechshunderttausend Euro, wie sie überschlagen hatte. Und das brauchten sie schnell, denn alle Kredite bei der Nordfriesland-Bank liefen in einer Woche aus, und die wollten Cash sehen – oder einen Vertrag zu ihren Gunsten. Es würde also kein Selbstläufer werden. Die Frage war jetzt, wie sie das spielte. Roloff hatte ihr gesteckt, dass Uhlig von der Nordfriesland-Bank gerade in Nieblum zum Surfen war, wegen des starken Ostwindes hatte er sich ein paar Stunden frei genommen. *Vormittags Spaß haben und nachmittags den Gehrke-Hof schlachten, so stellst du dir das vor*, dachte sie und grinste angriffslustig. *Du wirst dich wundern, mein Lieber, dafür werde ich sorgen!*

In Nieblum angekommen, ging sie am «Café am Wattenmeer» vorbei zum Strand, wo der Treffpunkt der Kitesurfer war. Das Wasser war voll mit Menschen auf Brettern, die an Gleitschirmen hingen und Wellen und Wind als Rampe benutzten, um hoch in die Luft zu steigen. Auch am Strand lagen überall Schirme, Schnüre und Bretter herum. Sie zog sich die Schuhe aus und ging ein paar Meter. Wo steckte dieser Uhlig bloß? Sie kannte sein Gesicht nur vom Internet-Auftritt der Nordfriesland-Bank. Da trug er Schlips und Jackett, war ungefähr dreißig Jahre alt, blond und braun gebrannt. Im Neoprenanzug oder halbnackt konnte er ganz anders aussehen. Die Schwierigkeit wurde noch dadurch erhöht, dass alle Surfer Sonnenbrillen trugen. Aber sie ließ sich nicht entmutigen und stapfte entschlossen durch den Sand, wobei sie jeden einzelnen Surfer eindringlich musterte. Wahrscheinlich hielten sie sie für verrückt, aber das war ihr egal.

Dann entdeckte sie ihn. Uhlig war zum Glück der einzige Surfer am Nieblumer Strand ohne Sonnenbrille. Er fummelte gerade an den Schnüren seines Schirmes herum, die sich im Wind verheddert hatten. Zwei langbeinige Mädchen halfen ihm dabei; mit Sicherheit nicht seine Töchter, aber egal.

«Moin, Herr Uhlig», rief sie. «Ich bin Annkathrin Gehrke.»

Er sah sie erstaunt an. «Moin, Frau Gehrke.» Immerhin schien er sofort zu wissen, wer sie war. Er lächelte. «Wir sehen uns ja nachher in der Bank.»

Es war ihm sichtlich unangenehm, hier über Geschäftliches zu reden, was sie gut verstehen konnte: Beruf und Privates sollte man besser trennen. Auf einer übersichtlichen Insel wie Föhr allerdings so gut wie unmöglich ...

«Also, von meiner Seite aus wird das ein kurzes Gespräch. Wir können das wenige auch jetzt besprechen, und Sie können am Strand bleiben», schlug sie vor.

«Na ja, da ist schon einiges zu klären.» Kein Wunder, dachte er doch immer noch, dass er sie billig abzocken würde.

«Nee, wir lösen unser Konto auf und schulden die Kredite auf unsere neue Bank um.»

Er starrte sie fassungslos an. «Was?»

«Deine Zinsen sind eine Frechheit, Herr Uhlig, ganz im Ernst. Und das weißt du auch.»

Der Schirm seines Kites wurde von einer Bö erfasst und flog in die Luft, die beiden Mädchen warfen sich hinterher, um ihn einzufangen. Uhlig reagierte gar nicht.

«Wir haben doch noch gar nicht verhandelt», sagte er. Er klang ziemlich verzweifelt, was sie sehr genoss. In seinem Brief an ihre Schwestern hatte er noch behauptet, er habe leider keinen Millimeter Spielraum. Er hatte verlangt, dass sie sämtliche Felder an die Bank verkauften, und einen Kredit für die Pension wollte er ihnen nur zu astronomischen Konditionen geben.

Sie hatte einen Wutanfall bekommen, als sie das gelesen hatte. Privat war Annkathrin wirklich alles andere als geizig, in ihrem Kleiderschrank hingen unzählige Lust- und Frustkäufe als Beweis. Aber geschäftlich konnte sie knallhart sein, wenn es drauf ankam. Zum Glück hatte sie das Geschäftsfrau-Gen von ihrem Vater geerbt, der einen Hof mit vier Töchtern durchgebracht hatte, was nicht immer einfach gewesen war. Am meisten ärgerte Annkathrin, dass dieser Uhlig die Gehrkes anscheinend für komplett bescheuert hielt. Vielleicht, weil sie Frauen waren? Dachte er, dass sie sich nicht über die marktüblichen Konditionen informiert hatten?

«Wir brauchen sechshunderttausend für den Umbau, und die kriegen wir woanders billiger.»

«Und wo, wenn ich fragen darf?» Er sah schwer beleidigt aus.

«Du darfst. Bei der Online-Zypern-Bank.»

Er verzog das Gesicht. «Da hast du aber ein wahnsinniges Risiko, das weißt du hoffentlich. Bei denen haben schon einige ihr Geld verloren, und haften tut da niemand, wenn es schlimm kommt.»

«Unser größtes Risiko ist im Augenblick deine raffgierige Bank», erwiderte sie. «Ihr wollt uns mit euren Wucherzinsen ruinieren!»

Die beiden Mädchen sahen sie erschrocken an, offenbar war sie gerade etwas lauter geworden.

«Warum sollten wir das tun?», fragte Uhlig.

«Ich komme nachher mit meinen Schwestern zu dir, dann unterschreiben wir die Kündigung.»

Spätestens in diesem Moment sah Uhlig seine satte Provision davonfliegen.

Annkathrin fuhr zurück nach Wyk und spazierte dort in bester Laune über den Sandwall mit seinen netten kleinen Geschäften. Während ihrer Kur war sie hier oft gewesen. Überall schallte ihr ein herzliches «Moin» entgegen, Buchhändler Bubu winkte ihr durchs Schaufenster zu. Bei Sylke von der Confiserie, wo neben Kaffee vor allem das Nationalgetränk der Insel, Manhattan, ausgeschenkt wurde, gönnte sie sich einen leckeren Latte macchiato und selbstgemachte Pralinen. Verschiedene Schokosorten, vermischt mit etwas Likör, explodierten an ihrem Gaumen. Als sie weiterging, klopfte Friseur Eberhard Pohlmann von innen an die Scheibe seines Salons und deutete mit den Fingern grinsend eine Schere an.

Dabei wusste er ganz genau, dass sie eine Perücke trug. Sie hatte ihm noch während der Kur ihren kahlen Kopf gezeigt, und er hatte ihr zu einem Kurzhaarschnitt in ungefähr drei Wochen geraten, den er für sie umsonst machen würde. Was sie sehr rührend fand.

Als sie an den bevorstehenden Termin bei Uhlig dachte, musste sie kurz schlucken. Sie hatte vorhin am Strand hoch gepokert, denn natürlich waren sie auf den Kredit bei der Nordfriesland-Bank angewiesen. Ohne den ging gar nichts, sonst wäre das Erbe ihrer Eltern verspielt. Hoffentlich hatte sie nicht übertrieben.

Sechzehn

Eine Stunde später sammelten ihre Schwestern Annkathrin
am Wyker Südstrand ein. Sie hatten sich richtig schick gemacht, Wiebke trug eine graue Stoffhose und eine weiße
Bluse über ihrem schwangeren Bauch, Merle ein Jackett zur
Jeans und Johanna einen dunklen Hosenanzug und eine Per-
lenkette. Sie machten lange Gesichter.

«Mensch, ihr seht ja so bedröppelt aus, als wenn ihr zu
einer Beerdigung müsstet», rief Annkathrin.

«Irgendwie ist es auch so», sagte Johanna. «Wenn es schief-
geht, ist der Hof weg.»

«Erst mal gibt es gute Nachrichten: Roloff ist mit im Boot,
das ist das Wichtigste. Den Rest kriegen wir jetzt auch noch
hin.» Zugegeben, sie klang selbstsicherer, als sie war. Aber
es war richtig, Optimismus auszustrahlen. Als Annkathrin
die Zusage von Roloff erwähnte, schlug die Stimmung ihrer
Schwestern schlagartig um. In bester Stimmung enterten sie
die Nordfriesland-Bank, die mitten in der Altstadt mit ihren
kleinen Fischerhäusern lag. Surfer-Uhlig hatte sein Sport-
Outfit gegen Anzug und dunklen Schlips eingetauscht. Er

empfing die Gehrkes zusammen mit Jörg Hansen, dem Filialleiter, der kurz vor der Rente stand. Das sah Annkathrin als ein gutes Zeichen: Hansen traute Uhlig offenbar nicht zu, das Geschäft alleine zu retten. Ihre Drohung am Strand war also angekommen, sehr gut!

Sie setzten sich um einen runden Tisch, auf dem eine Kanne mit Tee und etwas Gebäck standen.

«Also, ich will gar nicht lang schnacken», begann Hansen das Gespräch. «Wie ihr wisst, kannte ich eure Mutter und euren Vater sehr gut.»

Noch einen Satz mehr über unsere Eltern, dann grille ich dich, dachte Annkathrin.

«Wir möchten euch als Kunden nicht verlieren. Deswegen kommen wir euch entgegen. Mein Vorschlag: Wir treffen uns auf der Hälfte, dafür verkauft ihr alle Felder direkt an uns.»

Annkathrin lächelte. Warum sollten sie das tun? Die Bank würde die Grundstücke mit Gewinn weiterverkaufen, warum sollten sie diesen Gewinn nicht selbst einsacken? Aus seinem Vorschlag schloss sie schnell, dass die Felder einiges wert waren, sonst hätte sich die Bank wohl kaum bewegt.

«Ich weiß noch, wie dankbar Papa war, dass ihn die Nordfriesland-Bank immer unterstützt hat», entgegnete Annkathrin. «Warum macht ihr nicht so weiter?»

Uhlig sah sie verwirrt an. «Womit?»

«Mit der Unterstützung.»

«Verstehe ich nicht», sagte Hansen.

«Wieso sollten wir freiwillig bei euch doppelt so viel Zinsen zahlen wie bei der Zypern-Bank? Wegen der alten Zeiten? Nicht im Ernst.»

«Vergiss nicht: Wenn es bei euch mal eng wird, sind wir immer persönlich für euch da», erklärte Hansen. «Dafür müsst ihr bei denen ans Mittelmeer fliegen.»

«Ihr Mitarbeiter», sie deutete mit dem Kopf auf Uhlig, «hat in seinem Brief behauptet, dass wir alles in allem höchstens plus/minus null herauskommen. Ich frage mich, ob er uns für dumm verkaufen wollte.» Uhlig spielte bei dem Gespräch schon längst keine Rolle mehr. Annkathrin konzentrierte sich voll und ganz auf den Chef. Hansen warf seinem jungen Mitarbeiter einen missbilligenden Blick zu. Dessen hochschießende Röte überdeckte sofort seine Surferbräune – gut so!

«Machen wir es so, Herr Hansen. Sie schicken uns die Papiere wegen der Umschuldung auf die neue Bank bitte umgehend zu. Einen schönen Tag dann noch.» Sie erhob sich.

Ihre Schwestern schauten sie fragend an. Sie hob den Daumen, und alle standen auf.

«In die ‹Sehliebe›?», fragte sie in die Gehrke-Runde, sodass es Hansen und Uhlig hören konnten.

«Okay.»

Dann verließen sie den Raum. Annkathrin spürte, dass die beiden Männer ihnen missmutig hinterherschauten.

Das Restaurant «Sehliebe» lag im Kurhaus von Utersum, mitten in den Dünen. Man blickte von hier aus direkt zwischen Amrum und Sylt hindurch auf die offene See Richtung Westen. Die Sonne machte sich gerade zum Untergehen bereit, um diese Zeit gab es keinen schöneren Platz.

«Das müssen wir feiern!», rief Annkathrin und drehte sich zum Tresen um. «Eine Flasche Sekt bitte.»

«Ist denn diese Zypern-Bank wirklich besser?», fragte Johanna.

Sie lächelte ihre Schwester an. «Quatsch, die ist totaler Mist. Niemals würde ich bei denen abschließen.»

«Verstehe ich nicht», sagte Johanna.

Annkathrin legte ihr den Arm um die Schulter. «Ich will natürlich bei der Nordfriesland-Bank bleiben. Auf der Insel ist der persönliche Kontakt einiges wert.»

«Das war nur eine Finte?», staunte Merle.

Annkathrin schaute auf die Uhr. «Ich gebe Hansen eine Dreiviertelstunde, dann steht er hier vor unserem Tisch.» Sie bestellte noch einmal um und orderte für alle ein Glas Manhattan und für Wiebke einen alkoholfreien Cocktail.

«Mensch, Annkathrin, ich bin fix und fertig. Und das alles kurz vor meiner Silberhochzeit», sagte Johanna.

«Wie weit seid ihr denn mit den Vorbereitungen?», wollte Annkathrin wissen. Es war gut, das Thema zu wechseln.

«Wir haben ein Zelt für den Hofplatz, die Kapelle ist gebucht und das Essen auch. Aber wenn wir jetzt pleite sind, muss ich alles wieder abbestellen.»

Annkathrin lachte. «Du bist nicht pleite, lass dir das nicht einreden. Sonst wäre Hansen uns doch nicht entgegengekommen. Von plus/minus null war keine Rede mehr.»

«Vielleicht hätten wir sein Angebot unterschreiben sollen», zweifelte Wiebke.

«Glaubt mir, die wollten uns über den Tisch ziehen.»

Als die Drinks kamen, stießen sie an und begannen, über Gott und die Welt zu quatschen. Das Neueste aus Johannas Apotheke, wer mit wem auf der Insel ... Zwei Stunden später sah Merle auf die Uhr «Das war wohl nichts.»

«Hmm.» Annkathrin musste sich eingestehen, dass sie das anders erwartet hatte.

Merle bekam rote Flecken im Gesicht. «Ist der Hof jetzt weg?»

«Mir fällt noch eine andere Lösung ein», seufzte Annkathrin.

«Und wenn wir doch zu dieser Zypern-Bank gehen?», fragte Merle.

«Niemals.»

«Unsere Kredite bei der Nordfriesland-Bank laufen nächste Woche aus. Die wollen dann Bares von uns sehen. Was machen wir denn jetzt bloß?»

«Gib mir einen Tag zum Nachdenken», murmelte Annkathrin. «Das kriegen wir hin.» Sie versuchte, sich ihren Frust nicht anmerken zu lassen.

Es wäre zu schön gewesen, wenn ihr Plan aufgegangen wäre. Dabei hatte alles so einfach ausgesehen. Aber wahrscheinlich war es doch naiv von ihr gewesen, die Pension in einem Tag auf die Schiene setzen zu wollen. Das ging wohl selbst auf der Föhr nicht. Zumal, wenn die Bank nicht mitspielte. Merle hatte recht, wenn sie nicht in den nächsten Tagen eine andere Bank fanden, würde die Nordfriesland-Bank sie in die Knie zwingen. So schnell würden sie kaum ein anderes seriöses Angebot finden. Felder, Gebäude und Lage mussten bewertet werden, das dauerte, und erst daraus errechnete sich das Angebot für den Kredit. Es war wirklich ungerecht: Was für kleine Menschen wie sie und ihre Schwestern ein Riesenproblem darstellte, wäre für eine Aktiengesellschaft wie die Mansfeld AG Peanuts gewesen.

Sie zahlten und gingen hinaus. Die Sonne stand bereits als roter Feuerball über dem Wasser, die Dünen glühten dunkelgelb auf. Aber keine der vier Frauen konnte die Schönheit der

Natur in diesem Moment genießen. Wenn nicht ein Wunder passierte, war nicht nur die Wellness-Pension gestorben, sondern der ganze Hof.

Während der kurzen Fahrt im VW-Bus sagte keine ein Wort. Schnell erreichten sie den kleinen Weg, der im Wattenmeer endete, wenn man bis zum Ende geradeaus fuhr.

«Wer hat mir denn da meinen Parkplatz geklaut?», fragte Johanna, als sie auf den Hof rollte, und deutete auf einen Passat-Kombi mitten auf dem Hofplatz. Erst jetzt sahen sie die Werbeaufschrift der Nordfriesland-Bank. Sie kam den Schwestern wie die Ankündigung des Paradieses vor. Fahrer- und Beifahrertür öffneten sich prompt. Hansen stieg aus, mit dem hochroten Uhlig im Kielwasser.

«Also gut», grummelte er zerknirscht. «Ich habe noch mal mit der Zentrale telefoniert. Ihr bekommt das Geld zu den Prozenten der Zypern-Bank. Ausnahmsweise, weil wir uns schon so lange kennen.»

Annkathrin sah ihre Schwestern fragend an. Sie nickten.

Hansen gab jeder von ihnen die Hand. Und anders als bei der Onlinebank galt ein Handschlag auf Föhr als verbindlicher Vertrag, auf den man sich hundertprozentig verlassen konnte.

Die Schwestern schrien erst vor Freude laut auf, als die Banker vom Hof gerollt waren.

Siebzehn

Einen Tag später nahm Annkathrin frühmorgens die erste Fähre zurück aufs Festland. Ihr Mini parkte in Dagebüll, es war schon so warm, dass sie offen fahren konnte. Was für ein unsagbares Glück, dass auf Föhr alles so gut geklappt hatte. Damit war der Weg frei für die Wellness-Pension Gehrke – unglaublich! Sie spürte eine Energie in sich, die sie lange vermisst hatte: Die alte Annkathrin war wieder da. Auch die Probleme auf dem Festland schienen sich wie von selbst zu lösen. Von der Fähre aus hatte Brennecke sie angerufen. Er wollte, dass sie die Organisation der Konzertreihe so schnell wie möglich abschloss, weil sie dringend in der Geschäftsführung von Gut Behnskow gebraucht wurde. Das war genau der Text, den sie hören wollte. Ihre Befürchtung, sie sei nun aufs Abstellgleis abgeschoben, war völlig umsonst gewesen.

Sie düste mit dem Cabrio über die Autobahn zurück. Hinter Bad Segeberg fuhr sie auf die Landstraße, und bald kam ihr der Geruch von Ostholstein in die Nase, kühle Seen und dichte Wälder. Sie beschloss, eine Pause zu machen, bevor sie sich wieder ins Geschehen stürzte, und fuhr geradewegs zum Ukleisee. Seit ihrer Schlittschuhfahrt war sie nicht mehr dort gewesen. Sie ließ das alte Jagdschloss links liegen und parkte direkt am Wasser. Der Wanderweg am Ufer war drei Kilometer lang, genau die richtige Länge für einen kleinen Spaziergang.

Jetzt sah es hier natürlich vollkommen anders aus als im Winter. Die Blätter an den mächtigen Laubbäumen leuchteten zartgrün in der Sonne. Den Wald gab es zweimal, einmal zum Anfassen, einmal als Abbild im Seewasser, das leicht hin und her schwappte, mit blauem Himmel in der Mitte. Nach einer guten Viertelstunde hatte sie den umgestürzten Baumstamm erreicht, auf dem Tom damals vor seinem Eisloch gesessen hatte. Jetzt war um die Stelle herum alles mit Schilf zugewachsen. Sie stellte sich Tom vor, wie er hier saß und sich sonnte, um sich dann ins Wasser gleiten zu lassen und eine Runde zu schwimmen.

Ein Entenpärchen paddelte zwischen den Schilfhalmen auf sie zu und beäugte sie neugierig. Behutsam krempelte sie ihren Hosenanzug hoch und ging ein paar Schritte ins klare Wasser. Auf dem weichen Grund konnte sie ihre Füße sehen. Eine blau gezeichnete Libelle setzte sich neben sie auf ein Schilfblatt, um sich dort mit Sonnenwärme aufzuladen. Das Klingeln ihres Handys riss sie aus der Idylle. «Petershagen», zeigte das Display an.

«Moin, Herr Petershagen, wie geit di dat?», begrüßte sie ihn überschwänglich.

«Nich god.» Er klang bedrückt.

«Wat is?»

«Meine Scheune ist letzte Nacht abgebrannt, bis auf die Grundmauern.»

Ihr Herz setzte einen Schlag aus.

«Was?», flüsterte sie.

«Kurzschluss.»

«Jemand verletzt?» Bitte nicht.

«Nee.»

«Ein Glück. Und die Kutschen?» Sie wagte kaum zu fragen.

«Eine ist verbrannt, die anderen habe ich noch rausbekommen. Jetzt stehen sie auf dem Hofplatz rum, ich weiß noch gar nicht, wohin damit.»

«Das tut mir leid», sagte sie. Und nach einer Pause: «Ich überleg mir was mit den Kutschen.»

«Euer Konzert ist damit futsch.» Seine Stimme klang zittrig.

«Das ist nicht wichtig, wenigstens dir ist nix passiert. Ich melde mich.»

Sie legte auf und hatte binnen fünf Minuten einen Plan. Die Bootshallen von Dr. Brenneckes Yachtclub standen im Sommer leer, weil alle Boote im Wasser waren. Vielleicht konnte man die Kutschen dort zwischenlagern? Sie würde ihren Chef noch heute anrufen und ihm, wenn möglich, einen firmeneigenen LKW für den Transport aus dem Kreuz leiern. Aber damit waren ihre eigenen Probleme noch nicht gelöst. Ihr schönster Konzertort war gerade weggefallen. Konnte man so eine besondere Location ein zweites Mal finden? Die Zeit drängte, sie hatten nur noch knapp vier Wochen Zeit. Das Beste wäre, wenn sie direkt zu Tom in den Wald fuhr, um das weitere Vorgehen mit ihm zu bereden.

Als sie hinter Cismar von der Bundestraße abbog, kam ihr der Gedanke, wie komisch es eigentlich war, dass sie noch nie bei Tom gewesen war. Er hatte immer darauf bestanden, dass er sie auf dem Gutshof abholte. War es richtig, ihn zu Hause zu überfallen? Oder sollten sie nicht doch lieber alles am Telefon besprechen? Doch ihre Neugier setzte sich durch. Wieso sollte sie nicht auch mal sehen, wo *er* wohnte? Sie wusste zwar nicht, wo genau das alte Forsthaus stand, aber der Kellenhusener Wald war ja nicht unendlich groß, irgendjemand würde ihr schon weiterhelfen können. Von der Landesstraße bog sie ab in einen kleinen Waldweg. Sofort wurde ihr klar, dass Tom nicht umsonst einen Jeep fuhr: Äste schlugen gegen die Frontscheibe ihres Minis, der mehrmals hart mit dem Unterboden aufsetzte. Sie stellte den Wagen vor einem Stapel Rundhölzer ab und ging zu Fuß weiter.

Die Sonne schien durch die Baumkronen, es wurde wärmer und wärmer, selbst im Schatten ging es bestimmt auf die dreißig Grad zu. Auf den Schautafeln, die hier und da an den Wegkreuzungen hingen, war das Forsthaus leider nicht eingezeichnet. Zwei ältere Wanderer kamen ihr entgegen, die immerhin eine Ahnung hatten: «Es müsste in dieser Richtung liegen.» Sie zeigten vage nach Osten. Also verließ sie den Forstweg und ging querfeldein. Ihr Business-Kostüm war genauso unpassend wie die Schuhe mit den halbhohen Absätzen. Andauernd blieb sie an Wurzeln oder Dornenbüschen hängen, ganze Mückenschwärme schwirrten um ihr Gesicht und ließen sich einfach nicht verscheuchen. Die Bäume sahen alle gleich aus, sodass sie innerhalb weniger Minuten vollständig die Orientierung verloren hatte. Ihr fiel die Märchen-Kassette vom Froschkönig ein, die sie als kleines Mädchen eine Zeitlang fast täglich gehört hatte. Der Sprecher war ein Mann mit einer tiefen Stimme, der immer etwas bedrohlich klang. Den Anfang kannte sie bis heute auswendig:

In den alten Zeiten, wo das Wünschen noch geholfen hat, lebte
ein König, dessen Töchter waren alle schön. Aber die jüngste war
so schön, dass die Sonne selber, die doch so vieles gesehen hatte, sich
verwunderte, sooft sie in ihr Gesicht schien. Nahe bei dem Schlosse
des Königs lag ein großer, dunkler Wald, und in dem Wald unter
einer alten Linde war ein Brunnen; und wenn der Tag recht heiß
war, so ging das Königskind hinaus in den Wald und setzte sich an
den Rand des kühlen Brunnens.

Der große, dunkle Wald, durch den die Tochter des Königs
alleine gehen musste, hatte sie damals sehr geängstigt. Wieso
hatte sie als Prinzessin keine Bewacher gehabt? Da es auf Föhr
kaum Wald gab, wurde er in ihrer Phantasie immer größer.
Die kleine Annkathrin hatte sich nach dieser Geschichte geschworen, auch als Erwachsene niemals allein in einen dunklen Wald zu gehen, sondern lieber auf den Prinzen zu verzichten. Aber jetzt stand sie mittendrin.

Die Bäume rückten immer dichter zusammen, es wurde
dunkler und die Luft feuchter. Plötzlich hörte sie es knacken, und zwar so laut und schwer, dass es unmöglich von
einem Menschen kommen konnte. Irgendein monströses
Wesen bewegte sich da im Unterholz. Was konnte das sein?
Welches Tier konnte einen derartigen Lärm veranstalten? Ihr
fiel nichts ein, was es in diesen Breitengraden geben könnte.
Der Wald war ihr fremd, sie war im Wattenmeer zu Hause, da
gab es nicht viel außer Wattwürmern, Robben und Möwen.
Angestrengt schaute sie zwischen den Büschen und Bäumen
hindurch – nichts zu sehen.

Da knackte es wieder schwer und laut.

Plötzlich entdeckte sie neben einem Busch etwas, das ihr
einen Schauer über den Rücken jagte: Ein riesiger, struppiger

Keiler stierte sie mit bösartigen kleinen Augen an! Es war nicht der böse Wolf, der sie hier bedrohte, sondern ein monströses Wildschwein! Der Keiler musste an die eins achtzig lang sein, etwa so groß wie ein ausgewachsener Mann.

Was sollte sie jetzt tun? Krach machen, um das Monster zu vertreiben? Oder ruhig stehen bleiben? Sie zückte ganz vorsichtig ihr Handy und gab auf Google «Wildschwein» ein. Möglichst ohne große Bewegungen, fast ohne zu atmen. Entsetzt musste sie da lesen, dass Keiler bis zu 200 Kilo schwer wurden und über vierzig Zähne besaßen. Wenn der über sie herfiel, war ihre Überlebenschance gleich null. Aber das würde er nicht tun, oder? Laut Wikipedia war die Gefahr für Menschen durch Wildschweine eher gering. Andererseits sah der Keiler nicht so aus, als würde er sie in Ruhe lassen. Bestimmt hatte er auch noch Tollwut oder so etwas. Schritt für Schritt bewegte er sich auf sie zu. Ihr fiel das Telefon aus der Hand, und sie schrie vor Schreck laut auf. Plötzlich drehte sich das Monster um und raste mit Getöse in den tiefen Wald hinein.

Sie atmete auf, aber ihr Herz puckerte noch eine Weile auf Hochtouren weiter. Das Viech konnte jederzeit wiederkommen, oder ein anderes, bestimmt gab es hier Hunderte davon! Leider funktionierte das GPS auf ihrem Handy nicht, aber irgendwann würde sie ja wohl auf einen Weg stoßen, der wieder aus dem Wald hinausführte.

Nach wenigen Metern erreichte sie eine meterhohe Dornenhecke aus Brombeerbüschen. Dahinter lag ein kleines Hexenhaus, das ziemlich heruntergekommen war. Wohnte hier Dornröschen? Oder Hänsel und Gretel? Sämtliche Fensterrahmen waren rot lackiert, das Dach an vielen Stellen geflickt. Eine Stromleitung ging oberirdisch durch den Wald und von einem Strommast ins Innere. Als sie Toms Jeep entdeckte, der um die Ecke parkte, wusste sie, dass sie richtig war. Eine Welle der Erleichterung durchfuhr sie. Jetzt fühlte sie sich endlich sicher.

Ein kleiner Pfad führte durch die stacheligen Büsche zum Haus. Tom kam raus, bevor sie geklopft hatte. Er trug Jeans und ein weißes T-Shirt und sah sie erstaunt an.

«Du?», fragte er.

«Ich war noch nie bei dir.»

«Stimmt.»

Besonders einladend klang das nicht.

«Und? Zeigst du mir dein Schloss?»

«Ist nichts Besonderes.»

Sie lächelte. «Ein ganz normales Schloss halt.»

Die Haustür knarrte etwas, als er sie für sie öffnete. Als Erstes betraten sie die Küche, die uralt aussah. Es gab dort einen Herd, der mit weißer Emaille verblendet war. Alles war sehr aufgeräumt, nur auf der Spüle lagen ein paar Brotkrümel. So viel Ordnung hatte sie gar nicht erwartet. Sie an Toms Stelle hätte sich vermutlich viel mehr gehenlassen. Im Wohnzimmer waren alle Wände mit Bücherregalen vollgestellt, in der Mitte stand ein breiter Sessel vor einem Ofen und etwas weiter dahinter ein Klavier. Sie streifte kurz die Titel im Regal, viel Fantasy und Krimis. Davor standen ein Dutzend kleiner Kinderstühle aus Holz.

«Sind die für deine Kleinen?», fragte sie ironisch.

«Irgendwo müssen sie ja sitzen», antwortete er ungerührt.

Er zeigte ihr sein Schlafzimmer: ein breites Bett, weitere Bücherregale und ein schlichter Kleiderschrank aus Holz.

Die Wände waren vollgehängt mit Schwarzweißfotos vom Wald, überwiegend im Winter. Sogar hier drinnen roch es angenehm nach Kiefern und Laub. Sie gingen zurück ins Wohnzimmer, wo sie auf dem Klavierhocker Platz nahm. Tom brachte ihr ein Glas Cola, und sie erzählte ihm von Petershagens abgebrannter Scheune.

«Wir müssen schnell etwas Neues finden», sagte sie abschließend.

Nach einer Pause sagte er: «Ich kenne einen Ort, der Waikonen noch besser gefallen wird als die Scheune. Er ist mir heilig, und ich gebe ihn ungern her. Aber jetzt ...»

«Wo ist das?»

«Nicht weit weg.» Er winkte ihr zu. «Komm, ich gehe vor.»

Ohne zu zögern, folgte sie ihm. Sie wanderten quer durchs Unterholz. Die Schuhe mit den halbhohen Absätzen hätte sie gerne gegen die Sneakers in ihrem Koffer ausgetauscht, aber ihr Wagen war zu weit weg. Vor einer Birke, die mutterseelenallein unter einer Vielzahl Kiefern stand, bog Tom in ein dunkles Waldstück ab. Mit ihm an ihrer Seite fühlte sie sich sicher. Manchmal strahlte zwischen den Bäumen ein Lichtspot auf ihn herab und machte ihn kurz zu einer richtigen Heldengestalt, ein anderes Mal sah er im Schatten aus wie ein kleiner Junge. Sie versank bis zu den Knöcheln in sumpfigen Kuhlen, die er alle zu kennen schien und geschickt umging. Farne streichelten ihre Knie, manchmal kratzten Brombeerdornen ihre Knöchel. Tom bemerkte gar nicht, dass er deutlich zu schnell für sie ging, der Abstand zwischen ihnen wurde immer größer. Aber sie wollte auf keinen Fall klein beigeben und versuchte mitzuhalten, was vollkommen unmöglich war. Über ihr Gesicht legte sich bald ein dünner Schweißfilm, sie keuchte vor Anstrengung. Es wurde immer wärmer, die Luftfeuchtigkeit ging rasant nach oben, wahrscheinlich würde es heute noch ein heftiges Gewitter geben.

Jetzt verschwand Tom hinter einer dichten Wand von Tannen. Sie folgte ihm, dabei verfehlte sie knapp die richtige Stelle und knallte fast gegen den nächsten Baum, der direkt dahinter stand. Sie wollte nicht mehr. Was sollte hier kommen, was einen exzentrischen internationalen Komponisten interessieren könnte? Ein verstecktes Stadion mit Tiefgarage? Eine Konzerthalle? Doch plötzlich zeigte sich hinter den Tannen eine große Lichtung. Die Sonne schien auf das wildwuchernde Gras und die Farne, dahinter begann ein Buchenwald. Durch die hellen Stämme der Bäume hindurch konnte sie die Ostsee sehen, auf den weißen Spitzen der Wellen glitzerte das Sonnenlicht. In der Ferne zogen ein paar Segelboote mit weißen Segeln vorbei, von hier sah es so aus, als wenn sie von Stamm zu Stamm führen.

Tom stand ein paar Meter vor ihr und drehte sich jetzt um. Seine Augen weiteten sich. Erst verstand sie gar nicht, warum er sie so anstarrte, aber dann fiel es ihr wieder ein: Er sah sie das erste Mal ohne Haare, sie hatte die Perücke abgenommen, weil ihr so heiß war. Neben ihren Schwestern und ihrem Wyker Friseur war Tom nun der einzige Mensch, der sie so sehen durfte. Sie verzichtete auf eine Erklärung und schaute weiter zwischen den Bäumen hindurch auf die Ostsee.

«Hier ist es?», fragte sie fast ehrfürchtig.

Tom nickte.

Dass diese Lichtung ein heiliger Ort für ihn war, konnte sie sofort nachvollziehen. Es gab einen kleinen Teich und eine Eiche, deren Geäst an einen Raubvogel erinnerte. Sie ging zwischen den Buchen hindurch auf die freie Wiese voll blühendem Klee, hinter der ein kleiner Strand lag. Vom Wasser zog eine Brise herüber, die genau die richtige Temperatur hatte. In dieser Zwischenzone ein Konzert zu hören, wäre ein Traum. Was Brennecke dazu sagen würde, konnte sie sich allerdings schon vorstellen. Aber Waikonen würde begeistert sein, oder er war ein Idiot. Sie schaute an sich herunter. Ihr Business-Kostüm hatte im Wald stark gelitten, jetzt wollte sie einfach nur ins Wasser und schwimmen. Sie drehte sich um. «Baden?», rief sie.

Tom blieb wie angewurzelt am Waldrand stehen und blickte sie an.

«Was ist?», rief sie.

«Ich gehe nie weiter», sagte er leise. «Jedenfalls nicht tagsüber.»

Sie trat ein paar Schritte auf ihn zu. «Aber wieso?»

Statt einer Antwort schüttelte er nur den Kopf.

Was sollte sie jetzt tun?

Achtzehn

Das Ende des Buchenwaldes war für Tom eine Grenze, die er seit vielen Jahren nicht überschritten hatte. Wozu sollte er den Schutz der Bäume aufgeben, wenn er sich am Strand wie ausgesetzt fühlte? Annkathrin stand ein paar Meter von ihm entfernt. Obwohl sie ohne Haare ganz anders aussah, kam sie ihm vertraut vor. Sie verlor nichts von ihrer Schönheit, gar nichts. Wie schwer ihre Krankheit gewesen war, hatte er fast vergessen. Auf ihren gemeinsamen Fahrten hatten sie nie darüber gesprochen.

«Komm!», forderte sie ihn erneut auf und lächelte ihm zu. Doch er konnte die unsichtbare Wand nicht überwinden. Den Kellenhusener Wald verließ er nur in seinem Jeep.

«Gehst du nie an den Strand?», fragte sie. Wahrscheinlich konnte sie sich das gar nicht vorstellen.

«Nicht im Sommer», gab er zurück.

«Es wäre doch schön, jetzt baden zu gehen. Oder nicht?»

Allein die Vorstellung war für ihn ein Horror.

«Was ist bloß passiert?», fragte sie leise.

Normalerweise redete er mit niemandem darüber. Aber

wie sie da so vor ihm stand, ohne Perücke, wirkte sie so ehrlich und offen, dass er sich traute.

«Als mein Vater krank wurde», sagte er, «war ich sechzehn. Meine Mutter war da schon lange weg. Ich hatte gerade eine Lehre in einer Musikalienhandlung angefangen und spielte Keyboard in einer Band. Das war ein ganz anderer Tom.»

«Wow, eine Band.»

«Meine Freunde und ich hatten unseren Übungsraum im Forsthaus. Aber dann saß mein Vater von einem Tag auf den anderen einfach nur noch da, aß nichts, trank nichts und starrte dumpf vor sich hin. Da konnte ich ihn nicht hängenlassen, er hatte doch niemand anderen.»

«Du hast ihn gepflegt.»

«Über siebzehn Jahre. Wenn er nichts essen wollte, habe ich ihn gefüttert, an schlimmen Tagen gewaschen und angezogen.»

«Entschuldige, wenn ich so dumm frage, aber hast du nie überlegt, mit ihm in die Stadt zu ziehen?»

«Klar. Aber mein Vater kam nur in seinem Wald zurecht.»

«Siebzehn Jahre, das ist lang.»

«Es hat alles nichts genützt. Vor etwas über einem Jahr ist er bei einem Verkehrsunfall ums Leben gekommen. Sein Wagen ist auf gerader Strecke, bei guter Sicht, gegen einen Baum gerast.» Er stockte. «Ich glaube bis heute nicht an einen Unfall.»

Sie schwieg. Nach einer Weile sagte sie: «Das ist hart.»

«Hinterher war ich ganz allein. In all den Jahren hatte ich den Anschluss zu meinen Freunden und Bekannten komplett verloren. Was ich keinem übel nehmen kann.» So hatte er das noch niemandem erzählt.

«Es ist bewundernswert, dass du deinen Vater unterstützt hast», sagte sie. «Das würden nur wenige Menschen tun.»

«Aber jetzt komme ich nicht mehr aus dem Wald raus – genau wie mein Vater.»

«Du bist am Leben und kannst alles ändern, oder nicht?»

«Natürlich habe ich überlegt, wegzuziehen und unter Leute zu gehen, aber ich bin einfach hier hängengeblieben. Im Forsthaus mit den alten Schränken, der ausgeleierten braunen Ledercouch und dem wackligen Küchentisch.»

«Du hast Angst, wie dein Vater zu enden?»

«Ja.»

«Deswegen das Eisloch?»

Wieder schwiegen sie. Dann gab er sich einen Ruck und ging langsam auf sie zu. Natürlich wäre es irgendwie gut gewesen, sich jetzt zu umarmen, aber er wollte das nicht. Es wäre ihm zu gefühlsduselig gewesen. Annkathrin spürte es zum Glück und respektierte es. Sie setzten sich an den Strand, an dem außer ihnen niemand war. Kleine Wellen schwappten gegen die Wasserkante. Annkathrin zog sich bis auf die Unterwäsche aus und rannte ins Wasser. Er nahm ein paar flache Steine und ließ sie über die Wasseroberfläche springen. Sie tauchte unter und kraulte dann weit hinaus.

Sollte er sich auch überwinden und hineingehen? Er badete nie, außer im Mondspiegel, der von den dichten Tannen abgeschirmt wurde. Hier war es ihm unangenehm. Es war Jahre her, dass er in der Ostsee geschwommen war. Das letzte Mal mit sechzehn, als sein Vater noch nicht krank war. Er zog sich bis auf die Boxershorts aus und schaute an sich hinunter. Nur an Hals, Armen und Händen war er braun, sonst war seine Haut schneeweiß. Es musste komisch aussehen.

Er nahm Anlauf und rannte ins Wasser. Es fühlte sich kalt an, hastig schwamm er ein paar Züge. Nach dem schwülen Wald war das sehr erfrischend. Annkathrin schwamm ihm entgegen und klapperte mit den Zähnen. «Ich muss schon wieder raus.»

Ihm genügte es auch. Prustend rannte auch er aus dem Wasser und legte sich mit etwas Abstand neben sie in den Sand. Sie war eine schöne Frau, wie er mit einem schüchternen Seitenblick feststellte. Ein Handtuch hatten sie natürlich nicht dabei, der warme Wind trocknete sie. Weil er nicht wusste, wohin er gucken sollte, stand er auf und ging diskret ein paar Schritte zur Seite, um Donnerkeile zu suchen. Zwischen den Steinen lagen überall versteinerte Tintenfischarme.

«Eigentlich müsste ich zurück aufs Gut, um ein paar Sachen zu erledigen», seufzte sie hinter ihm.

«Klar.»

«Ich hab aber keine Lust.»

«Unser Fischessen steht noch aus», sagte er. Tatsächlich hatte der versprochene Restaurantbesuch immer noch nicht stattgefunden.

«Warum gehen wir nicht nach Kellenhusen und holen es nach?», fragte sie.

Nachdem er die magische Waldgrenze überschritten hatte, war er zu allem bereit. «Okay.»

Er ging zu einem Baum, hängte die nassen Boxershorts über einen Ast, die Hose zog er so an. Als er sich umdrehte, war Annkathrin ebenfalls komplett angezogen, samt Perücke.

«Gehen wir», sagte er, und sie schlenderten gemeinsam los.

Das Ostseebad Kellenhusen lag gleich nebenan. Es war kein malerisches Fischerdorf mit Reetdachhäusern, an deren Hauswänden Netze getrocknet wurden. Die Bebauung stammte zum großen Teil aus den sechziger Jahren. Aber der Ort hatte was, vor allem wegen der grandiosen Meereskulisse. Der Strand war phantastisch, es gab zahlreiche Restaurants, Cafés und Eisdielen. Dazu war es hier nicht ganz so rummelig und mondän wie an anderen Orten in der Lübecker Bucht. Heute allerdings, wo sie richtige Touristen mimen wollten, hätte es gerne etwas größer sein können. Stille hatte er in seinem Leben genug gehabt.

Es gab an der Ostsee im Sommer immer eine Stunde, die wie eine Verheißung war. Sie begann jetzt, um fünf Uhr. Die Sonne stand tief und schickte ein sattes, tiefgelbes Abendlicht vom Westen übers Meer. Das Wasser wurde dunkelblau, der Strand leuchtete hell und warm. Diese Schönheit strömte eine tiefe Zuversicht aus, die Tom heute, an Annkathrins Seite, besonders guttat. Sie gingen immer weiter am Strand entlang Richtung Grömitz, das ein paar Kilometer entfernt lag. Der warme Sand unter seinen Füßen fühlte sich weich an, manchmal liefen sie ein paar Meter im seichten Wasser. Weiter draußen auf der See waren etliche große Schiffe unterwegs, zwischen ihnen legten sich Segelboote schräg in den Wind, einige hatten knallbunte Spinnaker gehisst, die sich mächtig aufblähten. Annkathrin blinzelte aufs Wasser und lächelte. Sie waren beide derartig einverstanden mit allem, dass sie kaum ein Wort miteinander redeten.

Die Promenade von Grömitz war das Gegenprogramm zum beschaulichen Kellenhusen: ein großes Seebad mit Hochhäusern und Apartmentkomplexen. Es wimmelte von

Urlaubern, die alle frisch geduscht haben mussten, jedenfalls roch es sogar gegen den Wind nach Shampoo und Parfüm. Die Restaurants mit Außengastronomie waren bis auf den letzten Platz besetzt. Entspannte Feriengäste saßen an vollen Tischen und aßen, nun ja, meist ungesundes Essen – aber das mit voller Überzeugung und Genuss. Die Ferien hier waren für sie die schönste Zeit des Jahres. Tom wollte gerne auf dieser Glückswelle mitschwimmen.

«Warst du überhaupt schon mal hier?», fragte Annkathrin.

«Lange her.»

«Dann schlage ich vor, dass wir heute mal richtig Urlaub machen.»

«Was muss ich dafür tun?»

«Schlendern.»

«Schlendern?»

«Unbedingt. Schau dich um, das machen alle hier.»

Ein paar Meter weiter begann eine Feuerwehrkapelle «Time to say goodbye» zu spielen. Sie bestand überwiegend aus Herren im gesetzten Alter, alle in Uniform, ein paar Damen waren auch dabei.

«Komm, wir tanzen», rief Annkathrin.

«Zu dieser Musik?»

Das war ihm nun doch etwas zu viel. Leute, die in aller Öffentlichkeit zu einer Feuerwehrkapelle tanzten, waren total peinlich. Zu ein paar Drehungen ließ er sich dann doch überreden, aber nur, weil heute ein Ausnahmetag war. Einige Senioren stiegen spontan mit ein.

Als sie weiterschlenderten, entdeckten sie auf einem Plakat in der Nähe der Seebrücke die Ankündigung einer «Multivisions-Show». Darauf war ein hohlwangiger, älterer Mann mit grauem Bart abgebildet, der das Baltikum alleine durchradelt hatte. Er hieß Herbert Sedecker und war angeblich aus Rundfunk und Fernsehen bekannt, worauf zur Sicherheit noch einmal schriftlich hingewiesen wurde.

«Als echte Touristen müssen wir da hin», sagte Annkathrin.

«Wieso das?»

«Hast du dir so einen Vortrag schon mal angehört?»

«Nein.»

«Siehste, ich auch nicht.»

«Gibt es nicht auch Dinge, die man als Tourist auslassen kann?», fragte er vorsichtig.

«Nein.»

«Doch.»

«Wenn es langweilig wird, hauen wir ab.»

Aber erst einmal gingen sie Fisch essen. Sie hatten Glück und erwischten einen Tisch direkt an der Promenade. Weit draußen auf hoher See braute sich etwas zusammen, der Himmel war pechschwarz. Nur in Grömitz hielt sich noch die Abendsonne und schien auf Annkathrins Gesicht. Am Strand spielten ein paar Jugendliche Volleyball, die Älteren saßen einfach nur da und blinzelten bei einem Piccolo auf das abendliche Meer.

«Das Essen geht auf die Mansfeld AG», sagte sie. «Du musst dich also preislich nicht zurückhalten.»

Sie bestellten Zander und einen sauteuren Riesling. Für einen wie ihn, der sonst so gut wie nie Alkohol trank, war das eine harte Droge, die ihm schnell zu Kopf steigen würde.

«Meinst du, Brennecke wird die Lichtung akzeptieren?», fragte er, als sie den ersten Bissen nahmen. Es schmeckte hervorragend.

«Auf ihn kommt es, ehrlich gesagt, gar nicht so sehr an. Die Hauptsache ist, dass Waikonen sie gut findet. Das wird schon.»

«Dein Wort in Gottes Ohr.» Er nahm einen kräftigen Schluck Wein.

«Konntest du dir eigentlich nie vorstellen, woanders als im Wald zu wohnen?» Sie sah ihn aufmerksam an.

Die Frage war ihm unangenehm. Wenn er mit Ja antwortete, wäre er sofort in der Rolle des seltsamen Einsiedlers. Unabhängig von dem, was er dachte oder wollte, würde er den Wald im Herbst ohnehin verlassen müssen, dank Kohli. Konnte er sicher sein, ob er im nächsten Winter nicht wieder vor dem Eisloch sitzen würde? Nein. Aber daran wollte er jetzt nicht denken.

«Ich finde es auf jeden Fall gut, dass wir hier sind», antwortete er ausweichend und lächelte sie an. Sie hielt seinem Blick stand, ihm wurde warm.

«Was magst du an unserem Urlaub am liebsten?», fragte sie.

«Vor allem freue ich mich auf die Multivisions-Show von Herrn Sedecker», seufzte er, um etwas abzulenken.

«Und ich erst! Das wird ein unvergessliches Erlebnis.» Sie hob ihr Weinglas, und sie stießen an.

«Wie ist dein Fisch?», fragte sie.

«Hervorragend, man merkt, dass er frisch ist.»

«Meiner ist auch ganz zart.»

Sie schwammen voll mit auf der Glückswelle.

Fast wären sie zu spät zum Kurhaus gekommen. Sie huschten auf die Stühle der hintersten Reihe. Schon begann der bärtige Mann seinen Vortrag mit der «Singenden Revolution» im Jahr 1988, bei der 300000 Estinnen und Esten zum ersten Mal wieder ihre verbotene Nationalhymne sangen. Sedecker bat das Publikum, aufzustehen und das Ereignis zu würdigen, während er eine dröhnend laute Audio-Aufnahme aus einem Stadion in Tallinn abspielte.

«Müssen wir mitsingen?», fragte Tom flüsternd, als sie sich mit den anderen Zuhörern erhoben.

«Wenn du den Text kennst, ja.»

«Wir sollten da mal hinfahren. Es gibt von Kiel aus eine direkte Fähre.»

«Wie wäre es mit heute Abend?», schlug sie vor.

«Vielleicht etwas später, im Herbst?» Was natürlich voraussetzte, dass sie dann noch miteinander zu tun hatten. Und vielleicht sogar zusammen reisten.

Sie sagte nichts dazu.

Der restliche Vortrag stellte sich als ziemlich zähe Angelegenheit heraus. Eine alte Kirche, ein Gutshof nach dem anderen wurden auf der Leinwand gezeigt und kommentiert. Annkathrin lehnte sich auf ihrem Stuhl zurück und schloss die Augen. Sie musste hundemüde sein, war sie doch am frühen Morgen aus Föhr gekommen. Auch er machte die Augen zu und döste nach wenigen Momenten weg. Sie wachten erst auf, als das Licht im Saal wieder anging. Benommen torkelten sie in Richtung Ausgang. Hoffentlich hatte niemand mitbekommen, dass sie den halben Vortrag verschlafen hatten.

Draußen wurden sie von heftigen Donnerschlägen empfangen. Vor der Tür hatte sich die Welt radikal verändert. Es war dunkel und goss in Strömen, Blitze zuckten über die menschenleere Promenade. Niemand war mehr zu sehen. Wo bekamen sie jetzt ein Taxi her?

«Ich habe keine Lust, nach Hause zu fahren», sagte Annkathrin.

Er nickte, sie schauten stumm aufs Meer.

«Komm, ich miete uns ein Hotelzimmer», schlug sie vor. «Auf Firmenkosten.»

Er wurde unsicher. Was würde jetzt passieren?

Neunzehn

Durchnässt standen sie vor dem hölzernen Rezeptionstre-
sen des komfortablen «Strandhotels». Was sollte sie jetzt buchen, zwei Einzel- oder ein Doppelzimmer? Spontan hätte
sie «Doppel» gesagt, aber das wäre Tom wahrscheinlich auf-
dringlich vorgekommen. Oder wartete er nur darauf, dass sie
die Initiative ergriff? Das Hotel war zwar ihre Idee gewesen,
aber er hatte zugestimmt. Wollte er vielleicht etwas von ihr?
Oder überschätzte sie sich? Immerhin hatte er heute seinen
Wald verlassen und mit ihr Dinge unternommen, die er sonst
nie getan hätte. Das hatte doch auch mit ihr zu tun, oder
nicht?

«Zwei Einzelzimmer bitte», sagte sie, als die Rezeptionistin
aus dem Hinterzimmer kam und sie mit unverbindlichem
Lächeln begrüßte. Zum Glück waren noch zwei Räume frei,
was in der Hauptsaison ein großer Zufall war. «Wir brauchen
noch Zahnbürsten und Zahnpasta», fügte sie hinzu.

«Du hast echt noch nie in einem Hotel übernachtet?»,
raunte sie Tom zu, als die Frau die Magnetkarten für die
Zimmer aus der Schublade holte. Es war ehrlich, das zuzuge-

ben. Aber im Alter von fünfunddreißig? Sie konnte es fast nicht glauben.

«Es hat sich nicht ergeben», sagte er.

Die Lobby nebenan war proppenvoll. Die Gäste hatten es sich in den Sesseln gemütlich gemacht und beobachteten durch die großen Scheiben den Starkregen. Die meisten hatten bunte Cocktails vor sich stehen, die Stimmung war bestens. Wer in Norddeutschland Urlaub machte, wusste, dass hin und wieder mal ein paar Tropfen vom Himmel fallen konnten. Die Vorhersage für morgen war wieder wunderbar, also genoss man das Spektakel draußen als phantastisches Feuerwerk zwischendurch.

«Sieht edel aus hier», bemerkte Tom.

«Zu einem guten Urlaub gehört auch ein gutes Hotel», erklärte Annkathrin, als sie auf den Aufzug warteten.

«Und ein guter Lichtbildervortrag über Estland.»

«Der Mann mit dem grauen Bart hat einen Platz in meinem Herzen gefunden», bestätigte sie. Toms schöne Augen strahlten sie belustigt an. Vielleicht doch nur *ein* Zimmer ...

«Sollen wir noch was trinken?», fragte sie. Als wenn das die Entscheidung erleichtern würde.

«Nein, lieber nicht – du?»

Sie war erleichtert, denn sie spürte plötzlich, dass sie dringend ihre Akkus aufladen musste. Von der ersten Fähre von Föhr bis jetzt war es ein langer Tag geworden. «Nein, ich würde auch gerne nach oben. Ich bin total fertig.»

Im Fahrstuhl warf sie einen unauffälligen Blick in den Spiegel. Sie hatte sich leicht das Gesicht in der Sonne verbrannt, auch der Hals war rötlich. Tom hatte ordentlich Farbe bekommen, bei ihm sah es gesund aus.

Was würde gleich passieren? Ein langer Blick, dann kämen sie sich langsam näher, schließlich der erste Kuss? Anschließend doch zusammen auf ein Zimmer? Zu zweit ins Einzelzimmerbett? Es klingelte, die Drei leuchtete auf. Sie stiegen aus und gingen so langsam wie möglich den Gang entlang. Als sie näher kamen, sahen sie, dass ihre Zimmer direkt nebeneinanderlagen.

«Weißt du, wie das mit den Magnetkarten geht?», fragte sie.

«Nein.»

Sie ging mit ihm zu seiner Zimmertür und zeigte ihm, wie sich die Tür öffnen ließ. Es surrte, sie traten in den dunklen Raum.

«Nur wenn die Karte drinsteckt, hast du Strom im Zimmer», sagte sie.

«Verstehe.»

Sie steckte die Karte in den Schlitz über dem Lichtschalter, und – es ward Licht. Ein französisches Bett wurde dezent beleuchtet, ein kleines Tischchen mit Sessel stand davor, an der Wand hing ein Aquarell mit Segelbooten. Auf dem Bildschirmschoner des Fernsehers waren bunte Fische in einem Korallenriff zu sehen. Nach vorne hinaus gab es eine verglaste Doppeltür zum Balkon, dahinter lag die Ostsee, jetzt allerdings im Dunkeln. Tom schaute gar nicht richtig hin, er schien in Gedanken ganz woanders zu sein – wie sie auch. Dann standen sie direkt voreinander.

Der entscheidende Moment.

«Gute Nacht», sagte sie leise.

«Gute Nacht», sagte er.

Die Spannung war so aufgeladen, dass sie nicht in der Lage

waren, sich zu umarmen oder einen Kuss zu geben. Sie stürzte heraus, zog die Tür hinter sich zu und betrat ihr eigenes Zimmer, das exakt wie Toms aussah. Sie schaltete die bunten Fische weg und öffnete die Tür zum Balkon. Der Regen hatte aufgehört, jetzt glänzte die Promenade feucht im Licht der Straßenlampen. Die Ostsee war nicht zu sehen, aber zu hören: Das Meer war immer noch aufgewühlt und rauschte laut. Auf der anderen Seite der Lübecker Bucht waren verschwommene Lichter zu erkennen, die wirkten, als kämen sie aus einer anderen Welt. *Wie früher die Lichter von Amrum*, dachte sie. Sie ging in das komfortable Badezimmer, putzte sich die Zähne und legte sich anschließend aufs Bett. Sollte sie doch wieder rüber zu Tom gehen?

Das Picknick kam ihr vor Augen, der Jamie-Oliver-Salat. Sein Gesicht, wenn sein Mund ernst aussah und seine Augen lachten. Das Licht, das im Wald von oben auf ihn fiel. Sein muskulöser Körper am Strand. Sie kannte niemanden, der so feine Instinkte besaß, Tom konnte einen herannahenden Windstoß spüren, bevor er da war. Und das Schönste: Er lachte über dieselben Dinge wie sie. Sie musste nicht lange nachdenken, um diese Liste fortzusetzen, ihr Gefühl war eindeutig. Wirklich? Oder war es nur ihre alte Macke?

Sie hatte in ihrem bisherigen Leben am liebsten entlaufene Hunde und Kater eingesammelt. Die Unrasierten mit den Cowboystiefeln, die scheinbar alles im Griff hatten und in Wirklichkeit nichts hinbekamen. Für die sie immer wieder einspringen und alles regeln musste. Wenn hunderttausend tolle Kerle in einem Stadion standen, suchte sie sich mit Sicherheit den einzigen Lebensuntüchtigen aus. Ihr fatales Beuteschema hatte sie immer wieder in tiefe Krisen gestürzt.

Sie war nach London gezogen, weil ein gewisser David aus der Schweiz sie finanziell fast ruiniert hatte. Aus London wiederum war sie nach Mecklenburg geflohen, weil ihr Lover Jack sie ein halbes Jahr lang mit einer Zwanzigjährigen betrogen hatte, ohne dass sie es bemerkt hatte. Ausgerechnet den hätte sie fast geheiratet, was außer ihren Schwestern zum Glück niemand wusste. Was sollte sie jetzt mit einem Waldfreak wie Tom anfangen?

Reiß dich zusammen, Annkathrin!, sagte sie sich laut. *Es ist derselbe Tom, der im T-Shirt vor dem Eisloch gesessen hat und im See verschwinden wollte!* Das würde er vielleicht wieder tun, sobald der Sommer vorbei war. Zum Beispiel, wenn er das Haus im Wald verlassen musste, in dem er sein Leben lang gewohnt hatte. Allein dass er nicht zum Strand gewollt hatte und sie ihm gut zureden musste – war das nicht extrem gewesen? Sie wollte nicht seine Krankenschwester werden, so hart das auch klang. So etwas wie mit Jack und David durfte sich niemals wiederholen, das hatte sie sich geschworen. Sie hatte es in der Hand, jetzt und hier! Vielleicht konnte sie ihr bescheuertes Schema ja knacken, wenn sie nur hart blieb. Es wäre zum Beispiel schön, einfach nur glücklich zu sein, ohne Wenn und Aber. Hatte sie das nicht verdient? Sie fand, ja – und nach den letzten Monaten erst recht. Aber wenn es nicht hundertprozentig stimmte, lebte sie eben ohne Kerl weiter, das ging auch.

Andererseits war es feige. Wenn sie ehrlich war, musste sie zugeben, dass sie sich genau jetzt wie verrückt nach Tom sehnte. Trotz allem. Wer sagte denn, dass er lebensuntüchtig war? Er lebte im Wald, sorgte für sich und konnte anpacken. Das war mehr, als Jack und David hinbekommen hätten. Und es war längst nicht alles. Tom verstand auch leise Töne und war ihr gegenüber äußerst aufmerksam. Ja, sie wollte ihm nahe sein und die Nacht mit ihm verbringen. Es war unnatürlich, dass sie durch eine dicke Wand voneinander getrennt waren.

Also doch rübergehen?

Lieber nicht.

Es würde wunderbar werden, ganz sicher.

Nein, Annkathrin, nein nein nein!

Zwanzig

Tom schaute sich neugierig im Hotelzimmer um. Der Raum war nicht wirklich schön, sondern nur auf schön gemacht, mit Klimaanlage und Aquarellen, auf denen Segelboote zu sehen waren. Nicht ganz so steril wie der Konferenzraum der Mansfeld AG, aber es ging in dieselbe Richtung. Andere Menschen mochten sich hier wohlfühlen, ihn befremdete es. Nur dem Badezimmer gab er volle Punktzahl, das kam aus einer anderen Galaxie: mit großer Wanne, voll verglaster Dusche und hellen Deckenstrahlern. Für ihn war es schon ein Luxus, dass er keinen Badeofen anheizen und ewig auf warmes Wasser warten musste.

Er zog sich aus und stellte sich vor die Duscharmatur. Die Wassertemperatur konnte man genau festlegen, ebenso die Art des Strahls, es gab auch an den Seiten Düsen für die Beine und den Bauch. Er probierte alles durch – bis auf kaltes Wasser, verstand sich.

Nach der Dusche fühlte er sich wie ein neuer Mensch. Er rubbelte sich mit dem weichen Frottéhandtuch ab und brachte die Zahnbürste zum Einsatz, die er an der Rezeption bekommen hatte. Im blank polierten Spiegel lächelte er sich zu: Alles gut!

Er legte sich aufs Bett. Was war in seinem Leben passiert, dass er hier gelandet war? Das Eisloch nahm er als Ausgangspunkt, wobei der Vorfall ohne die Krankheit seines Vaters kaum denkbar gewesen wäre. Dem Eisloch folgte die Schlittschuhläuferin, die er für eine Irre gehalten hatte, als sie ihn auf die Beerdigung geschleppt hatte. Die Trauerfeier wiederum hatte ein Wiedersehen mit Thekla Kanerva und die Fahrten durch Ostholstein nach sich gezogen. Sein Leben war ein Strudel geworden, der ihn immer weiter hineinzog. Und im Zentrum stand Annkathrin.

Die Erkenntnis traf ihn wie ein Schlag. Plötzlich wurde ihm bewusst, dass er die letzten Wochen permanent an sie gedacht hatte. Wie leer hatte er sich gefühlt, als sie auf Föhr gewesen war. Jede Sekunde war er in Gedanken bei ihr gewesen. So war es, er hatte es sich bisher nur nicht eingestanden. Die logische Konsequenz war, jetzt einfach zu ihr rüberzugehen. Aber er traute sich nicht.

Mit Frauen war bei ihm bisher nicht allzu viel gelaufen. Ein paar Geschichten, nichts von Bestand. Klar hatte er sich nach Nähe gesehnt, aber eine Beziehung war für sein Leben einfach nicht vorgesehen, damit hatte er sich abgefunden. Mit Annkathrin hatte er immerhin schon mal zusammen im Bett gelegen, wenn auch unfreiwillig. Er hatte sich nicht wohl gefühlt damals, das würde heute anders sein. Er fand sie wunderschön, auch wenn sie auf der Lichtung ohne Perücke im ersten Moment fremd ausgesehen hatte. Das hatte ihm in Erinnerung gerufen, wie krank sie gewesen war. Selbst wenn momentan alles in Ordnung war, konnte ihre Krankheit jederzeit wiederkommen. Was für ihn schon ein Problem war: Er wollte nicht zum Krankenpfleger werden, nicht noch einmal. Mit seinem Vater hatte er das durchgemacht. Falls sie einen Rückfall erleiden würde, er sie pflegte und sie womöglich starb – das würde er kein zweites Mal überstehen, so viel Kraft besaß er nicht. Trotzdem war es der schönste Gedanke der Welt, jetzt zu ihr herüberzugehen. Es wäre besser als alles, was er bisher erlebt hatte. Was sprach dagegen? Nichts. Also, Tom?

Warum gab es im echten Leben keinen Telefonjoker, den man anrufen konnte, wenn man nicht weiterwusste? Jetzt wäre der Augenblick, wo er ihn dringend gebraucht hätte. *Vergiss es*, ermahnte ihn seine innere Stimme, *was soll die schöne, selbstbewusste Annkathrin mit einem Waldschrat wie dir anfangen, dem sie erklären muss, wie er in sein Hotelzimmer kommt? Der nichts von der Welt gesehen hat außer auf Google Earth?* Er öffnete die Glastür zum Balkon und setzte sich raus. Es nieselte noch etwas, die feuchte Grömitzer Promenade glänzte im Licht der Straßenlampen. Auf der pechschwarzen Ostsee sah er ein hell beleuchtetes Passagierschiff Richtung Horizont fahren. Das Meer war vom Gewitter noch sehr aufgewühlt, kaum zu fassen, dass er heute in demselben Wasser gebadet hatte.

Annkathrin hatte sein Leben auf den Kopf gestellt. Der Strand, Grömitz, das Fischrestaurant, der Vortrag, dieses Hotel. Nichts von dem hätte er sich vorher vorstellen können, vom Tanz zur Feuerwehrkapelle mal ganz zu schweigen.

Er hörte ein leises Rascheln. Bildete er sich das ein, oder saß sie auf dem Nachbarbalkon?

«Hallo?», wisperte er.

«Hey, Tom, wie geht es dir?»

«Es war ein wunderschöner Tag, findest du nicht auch?»

«Ja.»

«Und jetzt sitzen wir hier beide, jeder für sich.»

«Soll ich kommen?»

«Willst du denn?»

«Nur wenn du willst.»

«Nein, sag du zuerst.»

«Nein, du.»

«Ich will.»

«Ich auch.»

Könnte es so ablaufen? Oder war das nur ein Wunschtraum? Mal angenommen, er ginge zu ihr hinüber, was sollte er ihr überhaupt sagen? Oder sollte er gar nichts sagen und sie einfach nur küssen? Vielleicht sollte er warten, bis sie ...? Und wenn sie es dann nicht tat? Weil sie der Mut verließ und ihr plötzlich Zweifel kamen? Wie stand er dann da?

«Hallo?», hörte er ihre Stimme von drüben.

«Hallo.»

«Wie fühlst du dich?»

«Soll ich ehrlich sein?»

«Ja», sagte sie.

«Ich traue mich nicht.»

«Bitte.»

«Ich würde gerne zu dir kommen», sagte er und biss sich auf die Lippen.

Stille.

«So?» Das klang streng.

«Ja.»

«Hmm.»

«Jetzt musst du auch ehrlich sein», sagte er.

«Das ist gar nicht so einfach.»

Stille.

«Also gut, ich mag dich, Tom, du bist ein ganz toller, wertvoller Mensch. Aber wir sind sehr verschieden, findest du nicht?»

«Und?»

«Wie gesagt, ich finde dich nett, aber nicht so, dass ich mit dir ... du verstehst schon, was ich meine. Es passt einfach nicht.»

«Und warum hast du uns dann im Hotel eingemietet?»

«Das war spontan, weil es geregnet hat und ich müde war. Ich hatte keine Lust mehr, mit dem Taxi ...»

«Verstehe.»

Sie gähnte laut. «Am besten gehe ich jetzt schlafen. Wir können ja morgen früh schön zusammen frühstücken. Dann kann ich es dir vielleicht besser erklären. Gute Nacht, Tom, du bist ein guter Freund.»

So oder so ähnlich war es vermutlich realistisch.

Es hörte auf zu regnen. Vielleicht saß sie wirklich nebenan, er wusste es nicht. Er blieb auf seinem Balkon und wagte kaum zu atmen. Das mit Annkathrin durfte nicht in einer Katastrophe enden, auf keinen Fall.

Es ging ja auch so.

Auch wenn es toll wäre, keine Frage.

Er musste sich nur trauen.

Nein, Tom, nein nein nein!

Einundzwanzig

Am nächsten Morgen wachte Tom für seine Verhältnisse spät auf. Er hatte in der Nacht lange wach gelegen, irgendwann musste er dann doch eingeschlafen sein. Durch die Balkontür blickte er auf die Ostsee, auf der die ersten weißen Segel zu sehen waren. Er duschte heiß und lange. Diese Dusche hätte er gerne ins Forsthaus mitgenommen. Danach musste er sich beeilen, es war zwanzig vor neun, Annkathrin und er hatten sich für Viertel vor neun im Frühstücksraum verabredet. Er zog sich hastig an und eilte mit nassen Haaren hinaus in den Flur. Vorsichtig klopfte er an ihre Tür. Keine Reaktion. Er klopfte noch einmal lauter – wieder nichts. Sie wird schon unten sein, sagte er sich und eilte die Treppe herab. Der Frühstücksraum war voll besetzt, Annkathrin konnte er nirgends entdecken.

«Darf ich um Ihre Zimmernummer bitten?», fragte eine Kellnerin.

«112.» Die Nummer hatte er sich gut merken können.

Sie sah auf ihre Liste. «Herr Winter?»

«Ja?» Er bekam einen trockenen Mund. Hatte er etwas falsch gemacht?

«Ich habe eine Nachricht für Sie.» Sie zog einen kleinen Briefumschlag aus ihrer Schürze.

«So? Äh, ja, danke.»

Er öffnete den Umschlag. Es war eine Nachricht von Annkathrin: *Musste los, Gruß A.*

Sie war weg? Und das war alles? Nur dieser Zettel? Der Tag gestern hatte also nur für ihn mehr bedeutet? Es musste so sein, sonst wäre sie nicht einfach so verschwunden.

Tom nahm einen kurzen Kaffee an der Theke und verzichtete aufs Frühstück. Ins Zimmer brauchte er ohnehin nicht mehr, er hatte ja kein Gepäck dabei. Er gab den Schlüssel an der Rezeption ab und verließ das Hotel im Laufschritt. Direkt vor der Tür stand ein Taxi. Einen Moment überlegte er, zu Fuß nach Kellenhusen zu gehen, aber dann sprang er in den Wagen und ließ sich zurück in den Wald fahren.

Unschlüssig lief er im Forsthaus auf und ab. Was konnte er jetzt tun, ganz konkret? Ein Buch lesen? Er schlug den «Schimmelreiter» von Theodor Storm auf, aber die Buchstaben verschwammen vor seinen Augen. Vielleicht war der Roman einfach zu düster, also schnappte er sich den «Kleinen Prinzen». Funktionierte auch nicht. Nächster Versuch: Er setzte sich ans Klavier. Aber seine Finger waren wie gelähmt und wollten sich nicht bewegen. Also Laufschuhe an und querfeldein zum Mondspiegel rennen? Dort im dunklen Wasser untertauchen? Brachte heute nichts, das spürte er. Er hätte mit Hans und Emma im Wald reden können oder mit Amelie und Fabian, aber er wusste, dass sie ihm heute keine Antwort geben würden. Das erste Mal bot ihm der Wald keinen Schutz mehr. Kein Mondspiegel würde ihm magische

Kraft schenken, keine Lichtung ihn aufheitern. Noch spürte er nichts, aber die Eisenklammer an seinem Nacken würde früher oder später wieder zupacken. Also weg hier!

Es war selten vorgekommen, aber wenn er mal aus dem Wald rausmusste, hatte er immer eine kleine Kreuzfahrt gemacht. Er sprang in seinen Jeep und fuhr zur sogenannten «Vogelfluglinie», der Autobahn eins nach Norden. Wie immer war viel Urlaubsverkehr, sodass er sich sehr aufs Fahren konzentrieren musste. Schon das lenkte ihn etwas ab. Die Europastraße endete in Puttgarden auf Fehmarn, vor der Fähre nach Dänemark. Er stellte den Jeep neben dem Hotel Dania in der Nähe des Hafens ab, ein schmuckloser achtstöckiger Siebziger-Jahre-Quader, den man hier mitten in die flache Landschaft geklotzt hatte. Vom Dania ging er ein paar Meter hinüber zu den Schiffen, die im Stundentakt nach Rödby auf der dänischen Insel Lolland fuhren.

Im Terminal zog er ein Ticket aus dem Automaten und ging mit einem Pulk Touristen durch den langen verglasten Gang an Bord der «Prinsesse Benedikte», die Autos, Lkws und die Waggons des ECs Paris–Kopenhagen transportierte. Die weißen Aufbauten der Fähre leuchteten vor der See in der Sonne, der «Danebrog», die rote dänische Fahne mit dem weißen Kreuz, wehte neben dem Schornstein. Das Schiff fuhr eine Stunde hin, eine zurück, man durfte mit dem Ticket den ganzen Tag an Bord bleiben.

Für die meisten Reisenden war die Fähre eine schwimmende Raststätte. Es gab mehrere Restaurants, eine Wechselstube, einen riesigen Duty-free-Shop und Andenkenläden, die sich in einer großen Shoppingmall in der Mitte des Schiffes befanden. Passagiere aus allen europäischen Ländern kauften hier ein, ein ganzer Zug mit Pariser Schulkindern war an Bord, ansonsten viele Dänen, Schweden und Deutsche. In diesem Gewusel war er genau richtig.

An Bord steuerte er zielstrebig auf die einarmigen Banditen zu, die grell vor sich hinblinkten und laute Signalgeräusche abgaben. Die Aufschrift war auf Dänisch, einer nannte sich «Orient Expressen», auf ihm waren Kamele und fliegende Teppiche zu sehen. Das letzte Mal war er Heiligabend zum Spielen hergekommen, und nach der sechsten Fahrt hatte das dänische Bordpersonal ihn sogar zum Mitfeiern im Restaurant eingeladen. Er hatte dankend abgelehnt.

Er tauschte ein paar Euro gegen dänische Kronen ein und setzte sich auf einen Barhocker, von dem aus er gleichzeitig zwei Automaten mit Geldmünzen bedienen konnte. Das war sinnlos, lenkte ihn aber ab. Draußen kam die Sonne raus, und er saß in einer Spielhölle mitten auf dem Meer. Hier fühlte er sich einigermaßen gut. Wirklich?

So ganz funktionierte es nicht, denn Annkathrin war die ganze Zeit bei ihm. Sie blickte ihm über die Schulter, saß auf einem fliegenden Teppich genau vor seiner Nase. Sie sprach ihm so dicht ins Ohr, dass es kitzelte. Er bekam sie einfach nicht aus dem Kopf.

Nach kurzer Zeit waren sie auf der dänischen Seite. Der Fährhafen in Rödby auf Lolland wirkte etwas trostlos, jedenfalls der Teil, den man von der «Prinsesse Benedikte» aus erkennen konnte: große Betonsilos, Bahngleise und der Beginn der Autobahn nach Kopenhagen. Gleich daneben lockten wunderschöne einsame Strände.

Auf der Rückfahrt ging er kurz an Deck, wo ihm ein frischer Wind um die Nase wehte. Da Annkathrin auch hier die ganze Zeit bei ihm war, hätte er eigentlich auch zurück in den Wald fahren können. Aber die Bäume dort sprachen nicht mehr mit ihm, und das war eigentlich noch schlimmer als hier, wo er gar nicht erwartete, dass jemand mit ihm redete. Nein, es war besser, im Niemandsland auf hoher See zu sein.

Nach der dritten Fahrt passierte etwas, was er noch nie erlebt hatte: Er gewann auf einen Schlag zweitausenddreihundert dänische Kronen, das waren etwas über dreihundert Euro! Die Maschine spielte laute, irre Melodien, die Passagiere liefen hinter ihm zusammen, um zuzuschauen, wie er das Münzgeld aus dem Schacht schaufelte. Es war so viel, dass er es gar nicht in seine Taschen bekam. Ein philippinischer Angestellter der Reederei eilte herbei, gratulierte ihm auf Dänisch und hatte eine Stofftasche für die Münzen dabei.

Am liebsten wäre er die nächsten Wochen hier an Bord geblieben. Denn sein größtes Problem würde sein, von hier aus zurück in den Wald zu finden. Er hatte keine Ahnung, wie er das hinbekommen könnte. Sein Handy riss ihn aus seinen Gedanken. Annkathrin? Leider nicht, es war nur Dr. Brennecke. Fast hatte Tom vergessen, wer das überhaupt war.

«Ich muss Sie sprechen, so schnell wie möglich», sagte Brennecke knapp.

«Ja?»

«Aber nicht am Telefon.»

Tom überlegte kurz. Die «Prinsesse Benedikte» legte gerade in Puttgarden an. «In einer guten Stunde könnte ich in Lübeck sein», bot er an.

Sie verabredeten sich beim Yachtclub in Lübeck-Travemünde.

Was wollte Brennecke von ihm? Und wieso ging das nicht telefonisch?

Als er im Travemünder Hafen um die Ecke bog, staunte er. Er hatte eine mondäne Marina mit makellos gelackten Yachten und einem schicken Clubhaus erwartet. Stattdessen hatten hier Fischkutter neben Tonnenlegern und Sportbooten festgemacht, es roch nach Fisch und Altöl. Er stieg aus und schlenderte auf die Bootshallen zu, die als Winterquartier für die Boote dienten und im Sommer normalerweise leer standen. Nun parkten hier Kutschen, von der Hochzeits- bis zur Bestattungskutsche. Er erkannte sie sofort: Sie stammten aus Bauer Petershagens Scheune. Ihm kam vor Augen, wie Annkathrin bei Petershagen auf dem Mähdrescher gesessen hatte. Nie hätte er vermutet, dass sie auf einem Bauernhof groß geworden war. Ob sie wohl jemals wieder mit ihm durch Ostholstein fahren würde? Bald würde es gar keinen Anlass mehr dazu geben, denn die Organisation der Konzerttorte war schon recht weit fortgeschritten. Gut Behnskow, das von Anfang an gesetzt war, Friedas Dorfkirche, falls Waikonen zustimmte. Nur von der Lichtung im Kellenhusener Wald als Ersatz für Petershagens Scheune wusste Brennecke noch nichts, davon müsste er ihn gleich überzeugen.

Neben den Kutschen war ein alter Kajütsegler auf einem hohen Gestell aufgebockt. Am Bug war das Holz zersplittert und ein fußballgroßes Loch zu sehen. Wahrscheinlich ein Fehler beim Anlegen. Tom staunte nicht schlecht, als Bauer Petershagen unter der Hochzeitskutsche hervorgekrochen kam.

«Moin», sagte Tom verblüfft.

«Moin.»

«Tut mir leid wegen Ihrer Scheune.»

Petershagen zuckte mit den Achseln. «Was willst du machen? Schicksal.»

«Die Achse ist klar», rief eine andere Stimme unter der Kutsche, die ihm ebenfalls bekannt vorkam. Ein Mann mit einem ölverschmierten Overall kroch hervor, Tom hätte ihn fast nicht erkannt. Es war Dr. Brennecke.

«Auch die Aufhängung ist wieder okay», versicherte er Petershagen. «Solltest du aber zur Sicherheit vielleicht noch etwas abschmieren.»

«Bedankt», sagte Petershagen.

«Da nicht für.» Brennecke drehte sich zu Tom: «Moin, Herr Winter, da sind Sie ja.»

Die nächste Überraschung war, dass Brennecke nun über eine lange Leiter auf den alten Kajütsegler mit dem Bugschaden kletterte; es schien sein Boot zu sein. Dem Vorstand einer Aktiengesellschaft hätte er so einen Seelenverkäufer niemals zugetraut.

«Da passt du einmal nicht auf – und bang!», rief Brennecke und deutete auf den zertrümmerten Bug. Dann winkte er Tom zu sich. Tom folgte ihm über die Leiter an Bord, sie setzten sich aufs Achterdeck. In der Halle neben den Kutschen musste das reichlich absurd wirken, etwa so, als sei das Meerwasser unter ihnen abgelaufen.

«Wie ersetzen wir denn jetzt die Scheune von Hannes? Die Zeit drängt ja nun.» Er deutete auf die Kutschen von Petershagen. «Es ist wirklich zu schade, dass das nicht geklappt hat. Der Ort wäre perfekt gewesen, davon bin ich inzwischen überzeugt.»

«Frau Gehrke und ich haben eine Alternative gefunden», sagte Tom.

Brennecke machte große Augen. «Super! Wo denn?»

Tom räusperte sich. «Eine Lichtung im Wald von Kellenhusen. Da kann man zwischen den Bäumen aufs Meer gucken.»

«Wollen Sie mich auf den Arm nehmen? Eine Lichtung im Wald? Und was ist, wenn es regnet?»

«Wird es nicht.»

Brennecke lachte hämisch. «Ach ja? Und wenn doch, stehen fünfzig Musiker im Wasser, und wir können hinterher ihre sauteuren Instrumente ersetzen. Außerdem sind unsere Gäste keine Survival-Künstler. Mensch, eine Lichtung, ihr habt sie ja wohl nicht alle!» Er beugte sich über die Reling zu Petershagen, der dort weiter an seiner Hochzeitskutsche herumschraubte. «Hast du gehört, womit die deine Scheune ersetzen wollen, Hannes? Mit 'nem Stück Wald!»

Petershagen reagierte gelassen. «Meine Kutschen kann ich auch da hinbringen.»

«Willst du die durch die Bäume quetschen, oder was?»

Nun wandte Brennecke sich wieder an Tom. «Ich sage Ihnen, was wir tun: Wir mieten sofort die Musik- und Kongresshalle in Lübeck, und zwar verbindlich. Die hatten Sie doch für den dreizehnten August reserviert, richtig?»

Tom lief ein Schauer über den Rücken. «Nein, für den vierzehnten.»

Brennecke lief vor Wut zartrosa an: «Das ist ausgeschlossen! Am vierzehnten ist die Halle belegt, das habe ich Ihnen zweimal gemailt. Das kann nicht wahr sein!»

Tom zuckte zusammen, hatte er die Termine vertauscht?

Das konnte nicht sein! Das Konzert hatte doch genau zwischen eine Pferdemesse und die Hitparade der Volksmusik gepasst! Wobei es beim Konzert nicht mehr nach Pferd riechen würde, das hatte man ihm versprochen.

Brennecke zückte sein Handy. «Ich rufe Frau Gehrke an, die soll das wieder rückgängig machen. Das Konzert muss am dreizehnten stattfinden. Notfalls rede ich mit dem Bürgermeister, den kenne ich persönlich.»

Das würde nichts ändern, die Halle war am dreizehnten belegt.

«Ich bin absolut sicher, dass ich den vierzehnten ...», setzte Tom an. Er konnte schwören, dass Brenneckes persönliche Assistentin ihm das Datum geschickt hatte, aber das ließ sich hier auf dem Achterdeck seines aufgedockten Holzseglers schlecht beweisen.

«Das haben Sie so was von verpatzt! Darum soll sich jetzt Frau Gehrke kümmern. Von Ihnen will ich nur noch eins: Waikonen kommt morgen auf dem Hamburger Flughafen an ...»

«Morgen schon? Ich dachte ...»

«Mit Terminen haben Sie es nicht so, was? Auf jeden Fall holen Sie Waikonen zusammen mit Frau Gehrke in Hamburg ab, bringen ihn ins Hotel nach Lübeck, und dann sind Sie raus. Ich zahle Ihnen auch eine Abfindung, wenn es sein muss. Mann, mit was für'm Mist man sich hier rumärgern muss!»

Tom wurde heiß. Das hieß, er würde Annkathrin morgen wiedersehen!

Zweiundzwanzig

Der Ankunftsbereich im Hamburger Flughafen erinnerte
Tom an den Wald von Kellenhusen: wie ein einziges Gewusel
von Würmern, Insekten und Rehen, hin und wieder huschte
ein Dachs oder ein Fuchs durchs Bild. In den Gängen gab
es Lichtungen mit Parfümshops, Wildpfade zwischen Su-
permarktregalen und Geschenkeläden. Tom stellte sich vor
die beiden automatischen Türen zum Sicherheitsbereich,
die ständig auf, und zugingen, um die unterschiedlichsten
Menschen auszuspucken. Große, kleine, alte, junge, braun
gebrannte und blasse. Urlauber, die laut kreischten, als sie
nach einer Woche Mallorca ihre Angehörigen wiedererkann-
ten. Mehrere arabische Großfamilien – oder gehörten sie alle
zu *einer* Familie? Unzählige Firmenschilder wurden hoch-
gehalten, «Airbus», «Philips» und «Reemtsma». Vor der
Sixt-Autovermietung stand ein nagelneuer Porsche, darüber
der Werbespruch auf einem großen Banner: «Schön, dass Sie
keiner abholt. Dann dürfen Sie diesen nehmen.» Aber dieser
Slogan betraf Tom nicht, sein Mietwagen war größer als ein
Porsche, dafür aber genauso schnell.

Er ließ den Blick über die Menschen schweifen, schaute förmlich durch sie hindurch, denn ihn interessierte nur eins: irgendwo Annkathrins Lächeln zu entdecken. Würde sie überhaupt lächeln, wenn sie ihn sah? Der Zettel im Hotel war das Letzte, was er von ihr gehört hatte. Sehr kurz und schmerzlos. Egal, was war, sie mussten darüber reden, das war sie ihm schuldig. Klar, große Hoffnungen machte er sich nicht mehr, aber er wollte sie sehen. Was sie wohl tragen würde? Ein Business-Kostüm, wie auf den gemeinsamen Fahrten, oder eher etwas Lässiges?

Da war sie! Sie trug Jeans und Bluse und stand mit dem Rücken zu ihm, etwa zwanzig Meter von ihm entfernt. Sein Herz schoss in den Schnellgang. Er zögerte kurz, dann sprintete er los, mitten durch eine Gruppe von Japanern hindurch.

«Annkathrin!», rief er.

Sie reagierte nicht. Also war sie doch sauer. Irgendetwas musste er falsch gemacht haben. Aber was? Eigentlich hätte doch *er* sauer sein müssen, aber das war er gar nicht. Er rief noch einmal, leiser: «Annkathrin, bitte ...»

Die Frau drehte sich um: «Can I help you?»

Sie hatte keine Sommersprossen. Und auch nicht Annkathrins Nase und Augen. Es war jemand anderes.

«Sorry», murmelte er und drehte sich um.

Seltsam, sie hätte schon vor einer halben Stunde da sein müssen. Hotelnacht hin oder her, es war einfach nicht ihre Art, zu spät zu einem beruflichen Termin zu erscheinen. Er zog sein Handy raus und wählte die Nummer der Lübecker Zentrale.

«Mansfeld AG, Beetz ...» Der Stimme nach war es die unfreundliche Frau vor dem Wasserfall an der Rezeption.

«Tom Winter hier, ich stehe am Hamburger Flughafen und warte auf Frau Gehrke ...»

«Ja?», kam es kühl aus dem Hörer.

«Wissen Sie vielleicht, wo sie steckt?»

«Frau Gehrke wird nicht kommen, sie ist in Stuttgart.»

Er zuckte zusammen.

«Und Waikonen?», murmelte er.

«Mein PC sagt, dass er vor siebzehn Minuten im Hamburg gelandet ist», antwortete sie spitz. «Das sollten Sie allerdings besser wissen als ich.»

Kontrollierte sie die Ankunftszeit etwa von ihrem Computer aus? Tom legte grußlos auf. Am liebsten wäre er nach Hause gefahren. Es war völlig sinnlos hier ohne Annkathrin. Jetzt hatten sie gemeinsam darauf hingearbeitet, dass die Konzertreihe an den tollsten Orten stattfand, und jetzt, wo die Hauptperson eintraf, verdrückte Annkathrin sich einfach?

Er schrieb ihr eine SMS: «Schade.» Kurz darauf kam die Antwort: «Ja.» Das erste Lebenszeichen seit Tagen, es war frustrierend. Andererseits hätten sie in Waikonens Anwesenheit ohnehin nicht richtig reden können. Er beschloss, die Gedanken an Annkathrin vorerst beiseitezuschieben. Immerhin hatte er hier einen Job zu erledigen. Den würde er noch ordentlich zu Ende bringen, auch wenn danach Schluss war.

Tom blickte auf die elektronische Anzeigetafel. Waikonen kam aus Frankfurt, gleich würde er aus dem Sicherheitsbereich treten. Tom hatte sich im Internet Bilder von ihm angeschaut: ein korpulenter Mann um die fünfzig mit schwarzen Locken und einem wilden Bart, wie Tom ihn im Winter auch getragen hatte. Unzählige Geschäftsleute traten heraus, in ihren Anzügen sahen sie alle gleich aus. Unter sie mischten sich ein paar müde Fernreisende. Er selbst war noch nie in seinem Leben geflogen.

Eine halbe Stunde später war Waikonen immer noch nicht da, und Tom war reichlich genervt: Wo blieb er denn nur? Er wartete noch ein paar Minuten, dann griff er erneut zum Telefon. In dem Moment ertönte durch die Lautsprecher eine Durchsage: «Der Abholer von Samu Waikonen möge sich bitte zur Bundespolizei begeben.»

Die beiden schnauzbärtigen Beamten am Eingangstresen der Bundespolizei musterten ihn feindselig. Sie waren noch keine dreißig und sahen aus wie Zwillinge, nur dass der eine blond und der andere braunhaarig war.

«Kennen Sie diesen Herrn?», fragte der Blonde und deutete auf einen beleibten Kerl mit schwarzen Locken, der auf einer Sitzbank lag und schlief. Er trug einen schwarzen Anzug und ein rosa Hemd, das ziemlich zerknittert aussah. Was Tom allerdings viel mehr irritierte, waren seine nackten Füße.

«Ja.» Tom schluckte.

Der Braunhaarige zeigte auf zwei riesige Koffer. «Der muss hier weg, samt Gepäck, und zwar zügig!»

«Was ist mit ihm?»

«Er hat sich geweigert, im Flugzeug Schuhe und Strümpfe anzuziehen.»

«Ist das ein Verbrechen?»

«Für die Airline schon, die wollten, dass wir ihn von Bord eskortieren. Also nehmen Sie ihn bitte unverzüglich mit.»

«Mein Wagen steht im Parkhaus, könnten Sie mir vielleicht mit dem Gepäck helfen?»

«So weit kommt das noch», protestierte der Blonde. «Wir haben hier Wichtigeres zu tun.»

Tom ging unbeeindruckt zu Waikonen, setzte sich neben ihn auf die Bank und kam mit seinem Gesicht ganz nahe an Waikonens Ohr. «Hello, Mr. Waikonen, welcome to Germany. My name is Tom Winter. I'm your driver.»

Waikonen öffnete die Augen einen Spalt. Er starrte ihn an wie einen Außerirdischen. Sein schräger Blick schien zu fragen: Wie bist du auf diesen Planeten gekommen, und wofür sind die Antennen auf deinem Kopf? So verpeilt sah er jedenfalls aus, und fortbewegen wollte er sich offenbar auch nicht. Was jetzt? Erst den Komponisten und dann den Koffer? Oder umgekehrt? Tom beschloss, den guten Mann erst einmal bei der Bundespolizei sitzen zu lassen, und schleppte das Gepäck zu seinem schwarzen Miet-Mercedes. So war Waikonen die ganze Zeit unter Beobachtung. Wer wusste schon, was der sich sonst noch auszog ...

Fünfzehn Minuten später kam Tom zurück und baute sich vor dem Finnen auf. «What about you, Mr. Waikonen?», fragte er.

«Schon gut, ich spreche Deutsch», erklärte der mit dröhnender Stimme und richtete sich auf. «Alles Spießer hier, kleinkarierte Idioten!»

«Vorsicht», warnte der Blonde.

«Er hat im Flugzeug randaliert», erklärte sein Kollege.

«Die haben mich zu dritt festgehalten und wollten mir unter Zwang die Strümpfe anziehen, da habe ich mich gewehrt, das ist doch normal», rief Waikonen. «Was ist schlimm an meinen Füßen, frage ich euch?»

Tom zuckte mit den Achseln und half Waikonen hoch. Der

Mann war hundemüde und nach dem langen Flug sehr unsicher auf den Beinen, er wankte leicht hin und her. Sollte er ihn stützen, oder würde er das als Affront empfinden? Tom ließ ihn erst mal alleine gehen, was die falsche Entscheidung war. Auf dem Weg zum Parkhaus krachte er prompt in einen Ständer mit heruntergesetzten Sonnenbrillen. Tom sammelte die Brillen wieder auf und steckte sie zurück an ihren Platz. Innerlich kochte er. Es war eine ziemliche Zumutung, was er hier für die Mansfeld AG leisten musste. Und das, obwohl er eigentlich schon gefeuert war.

Er war froh, als Waikonen endlich auf dem Rücksitz des Mercedes saß. Jetzt musste er ihn nur noch anschnallen, doch er stellte schnell fest, dass der Gurt niemals um Waikonens Körperumfang passen würde. Dem Musiker war es egal, er verzichtete auf den Gurt.

«Ist es nicht herrlich?», kicherte Waikonen, als Tom angefahren war. «Ich habe mit einem Freund in L.A. gewettet, dass ich eine Woche barfuß herumlaufe. Dafür bekomme ich von ihm eine Woche in seinem Ferienhaus auf Hawaii. Da habe ich wohl verloren.»

«Es war eine Wette?» Das klang bekloppt, aber irgendwie sympathisch.

«Für viele ist das perverser, als nackt durch die Straßen zu laufen. Die tun überall so, als sei der Dreck unter den Schuhen nicht so schlimm wie der unter meinen Füßen. Dabei wasche ich sie bestimmt sieben Mal am Tag ...»

Tom grinste.

«Aber egal. Können wir gleich an den Konzerttorten vorbeischauen?»

Draußen war es bereits dunkel.

Tom räusperte sich. «Ein bisschen später.» Das würde dann wohl Annkathrin allein übernehmen, er war ja draußen. Irgendwie bedauerte Tom plötzlich, dass er mit diesem schrägen Typen in Zukunft nichts mehr zu tun haben würde. Er mochte ihn auf Anhieb.

Tom fuhr auf die A1 nach Lübeck. Der Mercedes fühlte sich wie ein Raumschiff an. Er staunte, die S-Klasse erzeugte auch bei hohem Tempo im Innenraum fast keine Fahrgeräusche.

«Wir haben tolle Orte für Ihre Konzerte gefunden», rief Tom vom Fahrersitz aus.

«Ach, das sagen sie alle, und am Ende ist es ja doch immer dasselbe.»

«Nein, unsere Plätze sind wirklich etwas Besonderes. Sie werden sehen.»

«Wer hat sie gefunden?»

«Ich.»

«Sie? Der Fahrer?» Waikonen machte große Augen.

«Und Annkathrin Gehrke. Die macht ansonsten Sauna und Pilates.»

«Pilatus? Der römische Statthalter, der Jesus ans Kreuz gebracht hat?»

«Nein, Pilates, das Körpertraining.»

«Ich brauche kein Training.»

Seine Deutschkenntnisse wurden offensichtlich von dem Jetlag etwas in Mitleidenschaft gezogen. Im Spiegel sah Tom, dass Waikonens Augen schwer wurden, sie klappten immer wieder zu. Tom versuchte es trotzdem:

«Wir haben eine abgelegene kleine Kirche mit einem riesigen Kräutergarten und eine Lichtung im Wald. Und natürlich Gut Behnskow von unserem Sponsor, das ist ein Wellness-Hotel.» Waikonen sagte nichts dazu, er war eingeschlafen und schnarchte laut auf dem Rücksitz.

In Lübeck fuhr Tom die Willy-Brandt-Allee runter zum besten Hotel der Stadt. Es war das Flaggschiff der Mansfeld AG, ein Glaspalast zwischen Trave und Stadtgraben, direkt am Wasser. Dort angekommen, weckte er seinen Gast, half ihm aus dem Auto und schleppte ihn ins Hotel.

«Samu Waikonen, wir hatten reserviert», sagte Tom keuchend an der Rezeption. Immer noch stützte er den vor Müdigkeit schwankenden Waikonen ab. Der uniformierte Mann hinterm Tresen versuchte so zu tun, als sei es normal, dass sein Gast barfuß unterwegs war. «Doppelzimmer für Sie beide?»

«Nein, Einzel. Ich bin sein Fahrer.»

Der Rezeptionist beugte sich zu Tom vor. «Er ist betrunken?», flüsterte er und blickte angeekelt auf Waikonens Füße.

«Nein, nur müde und barfuß», nuschelte Waikonen.

Hinter ihnen hatte sich bereits eine Schlange wichtig aussehender Geschäftsmänner gebildet. Sie sahen Tom und Waikonen missbilligend an, tuschelten, einige rissen Witze. Tom atmete einmal tief durch. Gleich würde er Waikonen aufs Zimmer schleppen, wo der sich erst mal gründlich ausschlafen würde. Dann war er raus. Er würde zurück in den Wald gehen und versuchen, Annkathrin zu vergessen.

«Ich habe keine Lust auf diesen Edelschuppen», hörte er den Komponisten jetzt sagen. «Das sieht hier so steril aus wie im Operationssaal! Hier wohnen nur Idioten!»

«Wie, Sie möchten nicht bleiben?», fragte Tom. Er traute seinen Ohren nicht.

«Bitte bringen Sie mich woanders hin.»

Der Mann an der Rezeption starrte Waikonen an wie einen Außerirdischen. Thekla hatte ihn gewarnt, dass Waikonen kein einfacher Mensch war. *Und für dich haben wir all unsere Touren unternommen*, dachte Tom. Aber irgendwie war es auch witzig, wie die alle in der Hotelhalle guckten. Tom half Waikonen zurück nach draußen, verfrachtete ihn erneut auf den Rücksitz des Mercedes, wo der Komponist sofort wieder einschlief. Es war ein paar Minuten nach Mitternacht. Und jetzt?

Um diese Zeit konnte er niemanden anrufen, bei der Mansfeld AG war keiner mehr da. Und auf eigene Faust ein neues Hotel suchen ging auch nicht, er war nun wirklich kein Experte. Genauer gesagt, kannte er auf der ganzen Welt bloß das Strandhotel in Grömitz, und das war nur wegen des Badezimmers zu empfehlen ...

Unschlüssig fuhr er auf die Autobahn 1 Richtung Norden. Bei Cismar fuhr er ab und nahm die Landstraße. Er stellte die Klimaanlage aus und ließ das Schiebedach auffahren. Die kühle Nacht drang ins Innere des Wagens, es roch nach feuchtem Wald, Blättern und Fichtennadeln. Tom lächelte. Die Bäume erwiesen sich heute Nacht wieder als verlässliche Freunde, sie waren bereit, ihn zu empfangen. Waikonen sollte sich erst mal im Forsthaus ausschlafen, morgen würde man weitersehen.

Wo Annkathrin wohl gerade steckte? Vermutlich schlief sie tief und fest. Was würde sie sagen, wenn sie erfuhr, dass er den großen Waikonen mit zu sich in den Wald genommen hatte? Und Brennecke erst! Er würde toben, so viel war klar.

Dreiundzwanzig

Am nächsten Morgen wachte Tom auf dem harten Holzfußboden neben den Kinderstühlen auf. Verschlafen blinzelte er durchs Fenster. Draußen war es grau. Die Vögel waren zu hören, aber kein Schnarchen, was er bei dem beleibten Komponisten erwartet hätte. Tom hatte für ihn extra sein Bett neu bezogen. Er pulte sich aus dem Schlafsack und warf in der Küche die Kaffeemaschine an. Waikonen würde einen kräftigen Kaffee gut gebrauchen können. Vorsichtig tapste Tom in Richtung Schlafzimmer, linste durch die halb offene Tür – und erschrak. Da lag kein Komponist, das Zimmer war leer.

Er öffnete die Tür ganz und schaute sich um. Nein, der Mann war auch nicht aus dem Bett gefallen. Er war wirklich weg. Wo konnte er sein? Doch nicht etwa im Wald? Dort würde er sich mit Sicherheit verlaufen. Was das bedeutete, mochte Tom sich gar nicht vorstellen. Sie müssten die Polizei benachrichtigen, Thekla musste informiert werden – und natürlich Brennecke. Er rannte hinaus und schaute sich in allen Richtungen um. Kein dicker Mann mit dunklen Locken war zu entdecken. Sollte er loslaufen, um ihn zu suchen? Wo sollte er anfangen? Nein, das hatte keinen Sinn, Waikonen konnte überallhin gegangen sein.

«Guten Morgen!», ertönte hinter ihm eine sonore Bassstimme. Tom fuhr ein Schreck durch die Glieder. Er drehte sich um. Waikonen stand im schwarzen Anzug mit einer prall gefüllten Nahkauf-Plastiktüte vor ihm und grinste ihn an. Irgendwie hatte er anscheinend aus dem Wald herausgefunden und war einkaufen gegangen. Wobei seine größte Leistung war, dass er es danach wieder zurück zum Forsthaus geschafft hatte. Tom schaute hinunter auf seine Füße: Er sah ihn das erste Mal in Schuhen.

«Moin, Herr Waikonen», sagte Tom.

«Ich bin Samu.»

«Tom.»

«Du hast es herrlich hier, Tom!»

«Finde ich auch.»

«Ich bin begeistert, hier im Wald ist es wie in Finnland. – Frühstück?»

«Kaffee läuft bereits durch.»

Waikonen stellte Butter, eine Tüte Brötchen und zwei Gläser Marmelade auf den Tisch in der kleinen Küche. Dann griff er noch einmal in die Tüte und fischte zwei Flaschen Champagner heraus.

«Den gibt es im Nahkauf sogar gekühlt!», rief er begeistert.

Was Tom nicht mal geahnt hätte. Sie setzten sich an den Küchentisch, auf dem einer der Steine aus Brenneckes Konferenzraum lag.

«Mein Arzt empfiehlt mir, dass ich etwas weniger werde», erklärte Waikonen mit ernstem Gesicht, als er sich ein Brötchen dick mit Butter bestrich und einen Berg Johannisbeermarmelade darauf träufeln ließ. Er streichelte seinen runden Bauch. «Ich mache gerade Trennkost.»

«Und wie geht das?»

«Ich trinke zum Essen keinen Alkohol.»

Tom lachte. «Und davon nimmt man ab?»

«Keine Ahnung, das wird sich noch zeigen. Hast du zwei Gläser?»

«Für den Champagner?»

«Wofür sonst?»

«Klar.» Tom besaß zwar keine Sektgläser, aber Samu störte sich auch nicht an Wassergläsern. Er reichte Waikonen eins.

«Du nicht?»

Tom schüttelte erst den Kopf, hielt ihm dann aber das zweite Glas hin. «Na gut.»

Sie stießen an. Tom trank fast nie Alkohol, der Wein mit Annkathrin auf der Grömitzer Promenade war eine Ausnahme gewesen. Als er den ersten Schluck Champagner nahm, hörte er draußen eine Fahrradklingel. Wer konnte das sein? Annkathrin? Sein Herz schlug schneller. Aber wieso kam sie mit dem Fahrrad? Mit rotem Kopf ging er zur Tür und staunte ein weiteres Mal an diesem Morgen. Vor ihm stand niemand anderes als Frieda, die wild gelockte Organistin. Sie strahlte ihn an.

«Moin, Tom.»

«Moin», grüßte Tom zurück. Er versuchte ein Lächeln, obwohl er enttäuscht war, dass sie nicht Annkathrin war. Aber dafür konnte Frieda ja nichts.

«Ich würde gerne etwas mit dir besprechen, hast du kurz Zeit?», fragte sie.

«Wie hast du mich denn gefunden?»

«Ich habe den Förster gefragt. Schöne Grüße von Kohli soll ich dir ausrichten.»

Dazu sagte er lieber nichts. «Bist du etwa den ganzen Weg mit dem Fahrrad gekommen?» Es waren bestimmt dreißig Kilometer von ihr zu ihm.

«Wie sonst?»

«Wann bist du denn losgefahren?» Tom war beeindruckt.

«Um sechs.»

«Komm rein, du hast Glück: Waikonen ist da.»

Sie riss die Augen auf. «Samu Waikonen?»

«Wir frühstücken gerade.»

Sie folgte ihm schüchtern ins Haus. Samu Waikonen stand auf, als Frieda die Küche betrat, und gab ihr lächelnd die Hand.

«Hallo, ich bin Samu.»

«Das ist Frieda, sie ist Organistin. Sie möchte in ihrer Kirche gerne dein Konzert spielen», sagte Tom. Hoffentlich ging jetzt nichts schief.

Frieda wurde rot. «Falls ich es überhaupt kann», sagte sie.

«Nimm Platz», bat Tom.

«Ihr trinkt Champagner?», fragte sie.

«Aus medizinischen Gründen», erklärte Waikonen und fügte hinzu: «Für den Kreislauf.»

Sie schaute erst ihn, dann Waikonen an. Wahrscheinlich hielt Frieda ihn jetzt auch für einen Alkoholiker.

«Möchtest du einen?», fragte Samu.

«Gerne.»

Tom holte ein weiteres Wasserglas und schenkte ihr ein.

«Was ist das für eine Kirche, in der du spielst?», fragte Waikonen.

Frieda erzählte von der Kirche auf dem Hügel, dem Kräutergarten und dem Wohnwagen, in dem sie lebte. Als sie fertig war, sah Waikonen sie eindringlich an. «Und warum möchtest du mein Konzert in deiner Kirche spielen?»

«Es gehört einfach an diesen Ort», antwortete Tom an ihrer Stelle.

Doch so leicht ließ sich Waikonen nicht überzeugen. «Das werden wir sehen.»

Anstatt weiter darauf einzugehen, erhob Frieda sich, ging zu ihrem Fahrrad und holte aus der Fahrradtasche ein paar Kräuter hervor. «Ihr braucht jetzt was Frisches», sagte sie und kochte ihnen nach dem zweiten Glas Champagner einen aromatischen Tee. Er sollte einem Kater vorbeugen und schmeckte Samu hervorragend.

«Wenn deine Orgel so gut ist wie dein Tee, kommen wir bestimmt zusammen», sagte Waikonen mit einem Augenzwinkern.

Der Komponist fingerte ein breites Notenheft aus seinem Koffer und schob es ihr hinüber. Sie schaute sich die Partitur genau an und sagte dabei kein Wort. Anscheinend konnte sie das Stück allein aufgrund der Noten in ihrem Inneren hören, erstaunlich. Anschließend sangen sich Samu und sie abwechselnd Passagen aus seiner Komposition vor und diskutierten darüber, welche Registerzüge an welcher Stelle einzusetzen wären.

«Hier die Oboe mit der Blockflöte ...»

«Nein, besser die Rohrflöte ...»

«Noch besser, trag das gleich ein!»

Waikonen setzte sich an Toms Klavier und spielte ihr einige Harmonien vor. Tom beobachtete das alles mit einem tiefen Glücksgefühl. Er war zwar von dem Champagner halb betrunken, aber er war nun sicher, dass das Konzert in Friedas Kirche stattfinden würde. Und dass sie es spielen würde.

Kurze Zeit später klopfte es erneut an der Tür. Wieder schlug Toms Herz höher. Aber es war nicht Annkathrin – sondern Thekla Kanerva.

In der kurzen Cargohose, die ihre braun gebrannten Beine zeigte, und dem khakifarbenen Hemd sah sie aus wie eine Tropenforscherin. Als Stiftungsvorsitzende hatte sie sich Sorgen gemacht, weil ihr finnischer Komponist das Hotel offensichtlich nicht erreicht hatte.

«Im Hotel wurde mir gesagt, dass du Samu Waikonen mitgenommen hast», sagte sie zu Tom.

Tom räusperte sich. «Darf ich vorstellen: Samu Waikonen, das ist Thekla Kanerva. Thekla Kanerva, das ist Samu Waikonen.»

«Schön, dass wir uns kennenlernen», sagte Waikonen und strahlte Thekla an. «Willst du auch einen Champagner?»

Oje, das war um diese Uhrzeit vielleicht doch die falsche Frage für die Leiterin der Kanerva-Stiftung.

«Gerne», sagte Thekla zu Toms Erstaunen.

Heute war einfach Champagner-Tag.

«Ich muss dir leider sagen, es gibt ein Problem mit den Konzerten», erklärte Thekla Samu. «Die Konzerthalle in Lübeck ist abgesprungen, und uns ist eine Scheune abgebrannt. Wir haben nun das Gutshotel Behnskow von unserem Sponsor, eine Kirche mitten in der Natur und eine Lichtung.»

«Eine Lichtung?», fragte Waikonen erstaunt.

«Ja, sie ist hier in der Nähe. Doktor Brennecke von der

Mansfeld AG ist allerdings strikt dagegen», mokierte sich Thekla.

«Wieso?»

«Es könnte regnen.»

«Ich will diese Lichtung sofort sehen», sagte Waikonen.

«Ich kenne sie selbst noch nicht», erwiderte Thekla.

Tom rieb sich die Hände und stand auf. «Also los.»

Waikonen fischte ein paar glänzende Halbschuhe aus seinem Koffer. Die waren zwar nicht gerade optimal für den Wald, aber immerhin besser, als barfuß über spitze Nadeln zu laufen.

Zu viert stapften sie vorbei an der Zahnspangen-Birke, weiter über geheime Wildpfade auf die grüne Mauer aus Tannen zu.

«Deine Kündigung kannst du übrigens vergessen», sagte Thekla zu Tom. «Du bist bei mir angestellt und nicht bei Brennecke. Ich habe erst heute Morgen davon gehört und bin sehr wütend geworden.»

«Okay», sagte Tom.

Dann sprach niemand mehr ein Wort. Sie hörten den Geräuschen des Waldes zu, Vögel, knackende Äste und knarzende Baumstämme. Vor dem Tannenwald zeigte Tom ihnen die Lücke, durch die sie hindurchgehen konnten, ohne dass ihnen Äste entgegenschlugen. Dahinter lag der Mondspiegel im Schatten.

«Er leuchtet in der Nacht», erklärte Tom. «Und er besitzt magische Kräfte.»

Samu Waikonen starrte einen Moment aufs Wasser, er schien vollkommen abwesend zu sein. Dann drehte er sich zu ihnen um. «Wisst ihr, neben meinem Elternhaus hatten wir genau so einen Teich. Es war der perfekte Swimmingpool, nichts in L.A. kommt da ran. Hollywood klingt immer so groß und wunderbar, aber ich sage euch: Dort wird selbst ein Stein depressiv.»

Wie gut, dass Ostholstein in der Lage ist, Hollywood zu schlagen, dachte Tom.

Sie wanderten weiter zur großen Lichtung, die von der Vormittagssonne angestrahlt wurde. Um diese Uhrzeit kamen leider keine Rehe mehr, dafür war es zu spät. Die Wiese sah grün und saftig aus, Blumen wuchsen hier in allen Farben. Zwischen den Stämmen der Buchen konnte man direkt aufs blaue Meer schauen. Auf den Ostseewellen schwappten bis zum Horizont kleine Schaumkronen. Tom dachte daran, wie er noch vor kurzem auf seinem Moosbett geschlafen hatte. Und wie er mit Annkathrin das erste Mal hier war, ihr gemeinsames Bad im Meer. Würde Waikonen seine Musik hier aufführen wollen? Plötzlich wusste Tom nicht mehr, ob ihm das überhaupt recht war. Auch wenn er Annkathrin wahrscheinlich verloren hatte, würde es ihr gemeinsamer Ort bleiben. Brennecke hatte vielleicht nicht unrecht, die Lichtung war wettermäßig keine sichere Nummer, es regnete häufig in dieser Region. Zudem würde es extrem aufwendig werden, sämtliche Musiker und Zuschauer hierherzukarren. Einmal davon abgesehen, dass er Förster Kohli noch gar nicht um Erlaubnis gefragt hatte.

«Magic», flüsterte Waikonen.

Auch Thekla und Frieda schienen ergriffen.

«Die Eiche da drüben sieht aus wie ein Habicht, der gleich wegfliegt», murmelte Waikonen. Erstaunlich, dass er dieselbe Vorstellung wie Tom von dem Baum hatte. Waikonen schritt in die Mitte der Lichtung, bis er in der Sonne stand. Dort hob er pathetisch die Arme zum Himmel und sang eine Melodie. Frieda stellte sich neben ihn und sang spontan die zweite Stimme. Thekla und Tom wagten kaum zu atmen, so schön war das. Dann summten auch sie mit, ob es nun passte oder nicht. Dazu kam der Duft der Kiefern, hin und wieder hauchte ihnen die Ostsee etwas Meersalz in die Nase. Waikonen sah lange zwischen den Bäumen hindurch aufs Meer. Danach ging er zu Tom, umarmte ihn und küsste ihn auf die Stirn. Was Tom etwas unangenehm war, so dicke brauchte er es nun auch wieder nicht. Aber es war ja herzlich gemeint.

«Willst du die Lichtung für dein Konzert haben?», fragte Tom, weil der Finne nichts weiter sagte.

Waikonen sah ihn entgeistert an. «Ich danke dir. Dieser Ort ist für sich schon Musik.»

Tom lächelte. Der Mann hatte alles begriffen.

Vierundzwanzig

Als die Fähre den Hafen in Dagebüll verließ, stellte sich Ann-kathrin aufs Vorderdeck, wo ihr der Wind frisch ins Gesicht blies. Die «Uthlande» tuckerte in langsamem Tempo durchs Wattenmeer. Sie hatten ablaufendes Wasser, da wurde es eng unter dem Kiel. Die schmale Fahrrinne war durch Buhnen abgesteckt, über einer hing ein weißer Rettungsring mit einem Schwanenhals. Wie war der dahin gekommen? Durch den Wind, oder hatte ihn jemand dorthin geworfen? Wahr-scheinlich war er einem Kind weggeweht, das bestimmt sehr unglücklich darüber war.

Der riesige Himmel über ihrer Heimatinsel ließ sich mit al-lem bemalen, was ihr gerade durch den Kopf ging: Der Uklei-see mit seinen rauschenden Laubbäumen fand darin genauso Platz wie das Picknick am Waldrand und das Strandhotel in Grömitz. In Gedanken ging sie immer wieder zu Tom ins Nachbarzimmer, anstatt schlaflos in ihrem Bett zu liegen. Sie war durcheinander wie selten: Einerseits bereute sie zutiefst, dass eine gemeinsame Nacht nicht stattgefunden hatte. An-dererseits war sie sicher, dass es ein Fehler gewesen wäre, zu ihm zu gehen. *Mensch Annkathrin, du benimmst dich wie ein Teenie, nur weil du dich in einen Kerl verliebt hast.* Hatte sie das?

Und hätte Tom überhaupt gewollt? Er hätte ja auch an ihrer Tür klopfen können, wenn ihm daran gelegen wäre. Wahrscheinlich war also alles richtig so. Es hätte ohnehin in einer Katastrophe geendet. Er konnte nichts für ihr verkorkstes Beziehungsleben. Sie hatte immer alles gegeben und war jedes Mal enttäuscht worden. Jetzt war sie vorsichtiger geworden. So gesehen, war es ein Fortschritt, dass sie nicht zu ihm gegangen war.

Nun war sie nicht einmal zur Ankunft von Waikonen erschienen. Wenn sie ehrlich war, hatte sie sich einfach nicht getraut. Aber natürlich würde sie Tom wiedersehen: Die Konzerte standen in drei Wochen an, Tom und sie würden die Organisation gemeinsam zu Ende bringen. Auch wenn er die Hallenreservierung in Lübeck vergeigt hatte, wusste jeder, dass er einen sehr guten Job gemacht hatte. Ja, sie sollte ihn sehen, sobald sie aus Föhr zurück war. Und zwar bevor sie wegen der Konzerte wieder beruflich aufeinandertrafen.

Was sie ihm wohl sagen könnte? «Weißt du, Tom, wir beide sind nun mal sehr verschieden und leben in zwei Welten ...» Oje, wie bescheuert klang das denn? Also anders: «Obwohl wir in zwei Welten leben, möchte ich bei dir sein.» Wohin sollte das führen? Dass einer von ihnen sagte: «Nach Abwägung von allem Für und Wider bin ich der Meinung, wir sollten uns küssen?» Das konnte man doch nicht aushandeln wie ein Geschäft. Gefühle waren da oder nicht.

Die «Uthlande» drehte vor der Wyker Strandpromenade nach Steuerbord und fuhr langsam in den Wyker Hafen ein. Sie war froh, dass sie ein paar Tage auf Föhr hatte, um Abstand zu bekommen. Morgen stand die Silberhochzeit von Johanna und Frerk an, die beiden wollten es richtig krachen lassen.

Im Hafen standen ihre Schwestern wie gewohnt in einer Reihe und winkten ihr zu. Die Guten, ihr Anblick war so was von tröstlich! Sie umarmte alle nacheinander herzlich. Dann kletterten sie gemeinsam in Johannas VW-Bus und fuhren nach Hedehusum.

«Fünfundzwanzig Jahre verheiratet», seufzte Annkathrin beeindruckt. «Das schaffe ich nicht mehr.»

«Ach was, du feierst noch goldene Hochzeit!», meinte Merle.

«Klar, wenn ich hundertzwanzig werde», antwortete Annkathrin.

«Was macht die Liebe überhaupt bei dir?», fragte Merle neugierig.

«Die Liebe ist ein seltsames Spiel», sang Annkathrin los, ihre Schwestern stimmten sofort in den Uralt-Schlager ein: «Sie geht von eiiiinem zum aaaand'ren ...»

«Nichts in Sicht?», fragte Johanna noch mal.

«Nö.»

Es war einfach zu kompliziert mit Tom.

«Sicher?»

«Man weiß es nie.»

Nach kurzer Zeit erreichten sie den Hof. Die Friesenfahne wehte hoch oben am weißen Mast. Bevor Annkathrin mit ihren Schwestern in der Wohnstube einen Tee trank, ging sie schnell in den Stall, um Kimberly über den Kopf zu streicheln. Sie bildete sich ein, dass sie sie wiedererkannte und sich freute. Zwischendurch checkte sie ihr Handy. Keine

Nachricht von Tom. Natürlich nicht, sie hatte ihn ja vor den Kopf gestoßen. Sie verließ den Stall in Richtung Wohnstube. Vielleicht würde ein kräftiger Tee sie endlich zur Vernunft kommen lassen.

Am nächsten Tag war es dann so weit. Das große Fest konnte beginnen. Johanna und Frerk hatten zwischen Wohnhaus und Stall ein großes Partyzelt aufgebaut. Da beide in unzähligen Vereinen aktiv waren – Freiwillige Feuerwehr, Landfrauen, Sportverein, Chor in Nieblum, Chor in Wyk –, rechneten sie mit über hundertfünfzig Gästen. Alle hatten sich schick gemacht, wie Johanna es sich in der Einladungskarte gewünscht hatte. Die Männer in Schlips und Anzug, die Damen in Abendkleid. Sogar Rockerbraut Merle hatte sich ein Kleid mit einem gewagten Ausschnitt zugelegt und war auffällig geschminkt. Sie trug die Silberkette, die Annkathrin ihr zum Geburtstag geschenkt hatte. Kurz stellte Annkathrin sich Tom vor, wie er hier in Anzug und Fliege erschien. Er würde Bella Figura machen. Eine Dreimannband spielte auf, die Gäste saßen an langen Tischen, und es gab deftiges Essen, wahlweise Braten und Fisch, dazu Bier, Wein und Manhattan.

Die meisten Gesichter kannte sie noch von früher, sogar Bürgermeister Roloff mit seiner Frau war da. Johanna hatte sie, Annkathrin, neben einen unverheirateten Landwirt aus der Marsch gesetzt, Hinnerk Clausen, der in ihre Parallelklasse gegangen war und sich redlich um sie bemühte. Der augenblickliche Stand der Milchwirtschaft war zwar nicht ganz ihr Thema, aber sie hielt es tapfer durch. Johanna und Frerk lächelten sich die ganze Zeit glücklich an, wie ein Königspaar vorm jubelnden Volk. Das musste wahre Liebe sein.

Nach dem Essen sangen alle, wie es auf Föhr üblich war, aus voller Kehle «Großer Gott, wir loben dich». Diese Tradition hatte nichts damit zu tun, dass sie besonders religiös waren, es war eher ein Zeichen allgemeiner Dankbarkeit. Es folgte auf Friesisch «Min eilun feer», die Nationalhymne der Insel, zu der sich alle erhoben. Das hätte Tom bestimmt gefallen, oder hätte es ihn abgeschreckt? Dann war die Tanzfläche eröffnet.

Zwischendurch stellten sich die vier Schwestern nebeneinander auf die Bühne, die Musik wurde kurz unterbrochen, und Johanna sprach ins Mikrophon: «Mal Ruhe. Wir haben eine Ansage zu machen. Die Gehrke-Sisters haben etwas Großes vor. Wer es noch nicht gehört hat, erfährt es nun offiziell: Dieser Hof wird bald eine Wellness-Pension sein. Sauna und Massage vom Feinsten. In einem Jahr seid ihr alle zur Eröffnung eingeladen!» Großes Gejohle und Geklatsche.

«Müssen wir dann nackt kommen?», erkundigte sich Bürgermeister Roloff von hinten.

«Klar doch», antwortete Johanna und gab der Band ein Zeichen. Die Jungs spielten «Sister, Sister» aus der gleichnamigen Uralt-Sitcom, ein funkiger Titel, der richtig nach vorne ging. Die Schwestern begannen, ausgelassen zu tanzen. Am Ende des Songs nahmen sie sich ganz fest in die Arme und knuddelten sich, das musste einfach sein.

Immer wieder gab es kurze Einlagen: selbst verfasste Gedichte von den Ringreitern, Reden von Freunden, die mit einem Beamer peinliche Jugendbilder an eine Leinwand projizierten. Die freiwillige Feuerwehr und die beiden Chöre, in denen Johanna mitmachte, sangen mehrere Lieder. Die Trauzeugen meldeten sich zu Wort und erzählten Anekdoten von der Hochzeit, an die sich Annkathrin auch noch gut erinnerte. Sie war damals gerade mit der Grundschule fertig geworden und hatte Blumen gestreut. Auf der Leinwand erschienen Bilder von ihr, auf denen ihre kompletten Schneidezähne fehlten.

Die Reden wurden immer wieder unterbrochen, wenn jemand «Huub skal se leeven» («Hoch soll'n sie leben») anstimmte und alle aufstanden und mit einfielen. Die Dreimannband aus Alkersum hatte alles an Pop und Schlager drauf, was es in den letzten fünfzig Jahren in die Charts geschafft hatte. Annkathrin ließ sich von Hinnerk auf die Tanzfläche führen und tanzte, was das Zeug hielt. Die Band spielte Rocktitel, Schlager und friesische Lieder in wildem Wechsel, da durfte man nicht zimperlich sein. «Rosamunde» und «So ein Tag, so wunderschön wie heute» fehlten nicht und wurden vollkommen ironiefrei von allen mitgesungen. Coolsein war was für die Stadt, hier hatte man einfach Spaß.

Ob sie Tom ein Foto von der Feier schicken sollte? *Was für eine aberwitzige Idee*, schalt sie sich selbst, *du hast dich gegen ihn entschieden, nun bleib auch dabei.* Aber gleich darauf tauchte die nächste Frage in ihrem Kopf auf: Ob er tanzen konnte? Foxtrott und Walzer waren bestimmt nicht seins. Andererseits, so geschmeidig, wie er sich durch den Wald bewegte, war er sicher ein hervorragender Tänzer. Sie hatten es ja nur einmal kurz gewagt, in Grömitz zur Musik der Feuerwehrkapelle.

Was ihr an den Feiern auf Föhr gefiel, war, dass die Ersten um halb drei gingen. Das waren heute ihre beiden Großtanten, die weit über achtzig waren und sich tausendmal dafür entschuldigten, so zeitig aufbrechen zu müssen. Der Rest blieb bis sechs Uhr morgens, auch sie.

Als sich die Tanzfläche langsam leerte, spürte sie plötzlich eine heftige Hitze in sich aufsteigen. Sie bemühte sich, ruhig zu bleiben und tief durchzuatmen. Sie brauchte dringend Abkühlung. Kraftlos schlurfte sie zum Strand und blickte in die Morgensonne, die von Osten übers Wasser kam. Verschwommen sah sie eine dunkelgrün lackierte Dusche, daneben eine Sitzbank, die sie gerade noch erreichte, um sich darauf fallen zu lassen. Ein kühler Wind strich ihr über die Stirn. Aber ihre Temperatur sank nicht, stattdessen wurde ihr heißer und heißer. Sie musste hohes Fieber haben. Plötzlich fühlte sie sich so matt, dass sie fürchtete, den Rückweg nicht mehr zu schaffen. Dies war kein normales Fieber, das spürte sie.

Ihre Krankheit war wieder da.

Fünfundzwanzig

Tom hatte sich ein paar Tage im Wald vergraben, aber jetzt wollte er nicht mehr. Also stieg er einfach in seinen Jeep und fuhr los. Mehrmals hatte er versucht, Annkathrin auf dem Handy zu erreichen, immer war nur die Mailbox angesprungen. Was war in der Nacht in Grömitz mit ihr passiert? *Dass* etwas passiert war, war klar, weil sie sich seitdem weder gesehen noch gesprochen hatten. Tom hatte keinen Plan. Er hatte keinen blassen Schimmer, ob es eine Zukunft für sie beide gab. Aber sie sollte wissen, dass er es wagen würde.

Er bog von der Landesstraße ab und fuhr über die Pappelallee zu Annkathrins Haus. Mit laut pochendem Herz klingelte er an der Tür. Nichts. Er klingelte noch mal. Wieder nichts. Missmutig schaute er die Straße hinunter, die vor dem großen, weißen Herrenhaus endete. Vielleicht hatte sie ja einen Freund, daran hatte er noch gar nicht gedacht. Er war immer davon ausgegangen, dass sie Single war, aber konnte er da sicher sein? Bloß, wäre sie mit ihm ins Strandhotel gegangen, wenn woanders jemand auf sie wartete? Vermutlich nicht. Auf der anderen Seite war sie verrückt genug, wie ihm der spontane Besuch der Beerdigung gezeigt hatte. Er klingelte erneut. Niemand da. Vorsichtig ging er ums Haus.

Im Wintergarten war sie auch nicht, dort standen ein paar Stühle aus Korb und ein Teewagen mit Zeitschriften. Die Tür war nicht abgeschlossen, aber weiter wollte er nicht gehen. Ihr Mini-Cabrio stand nicht im Carport. Er schaute auf die Uhr: fünf. Vielleicht hatte sie in der Zentrale der Mansfeld AG in Lübeck zu tun, ein Versuch war es wert, auch wenn es unwahrscheinlich war. Also rein in den Jeep und auf nach Lübeck. Leider fuhr seine Kiste nicht schneller als neunzig, da konnte er das Gaspedal durchdrücken, wie er wollte.

Dreißig Minuten später fand er sich vor dem falschen Lächeln der Empfangsdame wieder. Er wollte gerade nach Annkathrin fragen, da öffnete sich rechts der Aufzug, und – Brennecke kam heraus. Er sah angeschlagen aus, entweder hatte er eine Grippe oder die Nacht durchgemacht.

«Moin, Herr Brennecke, wissen Sie, wo Frau Gehrke steckt?», begrüßte Tom ihn.

Brennecke riss erstaunt die Augen auf. Mit ihm hätte er wohl als Letztes gerechnet. «Hallo ... Herr Winter ... keine Ahnung, sie ist nicht hier.»

«Besten Dank.» Tom wandte sich bereits in Richtung Ausgang.

«Herr Winter ...?»

«Ja?» Er drehte sich um.

«Ich muss mich bei Ihnen entschuldigen ...» Brennecke sah betreten zu Boden. «Ich war wegen der Lichtung etwas ungehalten.»

Tom räusperte sich. «Sie hatten ja recht, die Hallenreservierung habe ich verbaselt.»

«Wir hätten sie sowieso abgesagt.»

Tom staunte. «Wie das?»

«Waikonen hasst solche Orte, er hätte seine Musik nie dort aufgeführt. Ich habe die halbe Nacht mit ihm darüber ... gesprochen.» Inzwischen wohnte der Komponist im feinen Lübecker Hotel der Mansfeld AG. Brennecke rieb sich die Schläfen und schloss die Augen.

«Champagner?», fragte Tom.

Brennecke schüttelte düster den Kopf. «Finnischer Wodka. Die Mengen, die der schluckt, bin ich wirklich nicht gewohnt. Er hat mich überzeugt, dass das Konzert auf der Lichtung ein tolles Event wird. Etwas, was die Leute so schnell nicht vergessen werden. Diese ganzen Kongresshallen kann man eh nicht mehr auseinanderhalten ... Geht mir ja genauso, wenn ich ehrlich bin.»

«Die Lichtung ist also gekauft?» Tom spürte, wie sein Herz höher schlug.

«Die Musiker proben bereits. Der Wald sieht auf den Fotos wirklich sensationell aus. Muss ich zugeben.» Er lächelte. «Aber für den Fall aller Fälle besorgen Sie uns genügend Regenschirme, ja?»

«Geht klar», sagte Tom.

Als er vor der Zentrale stand, musste er einen Moment innehalten. War das jetzt ein Erfolg? Tom spürte, dass das Konzert auf der Lichtung ein persönlicher Sieg war, den er eingefahren hatte. Viel wichtiger war aber, dass es ein großartiges musikalisches Erlebnis werden würde. Kurz konnte er das Gefühl genießen, doch dann verdüsterte sich seine Stimmung wieder. Ohne Annkathrin war das eigentlich alles nichts wert.

Die Sonne stand schon ziemlich niedrig über der Ostsee und presste noch einmal alle Strahlen aus sich heraus. Seine letzte Anlaufstelle war Thekla Kanerva. Wenn sie nichts wusste, dann musste er aufgeben.

Sie saß im Garten ihrer Villa im Strandkorb, als er bei ihr aufschlug.

«Hallo, Thekla.»

«Tom, wie schön!» Sie sprang auf und umarmte ihn. «Ich habe gute Nachrichten für dich, mein Lieber: Brennecke hat sich wieder beruhigt.»

«Weiß ich schon, ich habe gerade mit ihm gesprochen.»

«So? Möchtest du was trinken?»

«Nein danke, ich hab's leider sehr eilig. Eigentlich wollte ich dich nur fragen, ob du weißt, wo Annkathrin steckt.»

«Wieso? Ist was passiert?»

Am liebsten hätte er «Ja» gesagt, aber es war viel zu kompliziert, die ganze Geschichte zu erzählen, und so nahe stand er Thekla nun auch wieder nicht. «Nein.»

«Und sie geht nicht ans Handy?»

«Ja.»

«Dann wird sie ihre Gründe haben.» Sie sah ihn forschend an. «Mensch, Tom, du siehst ja richtig verzweifelt aus.»

«Ja.»

«Also geht es nicht um Geld.»

«Wieso?»

Sie grinste. «Als Brennecke dich feuern wollte, hast du nicht halb so verzweifelt geguckt.»

«Kann sein.»

«Ich weiß nur, dass Annkathrin auf Föhr ist. Ihre Schwester feiert dort Silberhochzeit.»

Tom war wie elektrisiert. «Wirklich?»

«Willst du da jetzt hinfahren?»

«Ich würde es nicht tun, wenn ich nicht echt verzweifelt wäre. Danke, danke, danke!»

Sechsundzwanzig

Der Gehrke-Hof produzierte nachts seine ganz eigenen Geräusche. Darunter waren einige, die erklärbar waren, wie der alte Trafo im Kuhstall oder das Heulen des Windes im Blitzableiter. Annkathrin kannte sie genau so aus ihrer Kindheit. Auch die unerklärbaren Geräusche waren noch da: das Knacken aus der Küche, das kaum hörbare Aufseufzen im Keller, als lebte dort ein Wassergeist. Annkathrin konnte jetzt das erste Mal sehen, wer dahintersteckte: Es war ein gutaussehender Mann, dessen Körper bis zum Himmel reichte. Seine weiten Stoffhosen wehten im Wind, als er sich mit kilometergroßen Schritten bis zum Horizont vorkämpfte. Ein steifer Nordwest blies ihm entgegen, was ihm nichts ausmachte, er lachte nur darüber. Zwischen Amrum und Sylt fing er an zu tanzen. Sie sah das erste Mal sein Gesicht – war das Tom? So riesig hatte sie ihn gar nicht in Erinnerung. Es war Ebbe, die Sonne schien, und der Wind wurde immer heftiger. Sie selbst konnte nicht mittanzen, weil sie bis zur Hüfte im Schlick feststeckte. Wie kam sie da bloß wieder raus? Dunkle Wolken tauchten auf, es gab ein fürchterliches Gewitter. Plötzlich befand sie sich in einem Krankenhaus. «Sie haben das alles nur geträumt», erklärte ihr ein Arzt. Es war Dr. Brennecke, der einen weißen Kittel trug.

Schweißgebadet wachte sie auf. Wo war sie? Sie schoss mit dem Oberkörper hoch und sah sich erschrocken um. Ihr Kopf war kochend heiß, ihr Herz raste. Eine Woche ging das jetzt schon so. Sie sah auf den Wecker auf dem Nachtschränkchen neben sich. Kurz vor zwei, draußen war es stockdunkel. Die Lampe am Schreibtisch war noch an, an der Wand hing ein Foto von ihrer Schwester Johanna, im Hintergrund der Amrumer Leuchtturm, umgeben von leichten Nebelschwaden. Jetzt wusste sie, wo sie war: im Haus ihrer Familie auf Föhr. Und ihr fiel gleich noch etwas anderes ein: Auf genau dieser Bank am Strand hatte sie ihren ersten Kuss bekommen, bei Flut und Sonnenuntergang. Von Peter Hinrichs, der auf dem Nachbarhof wohnte und damals zwölf Jahre alt war. Es war unglaublich romantisch gewesen, auch wenn sich Peter Hinrichs schnell als der Falsche herausgestellt hatte. Komisch, dass ihr das gerade jetzt einfiel, sie hatte Jahre nicht daran gedacht. Alles drehte sich, sie fühlte, wie das Fieber stieg und stieg. Die Knochen taten ihr weh, und sie bekam kaum Luft.

«Annkathrin?»

Johannas Kopf erschien an ihrem Bettende. Erst jetzt realisierte sie, dass ihre Schwester die ganze Zeit auf einer Luftmatratze gelegen hatte.

«Alles gut», sagte sie.

Johanna tupfte ihr den Schweiß mit einem kühlen Waschlappen von der Stirn. «Unsinn, wie geht es dir wirklich?»

«Wird schon besser.»

«Brauchst du irgendwas?»

«Nein danke.»

«Soll ich dir die Milchsuppe von vorhin warm machen?», fragte Johanna.

«Jetzt?»

Es war mitten in der Nacht.

«Ich stelle sie eben in die Mikrowelle.»

«Okay.»

Heiße Milchsuppe mit Haferflocken und frisch gepresstem Apfelsinensaft hatte ihre Mutter immer gemacht, wenn sie als Kinder krank gewesen waren. Man behauptete oft, Kinder auf dem Land seien im Gegensatz zu Stadtkindern immer gesund, aber das stimmte nicht so ganz. Windpocken und Influenza grassierten auch auf Föhr, das verhinderte keine Nordseeluft.

Johanna legte ihr den Waschlappen auf die Stirn und ging hinaus. Annkathrin genoss die Kühle, obwohl sie wusste, dass das alles nichts half. Fast eine Woche lag sie nun schon hier. Die Ärzte im Lübecker Krankenhaus hatten sie gewarnt, dass die Leukämie wiederkommen konnte. Dabei hatte sie im Krankenhaus und während der Kur wirklich alles gegeben. Sie hatte nach Vorschrift gegessen und beim Yoga immer ein paar Übungen extra draufgelegt. Es hatte nichts genützt. Sollte sie jetzt wieder von vorne kämpfen? Wofür? Für wen? Nein, sie besaß keine Kraft mehr. Dabei hatte sie noch so viel vorgehabt: nach Patagonien reisen, im nächsten Winter Schlittschuhlaufen auf dem Ukleisee, einen Mann finden, Kinder bekommen. Und nicht zu vergessen die Wellness-Pension. Aber die würden ihre Schwestern auch ohne sie schaffen, davon war sie überzeugt.

Johanna kam mit der Milchsuppe zurück. Den Apfelsinensaft hatte sie in die Mitte geträufelt, wie ihre Mutter damals. Ihre Schwester fütterte sie Löffel für Löffel. Schon nach drei Happen war sie pappsatt. «Danke», keuchte sie und bekam einen heftigen Hustenanfall, der nicht mehr aufhören wollte. Johanna reichte ihr schnell ein Glas Wasser.

«Morgen holen wir den Arzt», sagte sie.

«Nein», krächzte Annkathrin. «Das geht wieder weg. Es ist eine ganz normale Grippe, da kann der auch nichts machen.» Sie wollte keinen Arzt, der ihr auf den Kopf zusagte, was Sache war.

«Trotzdem.»

«Bitte nicht», flüsterte sie.

Johanna schaute sie besorgt an. «Ich verstehe ja, dass du Angst hast.»

Johanna konnte sie nichts vormachen, und sie meinte es ja nur gut. Ihre Schwester befeuchtete erneut ihre Stirn. Das tat so was von gut!

«Eure Silberhochzeit war das schönste Fest seit Jahren», sagte Annkathrin und versuchte ein Lächeln.

«Ja, finde ich auch. Alle waren so gut drauf.»

«Ich bin richtig neidisch.»

«Worauf?»

«Bei mir würde es so ein Fest nicht geben, ich kenne nicht mal halb so viele Leute.»

Johanna lächelte. «Zieh zurück nach Föhr, und du hast die Bude voll.»

«So einfach ist das nicht.»

Johanna nickte. «Siehste, so hat jeder seine Aufgaben.»

«Du solltest jetzt besser schlafen, Johanna.»

Ihre Schwester war Tag und Nacht bei ihr gewesen, sie musste zum Umfallen müde sein.

«Später.»

«Ich möchte euch nicht zur Last fallen.»

«Jetzt hör aber auf. Das tust du nicht.»

«Du musst doch morgen zur Arbeit.»

«Mach dir darüber keinen Kopf, ich habe mir freigenommen.»

«Bitte, Johanna, schlaf.»

«Du wirst nicht gefragt», sagte ihre Schwester resolut.

«Ich komme alleine zurecht.» Das klang wie das Motto ihres ganzen bisherigen Lebens – nur dass es jetzt komplett außer Kraft gesetzt war. Johanna strich ihr sanft über den Kopf.

«Morgen kommt Dr. Siebert und schaut nach dir.»

«Ich fühle mich aber schon besser, es geht bergauf», sagte sie und sackte erschöpft aufs Kissen zurück.

Johanna nahm ihre Hand und streichelte sie. Aus dem Augenwinkel sah sie, wie die tapferste ihrer Schwestern das Gesicht wegdrehte und bitterlich weinte.

Siebenundzwanzig

Tom hatte ein paar Sachen in den Jeep gepackt und fuhr aus dem Wald heraus. Hügelige Ackerflächen und prächtige Seen zogen an ihm vorbei wie ein Film. Das Verdeck blieb heute zu, er fühlte sich durch die Plane geschützt. Schon bald tauchte das Plöner Schloss über dem gleichnamigen See auf. Sonne und Wolken wechselten sich in rasantem Tempo ab, Schatten huschten quer über die Fahrbahn und zogen weiter durch die grünen und gelben Felder. Hinter Kiel bog er ab auf die Autobahn nach Rendsburg und fuhr von dort über kleinere Straßen weiter Richtung Westen. Die Landschaft wurde flacher. Tom schaute sich um. Er war noch nie in Nordfriesland gewesen. Es gab kaum Bäume hier, geschweige denn Wälder – gruselig!

Wie würde Annkathrin wohl reagieren, wenn er vor ihr stand? War es nicht längst zu spät für alles? Den richtigen Zeitpunkt in Grömitz hatte er wohl verpasst. Falls es überhaupt jemals einen richtigen Zeitpunkt gegeben hatte. Aber auch sie hatte sich mit ihrer kurzen Nachricht auf dem Zettel nicht gerade überschlagen vor Emotionen. Egal, er würde es trotzdem probieren. Reden mussten sie auf jeden Fall noch einmal.

Annkathrin war bei ihrer Familie, sie hatte mindestens eine Schwester, das wusste er, denn mit ihr hatte sie mal auf einer ihrer Fahrten telefoniert. Sonst wusste er gar nichts, außer dass sie von einem Bauernhof auf Föhr stammte. Von wo genau, musste er noch herausbekommen. Würde ihn dort vielleicht ein zorniger Bruder mit einer Mistforke vom Hof jagen? Dann wusste er wenigstens endgültig, woran er war. Die schönsten Träume traute er sich schon längst nicht mehr zu träumen: Annkathrin und er beim Picknick, zusammen in einem Hotelzimmer, auf der Lichtung und am Mondspiegel.

Hinter Bredstedt bog er ab in den Hauke-Haien-Koog. Obwohl es taghell war und die flache Landschaft offen vor ihm lag, kam sie ihm unheimlich vor. Neben ihm breitete sich ein riesiges Schilfmeer aus, davor war ein See, auf dem einige Wasservögel schwammen. Plötzlich schüttete es wie aus Eimern, der steife Westwind peitschte immer neue Wassermassen gegen die Frontscheibe, er konnte kaum noch die Fahrbahn erkennen. Alle Konturen, die vorher klar gewesen waren, zerflossen zu einem undurchschaubaren Schleier. Schilfmeer, Deich und Himmel wurden eins.

Als er in Dagebüll ankam, hörte der Regen so abrupt auf, wie er gekommen war. Das Wattenmeer lag als riesige Fläche vor ihm, die Insel Föhr und einige Halligen waren zu erkennen. Die Flut lief gerade ab, ein paar Sandbänke ragten wie kleine Inseln aus dem Wasser. Vor dem Autoschalter der «Wyker Dampfschiffs-Reederei» zögerte er einen Moment. Es war die letzte Gelegenheit umzukehren – und womöglich einen schweren Fehler zu vermeiden. Doch dann ging alles

wie automatisch, er bezahlte und wurde auf dem Hafenvor-
feld gleich an Bord der «Rungholt» durchgewunken. Dort
parkte er direkt hinter einem nagelneuen Trecker ohne Kenn-
zeichen, der gerade auf die Insel angeliefert wurde – vielleicht
auf den Hof von Annkathrin?

Er stieg aus und ging hoch aufs Vorderdeck. Der Himmel
verfärbte sich zu einem kühlen Grau, der Wind knatterte
laut und heftig. Ein paar Minuten später tuckerte die «Rung-
holt» langsam aus dem Hafen. Vereinzelte dicht bewachsene
Waldstücke hinterm Deich fielen ihm sofort ins Auge, auf der
Backbordseite zog die Hallig Langeneß vorbei. Im Wasser
steckte eine Reihe langer Äste, die die Fahrrinne markierten.
Über einem Ast hing ein weißer Rettungsring mit einem
Schwanenhals. Er fragte sich, wie der dahin gekommen war.
Ob er auch Annkathrin aufgefallen war, als sie hier überge-
setzt hatte? Er verkroch sich in den Salon, der ihn an die
Eisenbahnfähre von Puttgarden nach Rödby erinnerte. Im
Inneren eines Schiffes fühlte er sich immer wohl, auch ohne
Spielautomat. Nachdem er von seinem Wald aus die Grenze
zum Strand überschritten hatte, war dies hier ein viel größerer
Schritt. Er war hier weit weg von allem, was ihm Sicherheit
bot. Trotzdem fühlte es sich richtig und gut an.

Nachdem die Fähre am Wyker Hafen angelegt hatte, fuhr
er über eine steile Rampe von Bord und schaute sich erst einmal neugierig um. Er zückte sein Handy, im Telefonverzeich-
nis der Insel standen neun Gehrkes. Es war ein bisschen so,
als suchte er die Nadel im Heuhaufen. Andererseits war Föhr
nicht New York, und wenn Annkathrin hier aufgewachsen
war, würde sie mit Sicherheit jemand kennen.

Er ließ den Rummel am Anleger hinter sich und suchte

sich einen Parkplatz am Rand der kleinen Stadt. Mit hängenden Schultern schlich er über den Sandwall, die Hauptpromenade von Wyk. Die meisten Häuser waren kleiner und älter als in Grömitz. Aber auch hier war es voller Menschen, was so gar nicht sein Ding war. Unter den Touristen würde er Annkathrin bestimmt nicht finden. Doch was war mit dem Kellner im Promenaden-Café? Er traute sich nicht, auf ihn zuzugehen und einfach zu fragen. Also setzte er sich unschlüssig an einen Außentisch, bestellte einen Tee und sah dem Treiben auf dem Sandwall zu. Erst beim Bezahlen fragte er den berlinernden Kellner: «Ich suche eine Annkathrin Gehrke, die von einem Föhrer Bauernhof kommt.»

«Kenn ick nich, nie jehört.»

Egal, weiter. Er sprang in seinen Jeep und fuhr weiter nach Nieblum, einem wunderschönen Inseldorf mit imposanten weißen Reetdachhäusern. Dort steuerte er die Tankstelle an. Vielleicht wusste der ältere Mann mit der Kapitänsmütze an der Kasse, wo Annkathrin wohnte. Er sprach friesisch mit dem Kunden vor ihm, jedenfalls vermutete Tom das, weil er kein Wort verstand.

«Moin, einmal vollgetankt.» Er reichte ihm einen Fünfziger.

«Bedankt.»

«Sagen Sie, kennen Sie zufällig Annkathrin Gehrke?»

Der ältere Mann schaute ihn skeptisch an. «Soll die auf Föhr wohnen?»

«Nicht mehr, aber ihre Familie.»

«Gehrke», überlegte der Tankwart und kratzte sich am Kopf. «Wissen Sie, in letzter Zeit sind so viele auf die Insel gezogen.»

«Die Gehrkes haben einen Bauernhof und stammen von hier.» Kannte man sich auf Föhr nicht untereinander?

«Wüsste ich nicht. Ich wohne in Wyk, die Leute auf dem Land kenne ich höchstens vom Sehen.»

«Sie fährt ein Mini-Cabrio.»

«Nee, wirklich nicht.»

Sollte er das glauben? Der Mann hatte die einzige Tankstelle in der Gegend, bei ihm mussten doch alle motorisierten Inselbewohner irgendwann vorbeikommen! Frustriert ging Tom zum Auto zurück.

Nieblum war ein reiches Dorf, das – den Autokennzeichen der fetten Wagen nach zu urteilen, die hier überall am Wegesrand standen – inzwischen überwiegend in Hamburger Besitz war. Eigentlich logisch, dass er hier falsch war; er suchte ja schließlich einen Bauernhof. Er beschloss, hinter dem Ort auf einen kleinen Wirtschaftsweg abzubiegen. Was war zum Beispiel mit der blonden Bäuerin auf dem Trecker, die ihm gerade entgegenkam? Sie war zu jung, um Annkathrins Schwester zu sein, aber sie lebte bestimmt nicht in Wyk. Unter Bauern kannte man sich doch mit Sicherheit. Er blieb einfach auf der Mitte der Straße stehen und versperrte ihr den Weg. Sie hupte wie blöde: «Heh, was soll das?»

Tom machte eine entschuldigende Geste und stieg aus. Der starke Westwind blies ihm mit aller Kraft ins Gesicht. Sie stellte ihren tuckernden Diesel ab.

«Moin», sagte er.

«Moin.»

«Ich suche Annkathrin Gehrke, ist die bekannt?» Er wusste nicht so recht, ob er sie duzen oder siezen sollte.

«Wer will das wissen?»

«Ich bin Tom und komme aus Kellenhusen. Annkathrin und ich arbeiten zusammen in Ostholstein.»

«Dann suchst du sie am besten in Ostholstein.»

Tom versuchte ein Lächeln. «Sie ist gerade hier, und ich wollte sie überraschen.»

«Ah ja.»

«Ist sie nicht bekannt?»

Plötzlich lag ein misstrauischer Ton in ihrer Stimme. «Will sie denn überrascht werden?»

«Sie würde sich freuen», sagte er überzeugt.

«So? Meinst du das?»

Langsam kapierte er: Da kam ein fremder Kerl dahergelaufen und fragte nach einer Insulanerin. Wer sagte, dass er nicht ein Stalker war? Womöglich war der Nieblumer Tankwart Annkathrins Onkel, der seine Nichte nur schützen wollte. An diese Möglichkeit hatte er gar nicht gedacht.

Er fuhr weiter bis zu einem Ort, der Utersum hieß. Dort parkte er den Jeep und ging erst einmal auf den Deich. Wie sollte das jetzt weitergehen? Am Deichsaum zog er sich Schuhe und Socken aus und schlenderte ins Wattenmeer. Der Schlick fühlte sich weich und warm an und spritzte zwischen seinen Zehen. Für Barfuß-Freak Waikonen wäre das ein Fest gewesen! Bei dem Gedanken an den finnischen Komponisten musste er lächeln. Wenn man es genau nahm, war er vielleicht der erste Mensch, dem er begegnet war, der noch sonderbarer war als er selbst. Das machte ihn irgendwie sympathisch.

Vor ihm musste Sylt liegen, angeblich die Insel der Reichen. Was er sah, waren wunderschöne Dünen und Sandstrände. Plötzlich fiel ihm auf, wie sehr Annkathrin ihm fehlte. Und je klarer ihm das wurde, desto stärker begann sein Herz zu klopfen. Aber es war kein Herzklopfen der Freude; darin lag auch eine Menge Angst. Wenn er scheitern würde, dann würde ihn nichts auffangen. Er lief einfach immer weiter, bis ihm alles egal war. Das Gefühl, das seinen Nacken packte, kannte er. Es war dieselbe Eisenklammer wie vor dem Eisloch im Ukleisee. Egal, wie schnell er lief, er würde ihr nicht entkommen.

Nach ein paar hundert Metern wollte und konnte er nicht mehr, er setzte sich in den Schlick. Dass sein Hintern nass wurde, störte ihn nicht. Der offene Himmel war nicht nur über ihm, sondern auch um ihn herum. Erschreckend. Es war so, als starre ihn die Ewigkeit mit großen Augen an. Annkathrin war vermutlich nicht weit entfernt und doch unerreichbar. Er war nicht gerade der Hauptgewinn, das wusste er. Und dennoch waren sie zusammengewachsen, er hatte sich um sie bemüht wie um keine andere Frau zuvor. Sie verstand seinen Humor, seine Gedanken, sogar sein Schweigen. Und er verstand sie, jedenfalls bildete er sich das ein. Trotzdem hatte es nicht genügt. Seit der Nacht in Grömitz hatte er nichts mehr von ihr gehört, gar nichts. Das war mehr als deutlich. Die Flut sollte ruhig kommen. Wenn das Wasser ihn fortschwemmte, war er einverstanden. Er würde einfach im Meer verschwinden und fertig. Wirklich? Sollte er nicht wenigstens einmal mit ihr reden?

Wahrscheinlich wurde nach dem Gespräch alles noch schlimmer. Vom Deich her kam jemand in seine Richtung, ein älterer Mann mit grauen Haaren und Vollbart. Er trug eine rote Wetterjacke. Der Typ kam immer näher, was Tom gar nicht recht war, er wollte in Ruhe gelassen werden. Aber wohin sollte er hier abhauen? Es gab kein Gebüsch zum Verstecken. Schließlich stand der Mann direkt vor ihm.

«Moin», grüßte er.

«Moin.»

«Du musst hier weg», sagte der Mann. «Die Flut läuft auf.»

Tom nickte. «Ich weiß.»

Der Mann schaute ihm fest in die Augen. Er kapierte die Lage mit einem Blick. «Suchst du hier was Bestimmtes?», fragte er.

Eine klare und zugleich seltsame Frage, auf die er dem Fremden eine genauso klare wie seltsame Antwort gab: «Annkathrin Gehrke.»

Der Mann kratzte sich am Bart. «Das ist eine von den Gehrke-Schwestern in Hedehusum, oder?»

Tom war verwirrt: «Gehrke-Schwestern» hörte sich nach Nonnen an. Gab es auf Föhr ein Kloster? Aber sie war doch keine Nonne!

«Kann sein.»

«Ich zeig dir den Weg.»

Das klang verbindlich, sitzen bleiben war keine Alternative mehr. Den Mann hatte der Himmel geschickt, und er würde ihm folgen. Egal, was dabei herauskam und wo es endete. Toms Hintern war klatschnass, aber das war nicht wichtig: Endlich würde er wissen, wo Annkathrin wohnte! Schweigend stapften sie durch den Schlick zurück zum Deich. Als sie dort ankamen, sah die Wasserlache im Wattenmeer bereits größer aus als der Ukleisee.

Hedehusum lag nur ein paar Kilometer entfernt, es war ein Ortsteil von Utersum. Tom bedankte sich bei dem Mann und kletterte in seinen Jeep. Der Hof von Annkathrins Familie war nach der Beschreibung des Mannes leicht zu finden: «Erst über die Traumstraße, am Poolstich rechts ab.» Rechts vom schmalen Weg standen hohe Büsche, die den stetigen Westwind abhielten. Er fuhr an dem Bauernhof, der es sein musste, vorbei und parkte am Strand. Sofort begrüßte ihn eine erfrischende Brise. Rechter Hand fiel ihm ein dichtes Wäldchen um eine Kurklinik ins Auge. Die Bäume gaben ihm ein Gefühl von Sicherheit. Eine niedrige Steilküste war zu sehen, mit vielleicht zwei Metern Höhe. Der Mann im Watt hatte ihm erzählt, dass sich in der Nähe der höchste Punkt der Insel befinde, zwölf Meter hoch. Alles war so offen und frei hier, dass es ihn fast erschreckte. Er beschloss, erst einmal auf der Bank am Wasser sitzen zu bleiben. Gegenüber lag die Nachbarinsel Amrum, er konnte einen Leuchtturm erkennen. *Hier bist du also aufgewachsen, Annkathrin*, dachte er. *Das war dein Kindheitsblick.*

Von hier aus war sie morgens mit dem Rad zur Grundschule gefahren, hier hatte sie mit ihren Freundinnen am Strand gespielt. Wenn es ein Gegenteil von Wald gab, dann war es diese Landschaft: flach, frei und offen. Die Flut lief weiter auf, jetzt verschwanden auch die letzten Sandbänke. Wäre er vorhin im Watt sitzen geblieben, er wäre in diesem Moment schon nicht mehr am Leben gewesen.

Jetzt erst wagte er, sich vorsichtig umzudrehen. Auf keinen Fall wollte er von Annkathrin gesehen werden. Der Gehrke-Hof war ein solider, schöner Bauernhof, der ihn an den von Petershagen erinnerte. Aus dem Stall hörte man eine Kuh muhen, davor stand ein großer Trecker. Das Wohnhaus war riesig. Es waren nur wenige Schritte bis zum Eingang. Für ihn fühlte es sich an wie ein Pilgerpfad, den man nur in vielen Tagen mühsamer Wanderung bewältigen konnte.

Du musst einfach hingehen, klingeln, und dann wird Annkathrin aufmachen, sagte er sich. Aber er traute sich nicht.

Achtundzwanzig

Annkathrin träumte von einer Zeit in ihrem Leben, die weit zurücklag. Sie befand sich in London an den Camden Locks, inmitten unzähliger Flohmarktläden. Tausende Touristen wälzten sich durch die Straßen, vor allem jüngere Leute. Sie floh aus dem Trubel und schlenderte auf dem ehemaligen Treidelpfad am Regents Canal entlang.

Das Fieber war weiter gestiegen. Ihre Schwestern hatten sie bedrängt, einen Bluttest im Inselkrankenhaus machen zu lassen, doch das wollte sie nicht. Sie wusste, was los war, dazu brauchte sie keine Laborwerte. Es war keine normale Grippe. Leider hatte sie nur die erste Runde im Kampf gegen die verfluchte Krankheit gewonnen, nun hatte das Glück sie verlassen. Dabei hatte sie die ganze Zeit brav ihre Tabletten genommen und sich regelmäßig beim Arzt untersuchen lassen. Auf gar keinen Fall wollte sie noch einmal durch die Hölle der Chemotherapie gehen.

Aber was wurde aus Tom? Sie hätte so gerne noch mehr Zeit mit ihm gehabt. Wie es ihnen wohl weiter ergangen wäre? Wäre er im Herbst zu ihr gezogen, nachdem er sein Haus hatte verlassen müssen? Sie beide im Winter vorm Kamin? Ob er das gut gefunden hätte? Oder war ihm ihr Haus zu schick? Das war alles Spekulation. Sie sollte sich ganz leicht machen, um sanft in eine neue Welt hinüberzuschweben. Wie bekam man das hin? Wusste das jemand?

«Annkathrin?», flüsterte Tom und streichelte ihr sanft übers Gesicht. Der Gute. Er hatte mitbekommen, dass sie wach war. Zum Glück lag er direkt neben ihr unter der Decke, war nahe genug und gleichzeitig nicht zu nahe. Er achtete darauf, sie nicht zu berühren, denn bei dem hohen Fieber taten ihr alle Knochen weh. Sie spürte die Wärme seines Körpers trotzdem. Tom war einfach irgendwann hereingekommen. Sie hatten sich einen Moment lang stumm angeguckt, dann hatte er sich zu ihr gelegt. Ganz leise und selbstverständlich, das hatte so gutgetan!

Es war ihre dritte Nacht zusammen, mit einigen Zentimetern Abstand. Und dennoch waren sie sich so nahe, wie sich zwei Menschen nur nahe sein konnten. Es gab keine Fragen mehr, alles, worüber sie sich vorher den Kopf zerbrochen hatte, erübrigte sich. Tom war bei ihr, das war die Antwort. Und die vertrauten Kindheitsgeräusche lieferten die Hintergrundmusik dazu: der brummende Trafo im Kuhstall, das Windgeräusch im Blitzableiter, das Knacken aus der Küche und das leise Seufzen des Kellers.

Dass Tom nach Föhr kommen würde, um sie zu suchen, hätte sie nie gedacht. Er hatte nicht einmal gewusst, wo sie wohnte, und musste sich durchfragen, was nicht einfach gewesen war. Kurz vorm Ziel wäre er fast an Johanna gescheitert, denn Annkathrin hatte ihren Schwestern ja nichts von ihm erzählt. So hatte Johanna ihn zunächst abgewiesen, als er vor der Tür stand. Sie wollte ihre Schwester schützen. Tom hatte mit Engelszungen auf sie eingeredet, um ihr klarzumachen, dass er sie auf jeden Fall sehen musste und dass es gut für sie sein würde.

«Du sollst schlafen», flüsterte sie leise.

«Ich schaue dich einfach nur an», sagte Tom, ebenfalls flüsternd. «Außerdem sollst *du* schlafen.»

«Wie geht es dir?»

Er küsste sie ganz vorsichtig auf die Wange. «Ich bin glücklich.»

«Ich auch.»

«Und sonst?»

«Wie, und sonst?»

«Schmerzen?»

«Mehr Glück als Schmerzen», flüsterte sie.

Sie wäre am liebsten aufgesprungen und Hand in Hand mit ihm ins Watt gelaufen. Dort wehte jetzt bestimmt eine angenehme Brise. Im Bett wurde es ihr wegen des hohen Fiebers eigentlich zu warm, vor allem zu zweit. Aber Tom sollte bloß nicht weggehen!

«Du wirst das Konzert auf Gut Behnskow verpassen», flüsterte sie. In ein paar Tagen führte Waikonen dort seine 3. Symphonie mit dem Orchester auf, vor dem Herrenhaus. Das Wetter war ein Traum, und Cordula Breitenfeldt hatte das organisatorische Drumherum sicher im Griff.

«Das ist unwichtig.»

«Aber am 12. musst du zur Kräuterkirche», murmelte sie, «alles vorbereiten.»

«Ich werde dich nicht alleine lassen.»

«Das Konzert dort findet nur statt, weil es uns gibt.»

«Ich bleibe trotzdem.»

«Nein, es ist unser Werk.»

Er lächelte. «Und das von Waikonen.»

«Trotzdem.»

«Vielleicht kann Thekla das übernehmen», schlug er vor.

«Nein, du, bitte.»

«Ich werde hier für dich da sein.»

Sie hustete kurz auf. «Ich träume schlecht, Tom. Und die Kirche und die Lichtung sind gute Träume, sie richten mich auf.»

Sie bekam wieder einen ihrer gefürchteten Hustenanfälle, die überhaupt nicht aufhören wollten. Er flößte ihr etwas Wasser aus einem Glas ein.

«Das Konzert auf der Lichtung wird auf jeden Fall am 13. stattfinden, mit vierzig Musikern», erklärte er. «Waikonen war begeistert, und Brennecke ist inzwischen auch umgeschwenkt. Petershagen wird seine Kutschen auf die Lichtung stellen, und die Leute werden während des Konzertes zwischen den Bäumen aufs Meer schauen.»

Sie lächelte, das klang gut.

«Warum lächelst du?», fragte er.

Sie nahm seine Hand. «Bitte kümmere dich darum. Alles, was wir in den letzten Wochen gemacht haben, hat dorthin geführt. Es hat uns zusammengebracht.»

Jetzt lächelte er auch. Das konnte sie im Restlicht erkennen, das vom kleinen Fenster hereinkam. Er machte es ihr wirklich nicht leicht. Und eigentlich wollte sie auch gar nicht, dass er fuhr. Trotzdem waren die Konzerte ihr gemeinsames, ganz eigenes Projekt – er durfte es nicht anderen überlassen. Jetzt hörte sie seine regelmäßigen Atemzüge, er war endlich eingeschlafen, und auch sie sackte bald wieder weg in eine wilde Traumwelt. Ein Wintersturm heulte um die Kirche, sie hörte die Eisschollen scheppern und genoss die Wärme unter der Decke. Frieda spielte auf der Orgel, Tom tanzte dazu mit Thekla auf dem Friedhof, und der Tod fuhr mit einem riesigen SUV vor.

Ein paar Tage später wachte sie nach einem langen Schlaf auf. Johanna saß an ihrem Bett.

«Du hast sechzehn Stunden geschlafen», sagte sie.

«Wo ist Tom?», fragte Annkathrin heiser.

«Er organisiert heute Abend das Konzert in der Kirche», erklärte Johanna. «Wie du es gewollt hast.»

«Gut.»

«Ich soll dir das von ihm geben.» Johanna legte ihr ein kleines glattes Holzstück in die Hand.

«Was ist das?»

Johanna lächelte. «Ein Handschmeichler aus seinem Wald.»

Annkathrin legte ihn sich auf die Stirn. Auf dem Hof heulte und schepperte es an allen Ecken, ein steifer Westwind fegte gerade über die Insel. Sie wäre gerne an den Strand gegangen, um sich dort richtig durchpusten lassen. Aber daran war nicht zu denken, es ging ihr schlechter. Ihr Kopf dröhnte, jeder einzelne Atemzug tat ihr weh. Johanna saß neben ihr am Bett und hielt ihre Hand.

«Mir geht es schon viel besser», flüsterte Annkathrin. Sie konnte kaum noch sprechen, so schwach war sie. Sie versuchte es noch einmal, aber es hatte keinen Zweck, es kam einfach nichts mehr.

«Streng dich bitte nicht unnötig an», bat Johanna.

«Ja», flüsterte sie.

«Weißt du noch, wie wir zum Queen-Konzert nach Hamburg gefahren sind?»

«We are the champions», krächzte sie. So wie es gerade aus ihrem Mund kam, klang es wie eine Parodie. Sie erinnerte sich sehr genau daran, es war eines der schönsten Erlebnisse ihrer Teenie-Zeit gewesen. Sie war nie ein Fan von Queen gewesen, genauso wenig wie Johanna, aber es war ihr erstes großes Konzert auf einer Riesenbühne. Die monumentale Musik mit Frontmann Freddie Mercury hatte sie förmlich weggeblasen, das Konzert war ihr stärker als jede Sturmflut vorgekommen. Sie hatte mit Johanna in einer WG auf St. Pauli übernachtet, wo eine Föhrerin wohnte, die Johanna aus der Schule kannte. Sie erinnerte sich noch an ein rotes Neonlicht gegenüber, das die ganze Zeit auf der Jalousie über dem Hochbett geflackert hatte. Was für ein Etablissement das gewesen war, hatte sie gar nicht kapiert. Für sie hatte sich dieser Ausflug angefühlt wie der Eintritt ins Erwachsenenleben. Föhr kam ihr hinterher vor wie das letzte Kaff in einer öden Meereswüste. Sie hatte ein paar Wochen gebraucht, um wieder anzukommen.

Es klingelte an der Tür. Kurz darauf kam Merle mit Dr. Siebert ins Zimmer. Er war ein mittelalter Landarzt mit grau melierten Haaren, der ein paar Jahre bei «Ärzte ohne Grenzen» gearbeitet hatte, bevor er sich in Utersum auf Föhr niedergelassen hatte.

«Moin, Moin, Frau Gehrke», sagte er und musterte sie aufmerksam. «Wie geht es Ihnen?»

«Bescheiden», flüsterte sie kaum hörbar. «Ich brauche aber keinen Arzt. Eine Grippe muss man ausliegen.»

Er setzte sich unbeeindruckt neben sie auf die Bettkante. «Na ja, wenn ich schon mal hier bin, lassen Sie mich mal schauen ...» Er zog sie vorsichtig in eine sitzende Position, krempelte ihr T-Shirt am Rücken hoch und hörte sie mit einem Stethoskop ab, anschließend waren die Bronchien dran. «Husten Sie bitte mal ...»

Annkathrin hatte kaum Kraft dafür, aber sie versuchte es. Dann ließ er sie behutsam zurück ins Kissen gleiten und schaute ihr ernst in die Augen. «Das hört sich nicht gut an. Sie müssen ins Inselkrankenhaus.»

«Bitte nicht.»

Aber der Arzt ließ sich nicht erweichen. «Doch, und zwar sofort. Ich rufe einen Krankenwagen.»

Der sonst so starken Johanna liefen ungebremst die Tränen über die Wangen. Merle hielt sich die Hand vor den Mund, weil ihre Lippen wild zuckten, sie schluckte immer schneller gegen die hochschießenden Tränen an.

«Ist es wieder ... ?», fragte Annkathrin. Mit Sicherheit hatte Johanna ihm von ihrer Vorerkrankung erzählt.

«Das wird die Blutuntersuchung zeigen», sagte Dr. Siebert. «Auf jeden Fall haben Sie eine heftige Lungenentzündung. Und Ihr Immunsystem ist durch die Chemo noch sehr geschwächt. Darum müssen sich die Kollegen in der Inselklinik dringend kümmern.»

«Werde ich wieder gesund?», fragte Annkathrin mit schwacher Stimme und sank erschöpft ins Kissen.

Dr. Siebert lächelte. «Das will ich doch meinen. Aber alleine kriegen Sie das nicht hin, glauben Sie mir.» Er zückte sein Handy und wählte eine Nummer. «Moin, Edzart hier. Schickt ihr mir bitte sofort einen Krankenwagen zum Gehrke-Hof nach Hedehusum, im Poolstich ... Ja, ich fahre mit. Die Kollegen in der Notaufnahme sollen sich bereithalten. Ich habe eine Patientin mit akuter Pneunomie, mit Verdacht auf akute Leukämie ... Ja, sofort und mit Blaulicht, es eilt!»

Annkathrin sah zu, wie Merle und Johanna ein paar Sachen für sie in eine Tasche packten. Sie bemühten sich verzweifelt, tapfer auszusehen, aber es gelang ihnen nicht. Die Tränen liefen ihnen kreuz und quer über die Wangen.

Jetzt wurde es eng.

Neunundzwanzig

Die Holztüren der dunklen Rotziegelkirche waren weit geöffnet. Tom stand mit Thekla und Dr. Brennecke neben dem
schlichten Grabstein von Harold Kanerva. Überall zwischen
den Gräbern saßen Leute auf Decken beisammen, viele hatten sich ein Picknick mitgebracht.

«Was meinen Sie?», fragte Brennecke. Der Vorsitzende der
Mansfeld AG schien unter riesigem Lampenfieber zu leiden.
Dabei war das erste Konzert auf Gut Behnskow wunderbar
über die Bühne gegangen. Das Wetter war bestens gewesen,
Waikonen hatte Werke von Mozart und Bernstein dirigiert,
der Champagner floss in Strömen.

Wegen des Friedhofs hatte es bis kurz vor Beginn noch heftige Diskussionen mit der Kirchenleitung in Lübeck gegeben.
Man fürchtete, dass das Konzert eine Störung der Totenruhe
sei. Aber Thekla hatte die Zweifler überzeugen können. «Mit
dieser Veranstaltung ehren wir die Toten, indem wir sie mit
einbeziehen», sagte sie, «unter anderem meinen Onkel Harold, der hier liegt und die Stiftung ins Leben gerufen hat.»
Das Konzert war ausdrücklich ihm gewidmet. Dr. Brenne-

cke fand den Gedanken zwar nachvollziehbar, musste aber für sein «Okay» abermals über seinen Schatten springen. Er konnte den Wellness-Charakter seiner Hotelkette immer noch nicht so recht mit dem Friedhofsambiente in Einklang bringen. Seine Saunen und Whirlpools sollten ja verhindern, dass Menschen hier früher als nötig landeten.

Die Gäste, die von Lübeck aus mit Bussen hierhergefahren wurden, sahen sich denn auch staunend um, einige verzogen befremdet das Gesicht. Brennecke wies in einer kleinen Ansprache ausdrücklich auf den wohltuenden und gesundheitsfördernden Duft der Heilkräuter hin, der hier in der Luft lag, und versuchte, damit ein bisschen von den Gräbern abzulenken. Tom verstand das alles nicht. Sein Vater hatte ihm von Kindheit an beigebracht, dass es im Wald ein ständiges Wachsen und Vergehen gab. Stürzte ein morsch gewordener Baum zu Boden, machten sich sofort Käfer und Ameisen ans Werk und zerkleinerten ihn, bis er fruchtbarer Humus wurde, aus dem ein neues Pflänzlein emporschießen konnte. Diese Pflanze wuchs im Lauf der Jahre zu einem großen Baum heran, der sich seinen Weg hoch zu den Kronen der Älteren suchte. Jedes Sterben führte zu neuem Leben. «Die Vorstellung von einem Ende ist eine dumme Idee der Menschheit», hatte ihm sein Vater gesagt. «In Wirklichkeit verwandelt sich alles nur.»

Frieda war furchtbar aufgeregt, als sie sich an die Orgel setzte. Ganz im Gegensatz zu Waikonen, der sich auf eine Parkbank legte und die Augen schloss. Heute Abend trug er einen schwarzen Anzug, Hemd und dunklen Schlips – aber wieder keine Strümpfe und Schuhe. Er lächelte glücklich, wie ein Kind. Jetzt war der Augenblick gekommen.

Die Leute verstummten, Frieda wartete noch einen Augenblick, dann begann sie ihr Spiel. Eine zweistimmige Melodie mit Rohrflöte und Oboe sprudelte frühlingshaft vor sich hin. So leicht hatte man eine Orgel selten gehört. Dann wurde es lauter und melancholischer. Tom spürte die Kraft der Musik, aber in Gedanken war er bei Annkathrin. Er hatte die Idee gehabt, das Konzert via Live-Stream in ihr Krankenzimmer zu übertragen. Als er ihr davon am Telefon erzählte, hatte er das Gefühl, dass es sie freute, auch wenn sie nicht viel sagen konnte. Ihre Stimme war immer noch sehr schwach. Sie hatte ihn zu beruhigen versucht, im Inselkrankenhaus sei sie in guten Händen, die Ärzte seien optimistisch.

Er schaute zum Wald neben dem Friedhof, hinter dem sie gepicknickt und über die Blumenwiese hinweg in die weite Landschaft geschaut hatten. Es tat fast weh, so schön war die Erinnerung daran. Irgendwann erklang der letzte Ton. Die Zuhörer und Zuhörerinnen sahen ergriffen aus, Brennecke hatte einen völlig entspannten, geradezu heiteren Gesichtsausdruck. Als die Orgel verstummt war, hatte Tom nur einen Gedanken: Hoffentlich hatten Waikonens Klänge Annkathrin geholfen, wieder gesund zu werden. Bitte, bitte, bitte.

Am nächsten Morgen wachte Tom in seinem Schlafsack am Rand der Lichtung auf. Das gestrige Konzert in der Kräuterkirche war schon wieder Erinnerung. Heute würde es auf zur Lichtung gehen. Auf der Wiese standen schon die Kutschen von Bauer Petershagen bereit, als stammten sie aus einer anderen Epoche und seien einfach hier vergessen worden. Die Rehe störte das nicht, sie kamen wie jeden Morgen zu ihrer Tränke. Tom griff zu seinem Handy und wählte Annkathrins

Nummer. Johanna ging dran. Leider gab es schlechte Nachrichten, Annkathrin ging es schlechter. Er wollte sofort nach Föhr fahren, doch Annkathrin hatte ihm ausrichten lassen, dass er das auf gar keinen Fall tun solle. Sie freute sich so sehr auf das bevorstehende Konzert auf der Lichtung, der Ort bedeutete ihr sehr viel. Tom wusste, was sie meinte, denn ihm ging es genauso. Hier hatte er vor Wochen die Grenze zum Strand überschritten, was sie letztlich zusammengebracht hatte.

Was sollte er nun tun? Annkathrins Wünschen folgen und hier bleiben oder zu ihr fahren? Letztlich gab ausgerechnet Kohli den Ausschlag, dass er blieb. Sein Schulkamerad platzte am Nachmittag ins Forsthaus und teilte ihm mit, dass er das Konzert verbieten werde, weil es die Abendruhe im Wald störe. Tom konnte es nicht fassen, die Kutschen standen längst auf der Lichtung! Warum war Kohli damit nicht früher gekommen? Er handelte mit seinem alten Schulfreund einen Kompromiss aus: Er, Tom, würde die Gäste schweigend über schmale Pfade zur Lichtung führen. Dafür zahlten die Mansfeld AG und die Kanerva-Stiftung eine vierstellige Summe für den Naturschutz im Kellenhusener Wald. Das Okay dazu hatte er sich kurz bei Thekla und Brennecke geholt.

Am frühen Abend trudelten die Musiker und Gäste aus aller Welt im Forsthaus ein. Die Damen trugen schwarze Kleider, die Herren Smoking mit Fliege. Eigentlich hätte er sich gerne aus dem ganzen Rummel herausgehalten, aber er riss sich zusammen. Letztlich tat er das alles für Annkathrin. Freundlich bat er die Damen und Herren auf Deutsch und Englisch, im Wald zu schweigen, was einige mit unterdrücktem

Kichern kommentierten. Brennecke stand etwas abseits der Gäste und schaute ihn gelassen an. Ihn konnte nichts mehr erschüttern. Das gestrige Orgelkonzert in der Kräuterkirche war in den Medien Tagesthema gewesen, seine Mansfeld AG wurde überall lobend erwähnt, alles war gut.

Es wurde eine lange Schweigeprozession durch den Wald. Tom hatte einen verschlungenen Weg durch das Unterholz ausgearbeitet, vorbei an der Zahnspangen-Birke und an den Tannen, die jedes Geräusch dämpften. Alle hielten sich an die Abmachung, niemand sprach ein Wort. Die Musiker trugen ihre Instrumente selbst, für die Bassisten und Cellospieler hatte Tom Tragehilfen organisiert, genauso für die Tubaspielerin aus Lettland, die ihr unförmiges Instrument allerdings partout allein schleppen wollte. Jeder war tief in Gedanken versunken.

Samu Waikonen war vorgegangen und wartete mit Petershagen auf der Lichtung. Als seine Musiker und Zuhörer ankamen, wirkten sie entspannt und konzentriert. Auf der großen Wiese standen sechs offene Kutschen, eng zusammengedrängt wie eine Wagenburg im Wilden Westen. Jetzt nahmen die Musiker darin Platz. Bauer Petershagen stand in schwarzen Gummistiefeln neben einer hellblauen Hochzeitskutsche, die mit sechs japanischen Violinistinnen besetzt wurde. Der Einzige, der störte, war Förster Kohli, der das Geschehen in Jagduniform misstrauisch beäugte. Er hatte sogar sein Gewehr umgehängt, der Irre! Auf wen wollte er denn schießen? Oder gab es in Kellenhusen neuerdings gefährliche Raubtiere, vor denen er die Konzertgäste schützen musste?

Es war Abend geworden, der Himmel leuchtete, ohne dass man die Sonne direkt sah. Zwischen den Buchen schauten die Gäste auf die Ostsee mit ihren weißen Schaumkronen. Waikonen sah zu Tom herüber und malte mit seinen dicken Fingern ein kleines Fragezeichen in die Luft. Tom hob den Daumen, alle Musiker waren auf ihren Plätzen. Die Zuhörer standen und saßen um das Moosbett herum, auf dem er heute Nacht noch geschlafen hatte. Auch dieses Konzert filmte Tom mit seinem Tablet-Computer und sendete es per Live-Stream auf den Laptop an Annkathrins Krankenbett. Gleich morgen früh würde er die erste Fähre nach Föhr nehmen. Sein letzter Stand war, dass Annkathrin eine besonders heftige Lungenentzündung hatte, weil ihr Immunsystem noch so stark geschwächt war. Die Ärzte hatten sie in ein künstliches Koma versetzen müssen. Das Letzte, was sie davor noch geflüstert hatte, war: «Tom soll das Konzert machen.» Das hatte ihm ihre Schwester erzählt.

Und nun stand er hier, alles sah aus wie im Traum, und er fühlte sich vollkommen daneben. Zum Glück hatte ihm Thekla viel Organisation abgenommen, sogar Dr. Brennecke höchstpersönlich packte mit an.

Waikonen stand in der Mitte der Lichtung und hob die Arme. Es wurde totenstill, bis auf die trällernden Vögel. Waikonen ließ sie eine Weile singen. Ganz unauffällig schob sich der erste Akkord seiner Finnland-Symphonie unter die Vogelgesänge. Ein Gewusel von Melodien entstand, die an einen Wildbach erinnerten. Waikonen hatte das Stück mit kurzen Zitaten aus der Filmmusik gespickt, «Der weiße Hai», «Star Wars» und «Dirty Dancing». Tom versuchte, die Atmosphäre mit dem Tablet für Annkathrin einzufangen, aber es war natürlich nicht dasselbe. Sie gehörte in seine Arme, sie hätte die Luft riechen und die Leute beobachten sollen. Die Klänge des

Orchesters wurden immer dichter. Selbst wenn es zwischendurch sentimental wurde, konnte man sich Waikonens Musik kaum entziehen. Mit Blick durch Buchen auf die abendliche Ostsee versanken alle Zuhörer irgendwo im Jenseits, wo immer das für jeden Einzelnen liegen mochte.

Nach einer guten Stunde war es vorbei. Die plötzliche Stille im Wald war beeindruckend. Die Musiker kletterten von ihren Kutschen herunter, stellten sich in die Mitte der Lichtung und verbeugten sich. Man konnte sie in der Dämmerung kaum noch erkennen. Es gab einen Riesenapplaus, dessen Klang sich mit der Brandung der nahegelegenen Ostsee mischte. Langsam wurde es kühl, und man hörte wieder die Vögel zwitschern. Die Musik schien sie sehr angeregt zu haben, denn sie gaben noch einmal alles, überall pfiff und tirilierte es.

Plötzlich kletterte Bauer Petershagen auf eine seiner Kutschen und begann ganz leise «Der Mond ist aufgegangen» zu singen. Seine schlichte Stimme war sehr berührend. Zuhörer und Musiker stiegen mit ein, jeder in seiner Sprache, das Lied schien überall bekannt zu sein: «*The moon has risen ... La lune s'est levée, ... La luna se levantó ...*», plus ein paar skandinavische Sprachen.

Tom schlich sich zum Mondspiegel hinter den Tannen. Er musste jetzt einfach einen Moment alleine sein. Alles drehte sich in seinem Kopf, er fühlte sich voll und gleichzeitig ganz leer. Am Rand des Teiches setzte er sich und starrte aufs dunkle Wasser. Dann rief er bei Annkathrin im Wyker Inselkrankenhaus an. Es meldete sich leider nur die Mailbox. Aber er hatte ja die Nummer ihrer Schwester in seinem Handy gespeichert.

Sie nahm ab, sagte aber nichts.

«Johanna?», fragte er.

Von der anderen Seite hörte er ein leises Wimmern.

«Johanna?», fragte er noch einmal und spürte, wie sein Herz zu rasen begann. «Ist was mit Annkathrin?»

Statt einer Antwort kam nun ein lautes Schluchzen.

Mehr musste er nicht wissen.

Er warf sein Handy in den Mondspiegel und hörte nicht mehr auf zu schreien.

Ende Februar

Ein frostiger Wind brauste durch die kahlen Kronen der Buchen und Eichen, die Äste wiegten sich ächzend hin und her. Es war Winter, und der Ukleisee war wieder zugefroren. Tom wusste, dass dies der kälteste Ort im ganzen Landkreis war, deswegen würde hier das Eis besonders dick sein. Er hatte sich eine Axt mitgebracht und hackte ein Loch in die Eisdecke. Genau an dieselbe Stelle wie letztes Mal. Es war anstrengend, aber nach einigen Minuten war es geschafft. Das Loch war gerade so groß, dass ein Mann wie er durchpasste.

Er setzte sich auf eine umgestürzte Eiche und blickte in die verschneite Winterwelt. Von wegen dunkle Jahreszeit, der Wald war so hell wie zu keiner anderen Zeit. Die Bäume hatten eine weiße Mütze aufgesetzt bekommen, der Waldboden leuchtete zum Himmel. Er erinnerte sich an den Fuchs, der damals vor seinen Augen übers Eis gelaufen war. Den würde er gerne wiedersehen. Er liebte den Winter noch immer, er blieb sein guter Freund. Dieses Jahr war der Frost zum Glück viel früher gekommen, Anfang Dezember, noch vor Weihnachten, für ihn ein echtes Geschenk.

Hatte er wirklich vor einem guten Jahr vor einem solchen Eisloch gesessen, um sich das Leben zu nehmen? Er fingerte in den Taschen seiner Jacke herum. Hier hatten sich die dünnen Seile befunden, mit denen er die Hanteln an seinen Füßen befestigt hatte, damit er schneller sank. Die Nylonschnüre, die er heute dabeihatte, waren viel dünner. An ihren Enden waren Haken und bunte Köder befestigt. Er ließ sie ins Loch gleiten und befestigte das andere Ende am Baum. Dann rückte er auf dem Baumstamm ein bisschen vom Loch weg und stellte sich auf seine nagelneuen Schlittschuhe. Wenn etwas anbiss, würde es von selbst passieren, darauf brauchte er hier nicht zu warten. Vorsichtig stakste er ein paar Schritte Richtung Seemitte. So sah die Welt also aus, wenn man fünf Zentimeter größer war, nicht schlecht. Wie ein Riese tapste er weiter, mit durchgedrückten Knien, die Eisfläche lag wie eine Einladung vor ihm. Seit seiner frühen Kindheit war er nicht mehr eisgelaufen.

Er nahm vorsichtig Schwung und jagte dann mit aller Kraft los. Es ging wie von selbst. Die kahlen Bäume auf den Hügeln rauschten an ihm vorbei, frischer Wind füllte seine Lungen und lud sein Blut mit Sauerstoff auf. Am Ende der Strecke ging er aus vollem Lauf in eine enge Linkskurve, ohne langsamer zu werden, den Oberkörper stark angewinkelt. Fast wäre er dabei gestürzt, doch im letzten Moment fing er sich. Er zog eine Schleife und nahm erneut Anlauf, wurde schneller und schneller.

Von der anderen Seite kam Annkathrin mit großen Schritten auf ihn zugelaufen. Als sie Tom sah, nahm sie volle Fahrt auf. Natürlich immer mit einem argwöhnischen Seitenblick auf eventuelle Baumstämme. Es war eine tolle Idee gewesen, eine Pause beim Ukleisee einzulegen. Sie kamen viel zu selten nach Ostholstein, seit sie auf Föhr wohnten. Der Umbau der Wellness-Pension war fast fertig, die Räume sahen schon richtig nach was aus. Im ehemaligen Kuhstall tauchte man ab in eine Welt von Whirlpools, Saunen und Kaltwasserbecken, in denen man tief entspannen konnte. Allein der Ruheraum mit den dick gepolsterten Liegen war die Reise nach Föhr wert. Und auch Kimberly fühlte sich in ihrem neuen Stall richtig wohl. «Gutshof der von Gehrkes» nannte Tom das Haus immer. Die Sauna warfen sie nach Feierabend fast täglich an, die Utersumer Landfrauen hatten sie auch schon getestet und waren begeistert. In einem Monat würde der Normalbetrieb beginnen, sie hatten schon eine Menge Reservierungen.

Dr. Brennecke war bestürzt gewesen, als sie gekündigt hatte. Damit hatte er nicht gerechnet. Dabei hatte es gar nichts mit ihm zu tun. Es war nur einfach viel spannender, eine eigene Pension zu gestalten, als weiter für die Mansfeld-Kette zu arbeiten. Und als ihr das bewusst geworden war, hatte sie Nägel mit Köpfen gemacht. Tom hatte beim Umbau kräftig mit angepackt. Sie hätte nie gedacht, dass er den Wald verlassen und mit ihr nach Föhr ziehen würde, aber es war sein eigener Vorschlag gewesen. Es fühlte sich für sie beide gut und richtig an.

Sie hatte Glück gehabt, dass im Sommer ihre Krankheit nicht zurückgekehrt war, sondern sie «nur» eine heftige Lungenentzündung erlitten hatte. Der arme Tom hatte eine Nacht glauben müssen, sie sei gestorben, weil ihre Schwester Johanna nervlich so am Ende war, dass sie nur noch in den

Hörer weinen konnte. Bis das am nächsten Tag geklärt war, hatte er die schlimmsten Stunden seines Lebens verbracht. Am nächsten Morgen hatte sie ihn mit schwacher Stimme angerufen, und Tom hatte sie für eine Stimme aus dem Jenseits gehalten. Als er merkte, dass sie wirklich am Leben war, hatte er vor Freude fast einen Kollaps erlitten. In den folgenden Wochen war er bei ihr auf Föhr geblieben und hatte sie später in Ostholstein in ihrem Haus auf dem Gutshof gepflegt.

Er war nur noch wenige Meter entfernt. Annkathrin genoss sein Lächeln, sein dunkelgrüner Schal wehte im Fahrtwind. Jetzt fassten sie sich an den Händen und drehten sich zusammen im Kreis, beide nach hinten gelehnt, vom Gewicht des anderen gehalten. Bis sie sich ein paar Sekunden später in den Armen lagen und sich küssten. Anschließend liefen sie den ganzen See noch einmal ab, Hand in Hand.

Nach einer Weile schaute Annkathrin auf die Uhr.

«Wir müssen», sagte sie mit fester Stimme.

Ihre vierteljährliche Untersuchung in der Lübecker Uniklinik stand an, deswegen waren sie hier in der Gegend. Natürlich hatte sie Angst, dass das Böse wiederkommen könnte. Deswegen gingen sie zusammen hin.

Was immer auch passierte, sie würden es schaffen.

Großer Dank gilt meinem Agenten Dirk Meynecke, der mich sehr ermutigt hat, dieses Buch zu schreiben. Die intensiven Gespräche mit Ihnen waren eine große Anregung und Inspiration für mich!

Föl thoonk an Katharina Schlott, Grusche Juncker und Marcus Gärtner vom Rowohlt Verlag für ihr Vertrauen in «Winter-Mommsen».

Föl thoonk auch an «bubu» Jürgen Huß in Wyk auf Föhr für seine stetige freundschaftliche Unterstützung und an meine Tochter Maite, der das Schicksal von Annkathrin sehr am Herzen lag.

www.volkmar-nebe.de